不倫

パウロ・コエーリョ
木下眞穂＝訳

角川文庫
21248

ADULTERY
Original title in Portuguese: Adultério

http://paulocoelhoblog.com/
This edition was published by arrangements with
Sant Jordi Asociados, Agencia Literaria, S.L.U., Barcelona, SPAIN.
www.santjordi-asociados.com

原罪なくして宿り給いし聖マリア、
御身に依《よ》り頼み奉る我等の為に祈り給え。
アーメン。

「汝《なんじ》、深みに漕《こ》ぎ出して……」

ルカによる福音書第五章四

毎朝、目が覚めてまた〈新しい一日〉が待っているのかと思うと、もう一度目を閉じてベッドにもぐり込んだままでいたくなる。だがそれは無理な相談だ。

わたしには夫がいる。死ぬほどわたしを愛してくれていて、しかも大きな投資会社の経営者だ。夫の名前は毎年「ビラン」誌の、スイスの長者番付トップ三〇〇のリストに入る。もっとも、そんなリストに名が載るのは本人には迷惑千万らしいが。

子どもも二人いる。友人の言葉を借りれば、わたしの〈生きがい〉だ。毎朝子どもたちのために朝食を作り、歩いて五分の学校に連れていき、そのあいだに仕事をしたり自分の時間を過ごしたりする。お迎えはフィリピン人のベビーシッターに頼み、わたしか夫のどちらかが帰宅するまで子どもたちの面倒をみてもらっている。

わたしは自分の仕事が好きだ。そこそこ名の売れたジャーナリストで、ここ、ジュネーブであればたいていどこの新聞スタンドでも売っている有力新聞社に籍を置いている。年に一度の休暇には、家族でどこか遠い国のリゾートで過ごすことにしている。エキゾチックな町にあるすばらしいビーチ。ひどく貧しいその町の住民たちを見ると自分がいっそう金持ちで恵まれていると感じ、自分の人生に感謝する。

ああ、失礼。自己紹介がまだだった。はじめまして、わたしはリンダ。年齢は三一歳、身長は一七五センチ、体重は六八キロ。どこまでも寛容な夫のおかげで、身にまとう服は値段を気にすることなく手に入れた最高級品だ。わたしに向けられるのは、男からは欲望の、女からは羨望《せんぼう》のまなざし。

それなのに。あらゆる人が夢に見て、ごくわずかな人しか手に入れられない理想的な人生を送っているというのに、毎朝目を開けてまず思うのは、ああ、また最悪な一日が始まる、なのだ。今年の初めまでは、そんなことは考えもせず、与えられた日々をただ生きていた。身に余るほどの幸運な人生を送っていることに負い目を感じることがあるにはあったけれど。あれはある朝、家族に朝食を作っているときのことだった。春の初め、庭の花がちょうどほころびはじめていたあの日、ふいに言葉がおりてきた。「これでいいの?」

そんなことを問うべきではなかった。それもみんな、前日にインタビューしたあの男のせいだ。そいつはインタビューの最中に、こう言ったのだ。

「幸福になることには一片の興味もない。それよりも情熱的な人生を選ぶ。次にどんなことがあるか見当のつかない危険な人生のほうがいい」

その場では、(哀れな人ね。決して満足することのないまま、惨めに一生を終えるんだわ)としか思わなかった。

それなのに次の日の朝、わたしはこのままリスクとは無関係に一生を過ごすのだと、ふと悟ってしまった。では情熱はどうだろう。夫のことは愛している。つまり、金とか、子どもとか、世間体のためだけに一緒にいるわけではない。

わたしが住んでいるのは世界でも有数の安全な国だ。人生は順風満帆、自分は良き妻、良き母だと思っている。厳格なプロテスタント教徒の家庭で育ち、同じような教育を自分の子どもたちにも与えるつもりだ。ふとした出来心があっという間にすべてを台無しにするとわかっているから、道を踏み外すことは決してしない。やるべきことは巧《うま》くやり、なるべく入れ込みすぎないように気をつける。とはいえ、世間一般の人たちと同じく、若いときには報われぬ愛に心を痛めたこともあった。

だが、結婚を境にわたしの時間は止まったのだ。

あの憎らしい作家が、わたしの質問にあんな答えを返すまでは。日常のくり返しと倦《けん》怠《たい》、その何がいけないと言うの？

正直なところ、何もいけないところなど、ない。ただ……ただ、ある瞬間、思いもかけず何もかもが突然ひっくり返ってしまうかもしれないという密《ひそ》やかな恐怖があるだけだ。

あの光り輝く美しい朝、胸に何かがよぎったときから、わたしは怖くなった。もしも夫が死んでしまったら、たった一人で人生に立ち向かっていくことができるだろうか。（できるわよ）と自分自身に言い聞かせる。夫の遺産があれば、孫の代まで悠々と暮らせるはずだ。では、わたしが先に死んだら？　だれが子どもたちの面倒を見るの？　優しい夫が見るだろう。そして、夫は間違いなく再婚するだろう。リッチで、魅力的で、知的だもの。子どもたちはその女性にきちんと世話をしてもらえるかしら？

最初の頃は、あふれる問いにすべて答えようとしていたものだ。ところが、どれほど答えようとも問いは次から次にわいて出てくる。わたしが年を取ったら、夫は愛人を囲うだろうか？　そういえば、このところ前ほどは愛を交わさなくなった――もしかしたらすでにだれかがいるの？　この三年ばかり、以前のようにはセックスに興味を示さなくなったから、わたしのほうが浮気をしていると思われているのでは？

わたしたちは、嫉妬《しっと》で喧嘩《けんか》をしたことがない。ついこの前まで、それはよいことだと思っていたけれど、あの春の朝以降、やきもちを焼かないことは、互いへの愛が足りないせいではないかと思ってしまう。

こんな考えはよくない、やめよう、と努力はしてきた。

この一週間、帰宅前にローヌ通りに出かけては、高級ブランドショップで何かしらの買い物をしている。ほしいものがあるわけではなく、買い物をしているときは――なんと言ったらいいのだろう――自分が何かを変えているような気分になれる。これまでは見向きもしなかった物に目がいったり、新しい家電を試してみようと思ったりもするけれど、家電の世界ではさして目新しい新発明があるわけでもない。子どもたちを甘やかしたくはなかったので、おもちゃ売り場だけは避けて通った。紳士物のショップにも足を向けなかった。急にやたらと気前がよくなったと夫に妙な疑いを持たれたくなかったからだ。

家に帰り、家庭という美しきわたしの王国に戻ってから数時間は、何もかもがすばらしく感じる。みんなが眠ってしまうまでは。それから、ひたひたと悪夢が忍び寄るのだ。情熱など、若者限定のものだとわたしは思う。おそらくわたしと同年代の人はみんな、そんなものとは無関係に過ごしているはずだ。でも、わたしが震え上がっているのは情熱がないからではない。

いまのわたしは、すべてが変わってしまうのではないかという恐怖と、これからの人生、毎日同じことのくり返しになるのではないかという恐怖に引き裂かれそうになっている一人の女だ。人は夏が近づくと妙な考えを持ちはじめるものだと聞いたことがある。野外で過ごす時間が長くなると、世界の広さを目の当たりにして自分が普段より小さく感じられるということらしい。雲の下、家の壁に囲まれて眺める水平線は遥《はる》か遠い。

それはほんとうのことかもしれないけれど、わたしはただ眠れないのだ。暑さのせいなどではない。夜が更け、人目もなくなると、すべてが恐ろしくなってくる。人生も、死も、愛も、愛の喪失も。どんな目新しいものでもあっという間に慣れてしまうこと。死ぬまでずっと同じことだけをくり返して人生の花盛りを過ごしているのだという感覚。そして、どれほど胸ときめくものであろうとも、得体のしれないものに向かい合うことに対するパニックの感覚。

自然と、わたしは他人の苦しみを見て、自分を慰めようとしていた。

テレビをつけてだらだらとニュースを観る。事故のニュース、災害で家を失った人たちのニュース、国を追われた人のニュース。この地球上で病んでいる人はいったい何人いるのだろう？　何人が、不当な仕打ちや裏切りを受けて人知れず苦しんでいたり、懸命に訴えていたりするのだろう。貧しい人は何人？　失業者は？　監獄にいる人は？　何人いるの？

チャンネルを替える。テレビドラマや映画を観ていると、数分、ときに数時間は忘れていられる。けれど、いまにも夫が起きてきて、「どうしたんだい」などと訊《き》いてくるのではないかとびくびくしている。そうしたら、何でもないわ、と答えねばならないだろう。だけど、もし――この一か月にも数回あったように――彼がわたしの腿《もも》に手を置いて、そのままゆっくりと上へとすべらし、愛撫《あいぶ》を始めたりしたら、さらにひどいことになる。オーガズムを感じるふりをすることはできる。それはもう何度もやった。けれど、自分の意思だけで濡《ぬ》れることはできない。

だから、今日はほんとうに疲れているの、と彼に言うだろう。彼は、気を悪くする素振りすら見せたがらない人だから、わたしに軽くキスして、タブレットで最新ニュースを検索しはじめる。心の内では明日までおあずけだな、と思いながら。そしてわたしは反対に、明日は彼のほうが疲れてへとへとになっていることを願うのだ。

いつもこうというわけではない。時にはわたしが自分から誘うこともある。二晩続けて断ったら、よその女に目が行くかもしれない。夫を失うのだけは絶対にいやだ。軽く自分でマスターベーションをすれば、ちゃんと濡れて、いつもどおりになれる。〈いつもどおり〉。これは、むかしのとおりになる、ということじゃない。あの頃のわたしたちはまだ、お互いが謎の存在だった。

結婚生活を一〇年送ったあとでも当時の炎を燃やしつづけるなんて奇跡に近い。セックスの最中、感じているふりをするたびにわたしのなかで何かが少しずつ死んでいく。少しずつ？　いや、思っていたよりも早くわたしは枯渇しはじめているようだ。

友人はみな、わたしをラッキーだと言う。それもそのはずだ。だって、わたしたちの夜の生活は問題なし、ということにしているのだもの。でも、あっちだって、うちの人もよく長年わたしに飽きないでいられるものだわ、なんて白々しい嘘をついているのだからおあいこだ。夫婦間のセックスが楽しいのなんて、最初の五年だけ、とみんな言う。その後はちょっとした〈ファンタジー〉が必要になってくる、と。目をつぶって、自分の上にいるのは隣の家のご主人で、夫にはありえないことをわたしにやってのける、とか。その人と自分の夫と三人で、思い切り自堕落な禁断の遊戯にふけっている、とか。

今朝、子どもたちを送りがてら隣のご主人を観察してみた。あの人がわたしの上にいるなんて、想像したこともない。永遠の悩める孤独な青年といった風情の、職場の若いレポーターのほうがまだましだ。その子はだれにも興味がなさそうで、そんなところがまたいい。編集室から、「かまってあげたくなっちゃうのよね」という女性陣の声もちらほら聞こえてくる。当然、本人は自分がどう見られているかをちゃんと自覚しているものだから、へたなエサにひっかからないように慎重に構えているだけなんだろう。気持ちはわかる。一歩、足を前に出したことで、職も家族も過去も未来も、すべてを失うことが怖くてしかたないのだろう。

でも、しかたない。今朝、隣のご主人を見ているうちに泣きたくなった。車を洗っている姿を見て、こう考えずにいられなかった。あの人を見てよ。わたしの夫、そしてわたしと、そっくり。そのうちわたしたちもああなるんだわ。その頃、子どもたちはとっくに大きくなってどこか違う町、それどころか違う国にいて、わたしたちは退職して車を洗っているのよ。だれかを雇って洗わせたっていいのに、自分で洗う。そうこうしているうちに年を取って、さして重要でもないことをせっせとやる。時間をつぶすため、あるいは、まだ体がぴんぴんしていて、お金の感覚もあるから自分でできることはするんだという謙虚な態度を近所の人たちに見せるために。

車が一台ぴかぴかになったところで、世界が変わるわけではない。それでも、今朝のお隣さんにとっては、それが最重要事項なのだ。彼はわたしに「よい一日を」と声をかけてにっこりとすると、すぐにまた仕事に没頭した。車がロダンの彫刻であるかのように注意深く、ていねいに磨いている。

わたしは車を駐車場に入れた。〈中心街には公共交通機関で！　環境破壊にノーと言おう！〉。いつものバスに乗り、職場までのいつもの風景を窓から眺める。ジュネーブという街は、わたしが子どもの頃から何一つ変わっていないんじゃないだろうか。一九五〇年代に頭のおかしい市長が、モダニズム建築なるものにかぶれて建てたビルの合間に、古い建物がしっかりと残っている。

外国にいると懐かしくなるのは、この街のとてつもないダサさだ。ガラスと鋼の高層ビルもなければ、高速道路もないし、木の根っこがアスファルトを突き破って伸びているものだから、しょっちゅうだれかが転んでいるし。公園の花壇には雑草がはびこり、それを〈これこそが自然〉と言ってのける神経。

要するに、すべてが近代化され整っているがゆえに独自の魅力を失ってしまったほかの大都市とは違う、それがジュネーブだ。

ここではだれかとすれ違えば見知らぬ相手でも「おはよう」と言うし、ミネラルウォーターを一本買いに入った店を出るときには「またね」と言う。おそらく二度とは来ない店でも、それが挨拶《あいさつ》なのだ。バスでは隣り合わせた赤の他人とおしゃべりもする。スイス人はシャイで保守的と思われているらしいけれど、それはとんでもない誤解だ。

　まあ、そう思わせておけばいい。そうすればハイテク機器も、来客に自慢するために
リビングが大きく、ベッドルームは小さいマンションも、厚化粧の女たちも、大声でしゃべる近所迷惑な男どもも、パパとママにばれませんようにとびくびくしながら過激なファッションに身を包むティーンエイジャーも、アルプス越えをしてこの国に入ってくることなく、わが国の生活スタイルはあと五、六世紀は安泰なはずだ。

　この国ではみんなが牛を飼ってチーズを作っているか、さもなければチョコレートか時計を作っていると思わせておけばいい。石を投げれば銀行に当たる、と信じさせておけばいい。そういうイメージを崩すつもりは毛頭ない。野蛮な異国人の侵入がなければそれでハッピーだ。国民は歯の一本一本まで武装していると思わせておけばいい。徴兵制は義務で、各家庭には必ずライフルが一挺《ちょう》あるんだと。それにしては、ここでだれかがだれかを撃ったという話はめったに聞かないけれど。

　数世紀にわたって変わらぬ生活をしているわたしたちは充分に幸せだ。ヨーロッパ中が無意味な戦争に息子たちをせっせと送り出しているあいだも、中立を保ちつづけたことに誇りを持っている。一九世紀末から続くカフェがあったり、老婦人が散歩していたりするジュネーブがいまひとつぱっとしないことの理由を、いちいち説明することもない。いまのままでわたしたちは充分幸せなのだから。

〈わたしたちは幸せ〉だなんて、白々しいかもしれない。

ここではだれもが幸せ、わたしを除いては。
いま、わたしは何をどこで間違えたのだろうと考えながら、職場へ向かっている。

今日もまた、特ダネを探しまわる新聞社で一日を過ごす。日常茶飯事の交通事故、強盗（武器はなし）、火災（コンロで焦げた何かの煙に驚いた人たちのせいで、高度に訓練された消防士が消防車を何台も連ねて駆けつけ、古いアパートが水浸しになった）。今日もまた家に帰り、楽しく夕食を作り、テーブルの用意をして家族が席につき、今日の糧を神に感謝する。今日もまた夜が来て、夕食後の時間をそれぞれが過ごす。パパは子どもの宿題を手伝い、ママは台所を片づけて家を整え、明日の朝早くに来るハウスメイドに渡すお金を用意しておく。

この数か月、気分が上がるときもあった。わたしの人生はこれでいい、これこそが地球上における人類の役割なのだ、みたいな。ママは上機嫌だと子どもたちは思っているし、夫は優しく気を遣ってくれるし、家には明かりがともっている。うちの家族は、このとおり、町での、（ここではカントンと呼ばれている）州での幸せのお手本だ。

それなのに、わたしはなんの理由もなくバスルームに飛び込んでシャワーを浴びながら泣き出すのだ。ここならだれかに泣き声を聞かれることもないし、この世で一番きらいな「大丈夫？」という言葉をかけられることもない。

大丈夫よ。当然でしょう。わたしの人生に曇りがあるとでも思って？

一点の曇りもないわ。

ただ夜が怖いだけ。

高揚感のない昼。

幸せだったむかしのイメージ、こうなったかもしれないけれど、ならなかったこと。

叶《かな》うことのない冒険への憧《あこが》れ。

子どもたちの未来が見えないことへの恐怖。

すると、いつもどおりいろいろな考えがネガティブな回線でぐるぐると回りはじめる。部屋の隅からこちらを覗《のぞ》き見ている悪魔がいまにも飛び出してきて、おまえの〈幸せ〉など長く続くものか、と言われそうな気がしてならない。おまえだって、そんなことはとっくのむかしに気づいていたんだろ、え？

わたしは変わりたい。変わらなければ。今日は職場で、頼んだ資料の調査が遅い研修生に対して、いつになくいらいらした素振りを見せてしまった。あんな態度はわたしらしくない。なんだか自分自身とうまくつながらなくなってきている気がする。

例の作家とのあのインタビューのせいにするなんてお門違いだとわかっている。あれはもう数か月も前の話だし。彼は、ただ、いつ噴火してもおかしくない火山の口の蓋《ふた》を開けて、その周囲に死と崩壊へと続く道筋を作っただけ。もし彼と出会っていなかったとしても、いずれは一本の映画、一冊の本、一言二言を交わしただれかが、その道筋を作っていたのだろう。人によっては、まったくそんな素振りも見せないままプレッシャーを少しずつ自分の内で高めていって、ある日、ちょっとしたことで爆発してしまうこともある。

自殺してしまう人もいる。離婚する人もいるし、世界を救おうと突然アフリカに旅立つ人もいる。

だけど、わたしは自分を知っている。わたしは、ただこの気持ちをじっと抑え込んだままにするだろう。そしてそのうち癌が体内に巣くうのだ。病気の原因の多くは抑制された感情だと、わたしは確信している。

午前二時に目が覚め、翌朝は大の苦手な早起きだと思いつつも、天井を見つめている。何か生産的なこと、たとえば〈この身に何が起きているのか〉について考えようとしても、頭の中にわいて出てくる考えにストップをかけることができない。このところ、といってもほんの数日間のことだけれども、心療内科にかかるべきなんじゃないかと自問している。そうしないのは、仕事のせいでも夫のせいでもない。子どもたちがいるからだ。あの子たちにはママがどんなふうに感じているかなんて、絶対に悟らせてはいけない。

あれこれ行き詰まってきている。結婚について考えたりもする。これまでの夫婦間の口論では嫉妬がからんだことは一度もない。だが、女には第六感というものが備わっているのだ。もしかしたら、夫はすでにだれかと会っていて、わたしは無意識に勘づいているのかもしれない。とはいえ、夫を疑う理由など、実は何もない。おかしくない？　世界中の男たちの中で、わたしは唯一の、完全無欠な男と結婚したのではないの？　酒は飲まない。夜遊びもしない。自分だけで友だちと過ごすことも、一日たりともない。夫の生活はすべて家族に帰する。

夢のような生活は、裏を返せば悪夢だ。与えられたものがあまりに大きすぎて、どう返せばいいのかわからない。

そのとき、わたしは気づく。自己啓発本なんかでよく見る〈楽観〉〈希望〉なんていう言葉は、単なる言葉でしかないと。そんな言葉を口にする賢人たちは、おそらく自分たちもその言葉の意味を模索しているところで、愚かなわたしたちをモルモットにしているのだ。こういう刺激を与えたら、どういう反応をするか見るために。

ほんとうのところを言うと、わたしは幸福で完璧《かんぺき》な人生を送るのに疲れたのだ。そんなことを口にするということだけでも、自分が精神的にまいっているサインのはず。こんなことを考えながら眠りに落ちる。わたしは、ほんとうに深刻な状態にあるのかもしれない。

女友だちとランチの約束をする。

彼女は、とある日本料理店で会おうと言った。日本食ファンのわたしが聞いたこともない店だ。わたしの職場からは少し離れるけれど、味は保証付き、と友だちは言う。〈へんぴな場所にあるレストランだった。バスを二回乗り換え、その〈保証付き〉レストランが入っているギャラリーの通りも、通りすがりの人に訊かねばならなかった。テーブルの上には紙ナプキンという恐ろしい趣味で、窓からの景色も大したことのないこの店のどこが〈保証付き〉なのかと最初は思ったが、友だちは正しかった。これまでジュネーブで味わった中でもトップレベルの料理だ。

「いままでは、いつも同じ店でしか食べなかったの。それなりだけど、特にどこがいいというわけでもない店ばかり」と友だちは言った。「日本大使館に勤める友人がここを教えてくれるまではね。初めて来たときは、うわあ最悪、と思ったわよ。今日のあなたと一緒。だけど、この店はオーナーがすべてを管理しているの。そこがほかと違うところ」

わたしもいつも同じ店に行き、同じ料理を注文するわ、と心の中で言った。そんなことすら、わたしには冒険ができない。

この友だちは抗鬱剤《こううつ》を服用している。だけど、そのことについては口が裂けても話題にしたくない。なぜなら、今日、自分は病みはじめているという結論に達したからだ。そして、その事実を受け入れたくないからだ。

避けて通りたい話題こそ、最初に口をついて出てくるものだ。他人の苦悩には、こちらの苦悩を癒《いや》す働きがある。

最近の調子はどうなの、と訊いてみた。

「ずいぶんいいわ。薬が効くまで時間がかかったけれど、一度効果が出はじめると、何かに興味もわいてくるし、日常に彩りと味わいが戻ってきた感じよ」

言い換えれば、こういうことだ。人間の苦悩もまた、製薬会社のカネのなる木になったのだ。悲しいのですか？　それでは、これを一錠どうぞ。問題解決にてきめんですよ。

わたしは彼女に失礼のないよう、気を遣いながら訊《たず》ねる。新聞の特集で〈鬱〉をとり上げるとしたら、協力してもらえるかしら。

「そんな記事は書いても無駄よ。みんなネットで自分の感情をぶちまけているし、薬もあるし」

ネットではどんなことを話し合うの？

「薬の副作用について。みんな、他人の兆候には無関心なの。感情移入しすぎちゃうこともあるから。いままで気にならなかったことが急に気になるようになっちゃったり」

ほかには？

「瞑想《めいそう》のエクササイズとか。わたしはあんまり信じていないけどね。ありとあらゆることを試してみたけど、結局、自分に問題があると認めないと改善しないのよ」

でも、自分だけじゃないと知ることは、助けにはならないの？　鬱のせいでどんなふうに感じるかを話し合うのはみんなにとってもよいことじゃない？

「全然。地獄から這《は》い出してきた人たちは、ふり返ることもしないものよ」

なぜ、あなたは何年もそんな状態だったのかしら。

「自分が鬱だと認めようとしなかったから。それに、あなたも含め、打ち明けた友だちにはだれにも取り合ってもらえずに、ほんとうに問題を抱えている人は鬱になんかなっている暇はない、と言われたからよ」

そのとおりだ。わたしはまさにそう言った。

それでも、わたしは食い下がる。何かの記事やブログのポストが、病気に苦しむ人の支えになったり、救いになったりすることもあるんじゃないの？　わたしは鬱になったことがないから（と、ここを強調する）、それがどんなものかわからないの。それについて、なにかを少しでも話してもらえないかしら。

彼女は躊躇《ちゅうちょ》した。それでも、わたしの友人として、なにか勘づいたのかもしれない。

「罠《わな》にかかった感じよ。捕らえられたことはわかるけど、自分ではどうしようもできない……」

それはまさにここ数日のわたしだった。

それから彼女はいわゆる〈地獄〉の門を通った人たちの共通点をいくつか挙げてくれた。朝、ベッドから起きたくない。とても簡単な仕事がヘラクレス級の力が必要なほど大変になる。世界には過酷な状況にいる人がたくさんいるのに、これといった理由もなく自分がこんな状態にあることに対する申し訳なさを感じる。

わたしは最高においしい料理に集中しようとがんばる。だが、もうどれも何の味もしない。友だちは話を続ける。

「無関心。喜んでいるふりをする。悲しんでいるふりをする。オーガズムを感じているふり。楽しんでいるふり、よく眠れたふり、生きているふりをする。そのうちに想像の赤い線が目の前に見えるの。この線を越えたら二度と戻ってこられない、とわかる。そのとき抗《あらが》うのをやめる。だって、抗うということは、少なくとも何かと闘っているということだもの。そこで自分が植物状態にあるということを受け入れるわけだけど、周囲にはそのことを隠そうとする。それがまた、きついのよ」

あなたの鬱のきっかけは？

「特に何も。それにしても質問が多いわね。あなた、何かあるの？」

そんな、何もないわ！

そろそろ話題を変えたほうがよさそうだ。

今度インタビューする予定の政治家なんだけれど、実を言うと、わたしの高校時代のボーイフレンドなの。でも、向こうは忘れてるわね、わたしと何回かキスして、まだぺったんこだったこの胸をまさぐったことなんて。

友だちは大喜びだ。わたしは、何も考えないようにする——ただ機械的に反応するだけ。

無関心。わたしはまだそこまでは行っていない。自分に起こっていることに抗おうとしてもいる。けれど、あと数日、もしくは数か月もすれば、何にも関心を持てないという状態が当たり前となって、そこから抜け出すのも困難になってくるだろう。

なんだか、魂が体を離れて、どこかわたしの知らないところ、わたし自身や恐ろしい夜に耐える必要のない〈安全〉な場所に向かっていこうとしているような気がする。いまの自分は、内装の趣味は最悪でも味は最高級の日本料理店にいるのではなく、人生のすべてを自分から関わりたくない——もしくは関わることのできない——映画のワンシーンとして眺めているような気がする。

起き上がり、いつものルーティンをこなす。歯を磨く、仕事に出る用意をする、子どもたちを起こす、朝食を家族に作る、ほほ笑む、人生ってすばらしいわね、と言う。一分ごとに、何か行動を起こすごとに、何のかはわからないけれど、ずしりとした重みを感じる。罠にかかった動物が、自分に何が起こったのか理解できないように。

食べ物は味がしない。その一方でほほ笑みは顔いっぱいに広がり（だれにも気づかれないように）、泣きたい衝動をのみ込んで、光は灰色によどむ。

昨日の会話がよくなかったんだ。自分は、この状態に憤りを感じる段階を経て、無関心への道をまっしぐらに進んでいる気がする。

だれも気づかないの？

当然だ。わたしが救いの手を求めているなんて、自分ですら想像がつかないのだから。

ここがわたしの問題なのだ。火山は噴火して、もはや溶岩をまた元の場所に収めることはできない。もう樹木を植えることも、牧草を刈ることも、羊たちを放って草を食《は》ませることもできない。

なぜ、このわたしなの？　これまでずっと、他人の期待に応《こた》えようとしてきたのに。

でもこういう状態になってしまった以上、打つ手はない。薬を飲むくらいだ。今日にでも、心理カウンセラーや社会保障の記事（この手の話題は人気が高い）を書くつもりだということにして、評判のいいカウンセラーを見つけ、その人に助けてもらおう。こんなやり方は倫理的にどうかと思うけれど、何もかもが倫理にかなうはずもない。

わたしは何かの強迫観念にとらわれてはいない。たとえば、ダイエット強迫症とか、朝八時から午後五時まで、わが家の洗濯、アイロン、掃除をしてくれて、時には買い物にも行ってくれるハウスメイドの欠点をあげつらう潔癖症でもない。スーパーママになればフラストレーションが解消されると思っているわけでもない。そんなふうになったら子どもたちに一生恨まれるだろう。

家を出ると隣のご主人が車を磨いていた。昨日も同じことをしていなかった？　どうしても我慢ができず、ご主人のところまで行って訊いてみた。

ご主人は、まずわたしに朝の挨拶をし、家族は元気かと訊ね、素敵な洋服ですねとほめてくれてから、答えをくれた。

「まだ足りないところがちょっとありましてね」

その車を見つめる。アウディ（ジュネーブは別名アウディランドといわれている）は、わたしから見れば完璧だった。するとご主人は、もう一か所、本来の輝きを放っていないところがあるんだと、小さな曇りを指さした。

ちょっと会話を引き延ばし、人は人生に何を求めていると思うかと訊ねてみた。

「簡単だよ。勘定を払うこと。お宅やうちみたいな家を買い、樹木がある庭を持ち、日曜の昼食には息子たちと孫たちを迎えることだ。リタイアをしたら旅を楽しむことも」

みんなが人生に求めているものってそれなの？　ほんとうに？　この世界はどこかがずれている。アジアとか中東の戦争の話をしているのではなく。

新聞社に行く前に、高校時代のボーイフレンド、ヤコブにインタビューしにいかなければならない。そんなことにもちっとも心が浮き立たない。わたしは、ほんとうにときめきをすっかり失っているのだ。

訊ねてもいない今後の政策についてわたしは聞かされている。話題をそらそうとほかの質問もしてみたが、さらりとかわされた。彼はわたしより一歳年下だったから、いま三〇歳のはずだが三五歳くらいにしか見えない。そんなことは自分の胸の内にしまっておくけれど。

当然、彼との再会は嬉《うれ》しかった。とはいえ、卒業後にそれぞれの道を歩んでからどうしていたか、とはまだ聞かれていない。彼は自分のことで頭がいっぱいなのだ。ヤコブが自分のキャリアと未来を見ている一方で、わたしはぼんやりと過去を振り返っている。まるで、まだ矯正のためのブリッジを歯につけながらもほかの女の子たちから嫉妬のまなざしを向けられていたティーンエイジャーに戻ったみたい。

しばらくすると、わたしは彼の話を聴くのをやめ、自動操縦モードに入る。台本はいつも同じ、話題も同じ。減税、犯罪との闘い、フランス人の入国抑制（彼らは国境を越えてどんどん入ってきて、スイス人の職を奪ってしまうといわれている）についてだ。一年が過ぎ、また一年が過ぎ、こうしたテーマはくり返され、問題解決は先送りされる。こうしたことにほんとうに関心を持っている人なんていないからだ。

二〇分後、自分のこの無関心ぶりは、現在の状態が関係しているからだろうかと自問しはじめる。いや、ちがう。政治家の話より退屈なものはないからだ。犯罪記事を担当させてもらえばよかった。殺人事件のほうがよっぽどリアルだ。

しかも、地球上のどこと比較してもスイス人ほど面白みがなく退屈な国民はいない。わが国民の生活がどうかに興味を持つ人なんていやしない。スキャンダルになるのは賄《わい》賂《ろ》とドラッグくらいだ。この二つはずば抜けて話題を集め、ほかにはたいした話題もない新聞が、大げさなくらいに紙面を割く。

しかし、政治家に愛人がいようが、売春宿に通おうが、同性愛だとカミングアウトしようが、気にする人がいるだろうか？　いるものか。選挙で選ばれたらなすべきことをなし、国の予算を破たんさせずにいれば、みんな平和に暮らせる。

毎年替わる（大げさではなく、ほんとうに毎年）大統領は、国民投票ではなくスイス連邦議会によって選出される。それなのに、美術館の前を通ると必ず国民投票を呼びかけるポスターを見る。

ここの国民は選挙好きだ。ごみ袋の色（黒が勝った）、武器携帯の賛否（マッチョのほとんどが賛成し、スイスは武器を所持する人が最も多い国になった）、イスラム教寺院ミナレットの建設可能な数（四基に可決）、亡命者を保護するか否か（その後どうなったかはよく知らないけれど、おそらく可決されてすでに実行されていると思う）。

「失礼します」

インタビューの中断はこれで二度目だ。ヤコブは次の約束をキャンセルしておいてくれ、と穏やかな口調で秘書に伝える。こちらの新聞社はフランス系スイス人には非常に有力で、このインタビューで次の選挙の分け目が決まるかもしれないから、と言う。彼はわたしにぶった演説が上出来だったふりをし、わたしも彼の言葉を信じているふりをする。

今日はありがとう、必要な素材はそろいました、とわたしは告げ、立ち上がる。

「ほかに必要なものはないの？」

もちろん、あるわ。でも、それが何かを告げることはできない。

「仕事のあと、会えないかな」

子どもたちのお迎えがあるの、と説明する。わたしの指にはまっている幅広の金の指輪が、「いいこと、過去は過去だからね」と告げているのに気づいてほしい。

「なるほど。それじゃあ、近いうちにランチをどうかな？」

それならいいわ。わたしはあっさりと自分をだまして、自分自身に言い聞かせる。何か重要なことを教えてくれるつもりかもしれない。国家機密、国の政策を揺るがすような何かを、新聞の編集部チーフとしての視点で見てほしい、と言われたりするのかも。

彼はドアまで行くと、鍵《かぎ》を閉めてわたしのもとへやってきてキスをする。わたしもそれに応える。彼と最後にキスをしてからもうずいぶんとたっているんだもの。ヤコブ、むかし愛したかもしれないこの男は、教師の妻を持つ既婚者だ。そしてわたしは、一家の妻、資産家の子息でありながら働き者の夫を持つ身。

彼を押し戻し、もう子どもじゃないんだからと突っぱねることも頭をかすめるけれど、わたしはこの状況にときめいていた。新しい日本料理店を見つけただけでなく、いけないことをしているわたし。規則を破ることができたうえに、世界が崩壊して頭上に落ちてくることもない！　こんなに幸せな気持ちになったのは久しぶりだ。

わたしはどんどん舞い上がり、勇気に満ち、自由を感じる。それで、学生の頃から夢見ていたことをすることにする。

床に膝《ひざ》をつき、彼のジッパーを下ろして彼自身を舐める。彼はわたしの髪の毛をつかみ、リズムを自分で作る。一分もしないうちに彼は果てた。

「ああ、よかった」

わたしは答えない。ほんとうのところは、あんなに早くいってくれて、彼よりもわたしのほうがよかった。

罪を犯した者の恐怖は捕まることだ。

新聞社に戻る途中、歯ブラシと歯磨き粉を買う。三〇分ごとに洗面所に行って、顔や、凝った刺繍《ししゅう》が染みを隠すのにもってこいのヴェルサーチのブラウスに、痕跡《こんせき》がないか確認する。視界の隅で職場の同僚たちを観察するが、彼らのうちだれも（というより、彼女たちのうちだれも、だ。女にはこういう小さなことに対する特別レーダーが装備されているのだから）気づいた者はいないようだ。

なんであんなことが起きたのだろう。だれかほかの人がわたしを支配し、官能とは無関係に、機械的にああいう状況へと押しやったような気もする。ひょっとしてわたしは、ヤコブに対して、自分は独立した女、自由で、自分の足で立っている女だと証明したかったのだろうか。彼を驚かせたかったのだろうか、それとも友だちが言っていた〈地獄〉から脱《ぬ》け出そうとしたのだろうか。

何も変わらぬまま進んでいく。別に人生の岐路に立っているというわけでもない。自分がどこに進むのか心得ていて、歳月が過ぎても車を洗うことが一大事という家族にならずにすんでいることを願う。大きな変化には時が必要だ。時間ならわたしにはたっぷりある、そう思いたい。

家に着いても特に機嫌よくも悪くもみせないようにする。子どもたちがすぐ勘づくからだ。

「ママ、今日、なんだか変だよ」

思わず答えが口をついて出そうになる。そのとおりよ。なんでかって、やってはいけないことをしてしまったのに、ばれやしないかびくびくしているだけで、悪いことをしたとはちっとも思っていないからよ。

夫が帰宅する。いつもどおり、わたしにキスして今日はどんな日だったかと訊ね、夕食は何かなと言う。わたしもいつもの答えを返す。いつもと何も変わらないと思ってくれれば、今日自分の妻が政治家とオーラルセックスをしたなどと疑うはずもない。

それ自体に、わたしは肉体的快感を一つも覚えなかったけれど。それなのに、いまは欲望でおかしくなりそうだ。男がほしい、キスしてほしい。わたしにのしかかる体から、痛みと歓《よろこ》びを感じたい。

＊＊＊

寝室に上がる頃には、わたしは完全に興奮していて夫と愛を交わしたくてたまらなくなっていた。でも、ゆっくり落ち着いて——はやりすぎると怪しまれる。

お風呂《ふろ》に入り、彼の横にすべり込むとその手からタブレットを奪い、サイドテーブルに置く。胸を撫《な》でまわすと、夫は簡単にその気になった。長いこと何もなかったかのように愛を交わす。少し大きめの声でわたしが呻《うめ》くと、子どもたちが起きるよ、と夫に注意されるが、そういうお小言には飽き飽き、自分がどう感じているかを表わしたいのよと答える。

わたしは何度もいった。ああ、横にいるこの男をどれほど愛していることか！　終わる頃には二人とも汗だくでくたくたになっていたので、またシャワーを浴びることにする。彼も一緒に入ってきてわたしのあそこにシャワーを当ててふざける。もう終わりにして、すっかり疲れているから眠らなくちゃ、とわたしは言う。そんなことをされるとまた興奮してきちゃう。

身体を拭《ふ》きあいながら、またいつもと違うことをしたくなり、今度、クラブに連れていって、と頼む。いつもと違うと夫が怪しむとすれば、いまだろう。

「明日？」

明日はだめだわ。ヨガのレッスンがあるから。

「その話になったからちょうどいい。訊きたいことがあるんだ」

わたしの心臓が止まる。

「なんでヨガなんてやっているんだ？　きみは落ち着いていて、自己との調和もとれているし、ほしいものをちゃんとわかっている女性じゃないか。ヨガなんて、時間の無駄じゃない？」

心臓がまた脈打ちはじめる。わたしは答えず、ただ彼の顔をそっと撫でた。

＊＊＊

ベッドに身を投げ、目を閉じて眠る前に考える。わたしは、いま、長い結婚生活を過ごした人たちにありがちな危機にいるんだわ。そのうち通り過ぎるはず。だれも彼もがいつも幸せでいることはない。というか、それは不可能だ。自分が生きる現実をどうリードしていくかを習得せねばならない。

〈鬱〉よ、わたしの友よ。お願い、近寄らないで。意地悪をしないで。わたしなんかより、鏡を見つめて「なんて無為な人生なんだ」と呟《つぶや》くだけの理由があるほかの人を追いかけて。あんたがどう思おうと、わたしはあんたを打ち負かす方法を知っているのよ。〈鬱〉よ、わたしといても、時間の無駄よ。

ヤコブ・ケーニヒとのランチは想像どおりのものだった。食事は湖畔のレストラン、ラ・ペルル・デュ・ラックへ。むかしはよかったけれど、市が管理するようになってからは目玉が飛び出るほど高い値段はそのままに、味はがっくりと落ちた。先日知ったばかりの日本料理店に連れていって驚かせようかとも思ったけれど、ヤコブは趣味が悪いと思うだろう。味より雰囲気を重視する人もいるのだ。

そしていま、自分の選択は正しかったと思う。ヤコブはワイン通なところを見せようと、〈ブーケ〉や〈テクスチャー〉を試してみたり、グラスの内壁につたう油っぽい跡を〈涙〉などと言ったりしている。要するに、ぼくも大人になっただろうと言いたいのだ。もう学校に通っていた頃のガキじゃない、いろいろと学んで人生の階段を上ったいま、世界もワインも政治も、女のこともむかしの恋人のこともよくわかっている、と。

あほらしい。ここでは、みんな生まれてから死ぬまでワインを飲んでいるのよ。よいワインと悪いワインの見分けくらいつくし、それで充分。

けれど夫と知り合うまで、出会った男どもはどいつもこいつも、自分を博識と思い込み、ワインの選択をする瞬間が人生の栄光の時と言わんばかりにふるまったものだ。みんな判で押したように同じことをする。思慮深げな表情を浮かべて、コルクの匂いを嗅ぎ、ラベルを読み、ギャルソンに試飲させ、グラスをくるくる回し、光に透かして観察し、香りを確かめ、ゆっくりと口に含んでから飲みこみ、ようやく、うん、と頷《うなず》く。

こんな場面を数えきれないほど見たあと、コースを変えようと決めたわたしは大学の社交生活の外に暮らす〈オタク〉とつきあってみた。わかりやすくわざとらしいワイン通とは反対に、〈オタク〉には嘘がなく、わたしを感心させようとする努力などは一切せず、ただわたしにはちんぷんかんぷんの話をした。たとえば〈インテル〉という言葉くらいは知っている義務がわたしにもあると思っていたようだ。「きょう日、コンピュータだったらどれにでもその名がついているだろう」。さあ、気づいたこともなかった。彼らといると、自分は無知で魅力のない女なんだと感じたし、あちらはわたしの胸や脚よりもネット上の海賊行為のほうがよほど気になるみたいだった。それで結局、なじみぶかいワイン通たちのもとに戻った。そして最後に、洗練された趣味でわたしの歓心を買おうともせず、謎の惑星だの、パソコンの履歴を消す監視ツールやプログラムだのの話でわたしを置いてきぼりにもしない男に出会ったのだった。数か月間つきあい、その間レマン湖畔の少なくとも一二〇の村を散策して歩きまわり、彼はわたしに求婚した。わたしは即座に受け入れた。

ヤコブにどこかいいクラブを知っているかと聞いてみる。もう長いことジュネーブの〈ナイトライフ〉からは遠ざかっている（〈ナイトライフ〉に深い意味はない）から、踊って飲みにいきたいのだと説明する。ヤコブの目が輝く。

「いまは時間がないんだ。お誘いは光栄だが、知ってのとおりぼくは既婚者だし、ジャーナリストと一緒にいるところを見られるのはよろしくない。世間からもきみの記事には、あれがあると言われるよ……」

偏り。

「そう、偏り」

そろそろ、むかしからわたしの十八番の誘惑ゲームを始めることにする。負けるはずはない。だって、わたしはすでにゲームの道順も、回り道も、罠も目的もわかっているのだから。

あなたの話をして、とわたしは頼む。プライベートな話。だって、わたしはジャーナリストとしてではなく、女として、むかしのガールフレンドとしてここにいるのだから。〈女として〉という言葉をしっかり強調して話す。

「ぼくにプライベートなんてないよ。残念ながら、まったくない。このキャリアを選んだときから、ぼくはロボットになったんだ。一言一句が監視され、質《ただ》され、公表される」

そういうつもりはなかったのに、彼の率直さがわたしの鎧《よろい》を外す。彼は、この場をよく知っていて、どの地を踏んでいいのか、どこまでわたしと進んでいいのかを推し量ろうとしている。〈不幸な結婚生活〉を匂わせているが、それは、ワインの味を見て自分の力がいかに強大かを説明したあとの大人の男の常套《じょうとう》手段だ。

「この二年間は、数か月間の喜びと挑戦の日々があったとはいえ、残りはいまの地位に必死にすがりついて再選されるためにみんなを喜ばせることしかしていない。自分自身の楽しみはあきらめるしかない。たとえば、今週きみと踊りにいく、とかね。あとは、何時間もただ音楽を聴いているとか、煙草を吸うとか、みんなが眉《まゆ》をひそめるような何かをやるとかはどれもできない」

これはまた大げさね。あなたのプライベートにそこまで興味を持つ人はいないわよ。

「サターン・リターンのせいかもしれない。二九年ごとに自分が生まれたときの位置に土星が戻ってくるんだ」

サターン・リターンですって？

ヤコブはしゃべりすぎに気づいたようで、そろそろ仕事に戻ろうと切り出した。

まだよ。わたしのサターン・リターンはもう過ぎたけれど、何のことなのか説明してちょうだい。星座の授業が始まる。自分が生まれたときと同じ位置に土星が戻るまで二九年かかる。そのときまではだれでも、自分は何でもできる、夢はすべて叶う、自分を囲う壁もこれからまだ壊すことができるはずだと思い込んでいる。土星が円を描くと同時にロマンスは消え失せる。決めたことは決めたこととしてありつづけ、進路変更はほぼ不可能になってくる。

当然だけどわたしは専門家じゃないわよ。でも、わたしの次のチャンスは二度目のサターン・リターン、五八歳にしかないってことよね。土星がもはやほかの道は選べないと告げているのに、なぜわたしをランチに誘ったの？　わたしたち、かれこれ一時間はしゃべっているのよ。

「きみは幸せなのかい」

なんですって？

「きみの目に気づいたんだよ。とても美しく、結婚にも仕事にも恵まれているのに、言いようのない悲しみをたたえている。きみを見ていると自分の目を覗き込んでいるような気がしてくる。もう一度訊くよ。きみは、幸せなのかい」

わたしが生まれたこの国では、そんな質問をするものではないという教育をわたしは受けたし、自分の子にもそう言っている。幸福なんて、正確に価値を計れるものでもないし、国民投票で議論するものでもなければ、専門家が分析するものでもない。どんな車に乗っているのかってことすら普通は訊ねないものなのに、そんな個人的で定義づけすらできないことを、よくも訊いてきたものだわ。

「答える必要はないよ。その沈黙で充分だ」

沈黙で充分ですって。沈黙は答えなんかじゃない、ただの驚きや戸惑いを表わしているだけでしょう。

「ぼくは幸せではない」彼は続ける。「男であれば夢見るものを手にしているが、ぼくは幸せではない」

この街の水道にだれかが何か仕込んだの？　住民全員に深いフラストレーションを引き起こす化学兵器で、この国を滅ぼそうという魂胆なのかしら？　わたしの会話の相手がそろいもそろって同じ気持ちでいるなんてありえない。

ここまで、わたしは何も話していない。けれど苦悩に悶《もだ》える魂は、同類を見極める恐ろしい能力を発揮している。そうして苦しみは倍増する。

なぜわたしは気づかなかったのだろう。なぜ、政治の話やワイン通ぶった物腰などの、彼の表面しか見ようとしなかったのだろう。

サターン・リターン。幸せではない。ヤコブの口からそんな言葉を聞くことになるとは思いもしなかった。

そのとき——時計に目をやると一三時五五分——、わたしはもう一度、彼に恋をする。だれも、あのすばらしい夫ですら、わたしが幸せかと訊ねてはくれなかった。幼い頃、両親や祖父母は時おり、わたしが楽しんでいるかと訊ねてくれたかもしれない。でも、それだけだ。

「また会えるかな？」

目の前にいる男性は、もはや高校時代のボーイフレンドではない。つい引き寄せられてしまう破滅、それなのに絶対に逃げ出したくない破滅だ。ほんの一瞬、これまで以上に不眠に苦しむ夜を迎えることになるのだろうかと考える。いまや、こんなにもはっきりとした問題を抱えているんだもの。恋焦がれる心を。

意識するもの、しないもの、わたしの中のあらゆるところで赤信号が点滅して警告してくる。

わたしは自分に言う。あなた、ただのおめでたい女ね。彼はベッドに連れ込もうとしているだけじゃないの。あなたが幸せかどうかなんて、気にもかけていないわよ。

そして、自殺を決意するようにわたしは頷く。青春時代にわたしの胸を触っただけの男とベッドに入ることが、結婚生活によい影響を与えることもあるかもしれないじゃない。昨日だって、午前中に彼とオーラルセックスをしたら、その夜に何度もオーガズムを感じたことだし。

土星の話に戻ろうとするが、彼はすでに会計を頼んでおり、五分遅れると携帯電話に向かって話している。

「水かコーヒーでも出しておいてくれ」

電話の相手を訊ねると、妻だと答える。ある大きな製薬会社の重役がヤコブに会いたがっていて、議員再選の最後のキャンペーンを支援してくれる可能性があるのだそうだ。選挙はもう目の前まで迫っている。

ヤコブに妻がいることをもう一度思い出す。それでも不幸なのだと、好きなことは何一つできないのだということを思い返す。そして彼らが〈オープンな〉夫婦らしいという噂も。一三時五五分に打たれた雷のことは忘れよう。彼はわたしを利用したいだけなのだ。

それでもいい、一つわかったことがある。わたしもだれかをベッドに連れ込みたいのだ。

＊＊＊

わたしたちはレストラン前の舗道で立ち止まる。いかにも怪しいカップルみたいに、ヤコブはきょろきょろ周りを見て、だれもこちらを見ていないと確認してから煙草に火をつける。

ああ、こっちの現場を押さえられるのが怖かったのね。喫煙しているところ。

「きみも覚えているとは思うけれど、ぼくは学年で一番将来を期待された生徒だった。だから、みんなの予測は正しいということを証明しなければならないと思った。だれだってなるべく多くの人に愛され、認められたい。友だちと遊びにいくのも我慢して勉強に励み、みんなの期待に応えようとしたんだ。高校は優秀な成績で卒業したよ。ところで、どうしてぼくたちはつきあうのをやめたんだったっけな」

彼が理由を覚えていないのなら、わたしはなおさらだ。あの頃はだれもがだれもを誘惑しながらも、だれとも一緒にいない年頃なのだろう。

「大学卒業後、国選弁護人に任命されてから、無法者と無垢《むく》な人たち、人でなしと正直者に毎日会うようになった。暫定的に引き受けたつもりの仕事が、自分にもだれかを救うことができると気づかせてくれ、生涯の仕事になったんだ。クライアントの名簿はどんどん長くなり、ぼくの名声は街中に広まった。父は、そろそろいまの仕事から手を引いて、自分の友人の法律事務所に入る頃だろうとせっついてきた。それでも、ぼくは勝てば勝つほど、訴訟にのめり込んでいった。そうこうしているうちに、いまの時代にはまったくそぐわない、すっかり時代遅れとなった法令に出くわした。行政にはたくさん変えるべき点があった」

これは彼の経歴に全部書いてあることなのに、本人の口から聞くと違う話のようだった。

「あるとき、議員に立候補してもいいと思ったんだ。父に反対されたものだから、運営資金もほとんどないまま、選挙運動を始めた。ただ、これまでのクライアントたちがあと押ししてくれた。得票数は最低ラインぎりぎりだったけれど、当選した」

彼はもう一度あたりを見まわし、煙草を背後に隠す。それでもだれもこちらを見ていないので、また深々と吸い込む。その目はぼんやりと過去を見つめている。

「政治家になった当初は、平均睡眠時間はせいぜい五時間、でも元気いっぱいだった。いまのぼくは一八時間くらいぶっ通しで眠りたいよ。この世界との蜜月期《みつげつ》は終わったんだ。いま、ぼくに残されているのは周りの人間、特にぼくの輝かしい将来のため死ぬほど頑張っている妻を喜ばせるという義務感だけだ。マリアンヌはぼくのためにいろいろなことを犠牲にしてきたんだ。失望させることはできない」

また会えるかな、と数分前わたしに誘いをかけたのはほんとうにこの男なのかしら。これがこの人の望むことなの？　自分と同じように感じているから、理解もしてくれるだれかと話すことが？

わたしには瞬時に想像の世界を創造する才能がある。もう、彼と二人でアルプスのシャレーで絹のシーツにくるまっている姿が目に浮かんでいる。

「次はいつ会える？」

あなたが決めて。

彼は二日後に、と言うが、その日はヨガがあるの、とわたしは断る。さぼっちゃえよ、と彼は言うけれど、さぼりがちだから、これからはきちんと出席すると自分に約束したの、と説明する。

ヤコブはあきらめたように見える。やっぱりいいわ、と言ってしまいそうになるけれど、期待しているとか、いつでも都合をつけられるような女に見られたくはない。

人生がまた面白くなってきた。無関心が占めていた場所を、いまは恐れが占めようとしている。チャンスを失うことが怖いって、なんて素敵なんだろう。

無理よ、でも金曜日なら、とわたしは答える。彼は同意し、秘書に電話して金曜日に予定を入れておくように伝える。ヤコブの煙草が終わると、わたしたちは別れる。あんな個人的な話をなぜしてくれたの、とは訊かないし、彼も食事中に話した内容に、大事な何かをつけ足そうとはしない。

この昼食で何かが変わったのだと信じたい。これまで何百回となくあったビジネスランチと何ら変わりない、これ以上ないほど不健康な料理、双方とも飲むふりだけでコーヒーを頼む段になると、実はほとんど口をつけていないワイン。あれだけ大げさに試飲の舞台を演じたわりには、防護柵《さく》は決して下げない。

周囲を喜ばせる義務。サターン・リターン。

わたしは一人じゃない。

ジャーナリズムなんて、他人が想像するような――有名人にインタビューしたり、素敵な旅に招待されたり、権力者や金に接近したり、危ない世界とわたり合ったり――ゴージャスな世界ではない。

現実は、仕切られたデスクの前で、受話器にしがみついて話している時間がほとんどだ。プライバシーなんてチーフにしかない。彼らは必要に応じてブラインドを閉めることもできる、水族館みたいなガラス壁の向こうにいる。ブラインドを閉めれば、向こうからこちらの様子を窺《うかが》うことはできても、こちらから魚の口がぱくぱくする様子は見られなくなる。

人口一九万五〇〇〇人のジュネーブにおけるジャーナリズムは、世界でも指折りの退屈な場所だろう。今日の新聞に目を通す、とはいえ何が書いてあるかはすでにわかっている。国連支部で外国のお偉いさんたちが絶え間なく開く会合、銀行の守秘義務に対するいつもの不平、その他、なんとか一面にふさわしい話題、たとえば〈肥満のため飛行機に乗れなかった男性〉や〈市街地で狼が羊を襲う〉〈先コロンブス期の化石をサンジョルジュで発見〉など。そして、トップ記事はといえば〈ジュネーブ号が修復、湖上に華麗な姿で再登場〉。

わたしはチーフに呼ばれる。政治家との昼食で何かネタは仕入れたか、と訊かれる。やっぱり一緒にいるところをだれかに見られていたのだ。

いいえ、と答える。経歴に書いてあることのほかは特に何も。今日の昼食はどちらかと言えば情報源に近づくためのものだったので〈情報源が重要であればあるほど、記者に対する扱いもよくなるのだ〉。

上司は、もう一つの情報源によれば、ヤコブ・ケーニヒは既婚者でありながらほかの政治家の妻と関係があるらしい、と言う。心の中の暗い片隅、〈鬱〉が居座っていた場所がちくりと痛むが、無視することにする。

もう少しやつに近づけるか、と上司が訊いてくる。やつの性生活に興味はないが、その情報源によれば、脅迫を受けているらしい。外国の金属会社が自分の国での経理の足跡を消そうと躍起になっているが、うちの財務相に近づく手段がないらしく、〈あと押し〉してくれるだれかを探しているそうだ。

ヤコブ・ケーニヒ議員はうちの標的ではないが、わが国の政治システムの崩壊を企《たくら》むような輩《やから》は告発せねばならん、と上司は言う。

「むずかしいことじゃない。こっちはあんたの味方ですよ、と言ってやればいいだけだ」

スイスは、言葉だけで約束が成り立つ稀有《けう》な国の一つだ。ほかの国では弁護士だの証人だの署名入り書類だの守秘義務が破られた場合の脅威だのが必要らしい。

「確認と写真がほしいだけだ」

それでは、もっと近づかなければ。

「それもむずかしいことじゃない。情報源によれば、次の昼食も約束ずみだそうじゃないか。彼の公式日程表に書いてある」

スイスの銀行は口が堅いってだれが言っているの。この国ではこんなに何もかもが筒抜けなのに。

「いつもの手順でな」

〈いつもの手順〉は、四つ。一、相手が公に話したがっていることから、質問を始める。二、相手の気がすむまで話をさせてやる。そうすれば新聞が自分のためにスペースを大きく割いてくれると信じ込む。三、インタビューの最後、相手がわれわれを完全に掌握したと確信を得た、そのときに質問をする。われわれが一番訊きたい質問を一つだけ。すると相手はこれに答えなければ、記事にしてもらえなくなる、さっきまでの長話がただの時間の無駄になると思い込む。四、それでもあやふやな答えが返ってくるのであれば、質問の形を変える。ただし、質問内容は変えない。そんなことはだれも聞きたくないだろうと相手は答えるだろうが、少なくとも一つは答えを引き出すこと。九九パーセントの割合で、相手は罠にかかる。

それで充分なのだ。その他のインタビュー内容は切り捨て、その答えだけを記事にする。それは答えた本人についてではない。新聞社の調査力や、公式、非公式、もしくは匿名の情報源による情報が透けて見えるようなものが重要な主題となる。

「相手がためらうようなら、うちはあんたの味方だと言うんだ。ジャーナリズムがどう作用するか、わかってるだろう。きみのためでもある」

もちろんわかっている。ジャーナリストの寿命はアスリートなみに短い。若くして栄光と力を勝ち得ても、あっという間に次の世代に座を譲らねばならない。そのまま継続して進みつづける人は少ない。たいていは、またたく間に生活水準を落として、メディアで評論家になったり、ブログを始めたり、講演したりして、周囲の歓心を買おうと必要以上にがんばる。中間の位置、というものがない。

わたしはまだ〈将来有望〉の中に入っている。うまく言質を取れれば、「経費カットで人員整理をせねばならない。きみの才能と名前があれば、ほかでもすぐに仕事が見つかるだろう」という言葉を来年は聞かずにすむかもしれない。

それとも昇進するかしら。そうしたらトップ記事を何にするか決められるようになるかも。狼が羊を襲撃、ドバイやシンガポールに外国の銀行が流出、賃貸用不動産の供給が不足、などなど。これからの五年が楽しみだわ。

自分のデスクに戻り、さして重要でもない電話をいくつかかけ、ネットで面白そうな記事をチェックする。隣では同僚たちが同じようなことをして、なんとか新聞の売り上げ低下にブレーキをかける話題はないかと懸命に探している。ジュネーブとチューリッヒをつなぐ鉄道にイノシシがいるみたいですけど、記事になります？

もちろん。たったいまわたしが受け取った、バーを禁煙にする法律に異を唱える八〇歳の女性からの電話と同じくらいの話題にはなるわね。その老女は、外で煙草を吸わなくちゃならないなんて、夏はまだしも、冬になったら肺がんの前に肺炎にかかって死ぬ人が増える、と言う。

新聞を刷るために、いったいわたしたちはここで何をしているのだろう。

わかっている。わが仕事を愛し、世界を救済せん。

香を薫《た》き、エレベーターに乗り込むときに耳にする音楽と気持ち悪いくらいそっくりな音楽を聴きながら、蓮《はす》のポーズで座り、瞑想《めいそう》を始める。ヨガを試したらいいと勧められてからだいぶ経つ。あれは、自分でもストレスがたまっていると感じていた頃のことだ(ストレスは事実だ。けれど、何にも関心がわかないいまよりはましだった)。

「汚れた思考が浮かんでくるかもしれません。でも、心配ありません。心に浮かぶ思考を受け入れてください。抗《あらが》おうとはしないで」

そのとおり、いままさに抗っているところだ。プライド、失望、嫉妬《しっと》、不義理、無能感、毒々しい感情を押しのけ、空いたスペースを謙虚な心、感謝、共感、道義心、厚意で満たす。

最近、砂糖の摂取が多すぎる気がする。健康にも精神的にもよくない。

闇と絶望は脇に押しやり、良心と光の力を呼び覚ます。

ヤコブとの昼食の一つひとつを思い返す。

ほかの生徒たちと一緒にマントラを唱える。

チーフが言ったことはほんとうだろうかと考える。ヤコブはほんとうに奥さんを裏切っていたのかしら。脅迫に屈したの？

光の要塞《ようさい》に囲まれていると想像して、と先生が言う。

「その光の要塞がわたしたちを守ってくれる、もはや二元性に苦しむことはないと確信しつつ、日々を過ごさねばなりません。喜びも苦しみもなく、ただ深い平安がある中道を探すのです」

なんでヨガのレッスンをついさぼりたくなるのかがわかってきた。二元性？　中道って？　医者にコレステロールの数値を七〇に保てと言われたときと同じくらいに不自然な響きだ。

光の要塞のイメージはたった数秒しか続かず、それはすぐ粉々に砕け散り、ヤコブは目の前に現れる女ならだれにでもなびくのだろうという確信に取って代わられる。でも、だからなんだっていうの。

エクササイズは続く。ポーズを変え、先生はいつもと同じように数秒間でいいので「心をすっかり空っぽにしてください」と言う。

〈空っぽ〉、それはわたしが一番恐れ、ずっとわたしについてまわっているものだ。それがわたしにとってどういうことなのか、先生にはわかっているのだろうか……。いえ、何世紀も続くテクニックをどうこう言う資格なんてわたしにはあるはずもない。

わたし、ここで何をしているんだろう。

わかっている。〈ストレス解消〉だ。

また夜中に目が覚める。子どもたちの部屋に行って安否を確かめる。ちょっと妄想がすぎる気がするけれど、親であればだれでもときどきそんな気持ちになるものだ。

ベッドに戻り、天井をじっと見つめる。

何がしたくて、したくないかを言う力もない。なんでヨガを辞めてしまわないのだろう。なんですぐにでも心療内科にかかって、魔法の薬を処方してもらわないのだろう。なんで自分をコントロールして、ヤコブのことを考えるのをやめられないのだろう。いずれにせよヤコブは、土星の話や、大人になれば遅かれ早かれ向き合わねばならないフラストレーションの話をする相手がほしそうなほかは、何もほのめかしたりしなかった。もうこれ以上耐えられない。わたしの人生は同じシーンを永遠にくり返す映画みたいだ。

大学でジャーナリズムを専攻していたときに心理学の授業を受けた。教授(彼にはいろいろ教わった。授業でもベッドでも)は、インタビューに答える者は、警戒心、自己PR、自信、告白、そして辻褄《つじつま》合わせという五つのステージを通ると教えてくれた。

わたしの人生は自信から告白にまっしぐらだった。ずっと秘密にしておいたことを自分に告白しはじめているのだ。

たとえば、世界は止まった、とか。

わたしの世界だけではなく、わたしを取り巻く世界も。友人同士で会うと、いつも同じこと、同じ人についてしか話さない。話題は新しいようでも、結局時間とエネルギーの無駄遣いでしかない。自分の人生はまだまだ面白いということを見せようとしているだけ。

みんな自分の不幸を封じ込めようとしているのだ。ヤコブとわたしだけでなく、おそらく、わたしの夫も。ただ、夫は何も顔に出さないだけだ。

わたしがいまいる〈告白〉という危険なステージでは、そうしたことがだんだん明確になってくる。自分は一人じゃないと感じる。同じような問題を抱えた人たちに囲まれ、みんな人生はこれまでどおりに進んでいるふりをしている。わたしみたいに。隣のご主人みたいに。おそらく、わたしの上司も。隣で眠っている男も。

ある程度の歳を取ると、安全とか確実とかいう仮面をかぶるようになる。時間が経つにつれ、その仮面は顔に張りついて取れなくなるのだ。

子どもでいるうちは、泣けば優しくしてもらえることを学ぶ。自分は悲しいのだと訴えればなぐさめてもらえる。ほほ笑みで相手を動かせぬのなら、涙を使えばまず間違いない。

だけど、いまはもう泣かない。だれにも聞こえないバスルームの中でしか。ほほ笑みかけたりもしない。自分の子以外には。周囲にあの人は傷つきやすいと思われたり、それを利用されたりするかもしれないから、感情を表わさないようにする。

眠りが最良の薬だ。

約束の日にヤコブに会う。今回は場所を選ぶのはわたしで、美しいのに手入れが悪いオー・ヴィーヴ公園にする。公園と同じく市が経営する最悪のレストランがそこにある。一度、フィナンシャル・タイムズ紙の記者と来たことがあるが、マティーニを頼んだらチンザノが出てきた。

今回はランチというほどのものではなく、芝生に腰かけてサンドイッチを食べることにする。周囲をぐるりと見渡せるので、ヤコブは煙草を好きなように吸える。来る人も行く人も、こちらからは丸見えだ。自分の気持ちに正直になろうと決意してここに来た。

お決まりの挨拶《あいさつ》(天気、仕事、『クラブはどうだった』『今夜行くのよ』など)のあと、わたしが最初に訊《たず》ねたのは、婚外関係で脅迫を受けているのか、ということだ。

ヤコブは驚かない。ただ、その質問は記者としてのものか、友人としてのものかと訊ねる。

いまは記者としてよ。ここで認めれば、うちの新聞社はあなたの味方よ、と言える。あなたの個人的な生活を暴露することもないし、脅迫に関しては協力できる。

「ああ、友人の妻と関係を持ったことはあるが、どのみち職業柄、きみは知っているんだろう。けしかけたのは、倦怠期《けんたい》を感じていた友人のほうだったんだよ。どういう意味かわかるかい？」

向こうの夫がけしかけたって？　わからないけれども、わたしは頷《うなず》いて、四日前の晩、何度もオーガズムを感じたことを思い出している。

関係は続いているの？

「刺激がなくなった。妻もとっくに承知している。隠しきれないことはあるものだ。ナイジェリアの男がぼくらが一緒にいる写真を撮って脅迫してきているが、そんな話は目新しいことでもないだろ」

ナイジェリアは、例の金属会社がある国ね。奥さんに離婚を迫られなかったの？

「二、三日は機嫌が悪かったが、それだけだ。妻には、ぼくらの結婚生活に関して壮大なプランがあるようだが、そこに〈貞節〉は組み込まれていないらしい。嫉妬を感じているふりをしたけど、それはぼくに大変なことをしたと思わせるためだけだ。なにしろ演技が下手だからね。ぼくが口を割ってから数時間後には、もうほかのことで頭がいっぱいになっていたよ」

どうやら、ヤコブはわたしとはまったく違う世界に住んでいるようだ。嫉妬をしない妻に、妻に浮気を奨励する夫。わたしはずいぶん損をしているのだろうか。

「時が一番の解決法だよ。そうだろう？」

場合による。時間が経つほど傷が深くなるケースも多い。わたしもそうだ。だが、わたしはインタビューするためにここに来たのであって、されるためではないので、口を閉じている。ヤコブは続ける。

「ナイジェリア人にはわからないんだな。財務相にひっかけてやつらに罠《わな》をしかけたんだ。ぼくにやったのとまったく同じように、全部録音した」

その瞬間にわたしのネタが、斜陽産業の中で上昇するチャンスが、飛び去っていくのが見えた。わざわざ話すほど目新しいものは何もない――不倫も、脅迫も、買収も。どれもこれも、偉大なるスイスの先人の例にならっているだけなのだもの。

「質問は以上かな？　話題を移してもいい？」

ええ、以上よ。わたしにはほかの話題もないし。

「なんでぼくがきみにもう一度会いたがったのか、訊《き》き忘れてるんじゃない？　なぜぼくがきみに幸せかと訊ねたのか。女性としてのきみに興味を持っているからだと？　ぼくらはもう高校生じゃないんだ。あの日、ぼくのオフィスでのきみの行為に驚いたことも、きみの口で愉《たの》しませてもらったことも事実だけど、二人でここにいるのはそれだけが理由じゃない。あんなことは公の場でできるはずもないということは考えればわかるだろう。だとしたら、なぜぼくはきみにもう一度会いたかったのか。知りたくないかい？」

きみは幸せか、という思いがけない質問が飛び出したびっくり箱は、いまもどこか暗い片隅でちらちらと光っている。そういう質問はすべきではないということを知らないのだろうか。

あなたが話したいのなら、聴くわ。彼を挑発し、わたしを不安にさせる彼の抑圧的な雰囲気を一気に打ち壊すため答える。

ついでに言う。もちろんベッドに連れ込みたいからでしょう。わたしがノー、と返事をするのはあなたが最初じゃないのよ。

ヤコブは横に首を振った。わたしはリラックスしているふりをして、目の前の湖はいつも静かなのに今日は波があるわね、などと呟《つぶや》く。世の中にこれほど興味深いものはないというくらいに、二人で湖を眺める。

ようやく彼が言葉を見つける。

「もう気づいているとは思うけれど、きみに幸せかと訊ねたのは、きみの中にぼく自身を見たからだ。同類は惹《ひ》かれ合うものだ。きみはぼくの中にそれを見ていないかもしれないが、それは問題じゃない。たぶん、きみの心は疲弊しきっていて、ありもしない問題が、そう、自分でもありもしないとわかっている問題が、きみから力を吸い取っていると思っているんだろう」

あの日のランチでわたしも同じことを考えていた。苦悩する魂は互いに認め合い、惹かれ合い、生者を脅かすのだと。

「ぼくも同じように感じる。ただ、おそらくぼくのほうがより具体的だと思う。他人にどれだけ認められるかにぼくは依存しているものだから、あれもこれも解決できなかったという自責の念に駆られ、自分を能なしと感じるんだ。医者にかかろうかと思ったが、妻に反対された。だれかに知られたらキャリアに傷がつくと。そのとおりだと思った」

つまり、彼はこういう話を妻にするのだ。わたしも今晩にでも夫に話すのかもしれない。クラブに出かける代わりに、彼の目の前に座り、すべてをさらけ出す。夫はどんな反応を見せるだろう。

「もちろん、これまでもたくさんの過ちを犯してきた。いまは違う角度から世界を見ようと頑張ってはいるんだが、うまくいかない。きみのような人に出会うと――実を言うと同じような状態にある人というのはたくさんいるんだ――近づいてどう問題に向き合っているかを知りたいと思うんだ。わかってほしい。ぼくは助けを必要としていて、そうやって近づくことが、唯一の方法なんだ」

そういうことね。セックスでもないし、ジュネーブの灰色の午後を光いっぱいにするロマンティックな冒険でもないということ。アルコールや薬物依存症の患者が、互いにセラピーを施すのと一緒ってことだ。

わたしは立ち上がる。

彼の目を見つめて、実はわたしはすごく幸せなのだと告げ、あなたはカウンセラーを探すべきだと言った。奥さんがあなたの人生の何もかもをコントロールできるわけじゃない。だいたい、医者には守秘義務というものがあるのだから、だれかにばれるはずもない。友人には薬でよくなった人もいる。再選というプレッシャーの亡霊に立ち向かいながら、残りの人生を過ごすつもり？　それが望みどおりの将来？

わたしの言葉をだれかに聞かれてはいないかと、彼はきょろきょろする。口を開く前にそれは確認ずみのわたしには、だれもいないことがわかっている。密売人のグループがレストランの後ろ、公園の上のほうにいるだけだ。そいつらがわたしたちのほうに近寄る気配もない。

わたしは止まらなくなった。話せば話すほど、自分の言葉に酔い、気持ちよくなってくる。ネガティブな思考はひとりでに増殖するものよ。旅行とか映画とか、ささやかでも何か楽しみを見つける努力をしたらどうなの。

「そうじゃないよ。きみにはわからないんだ」

ヤコブはわたしの反応に驚いているようだ。わかっていますとも。わたしたちのもとには毎日あふれんばかりの情報が届く。化粧した少女が大人に化けて永遠の美を作ることのできる魔法の製品をPRするポスター、結婚記念日を祝うためにエベレスト山に登頂した老夫婦のニュース、新しく発売されるマッサージ器の広告、ダイエット商品が山と積んであるドラッグストアのウィンドウ、人生について偽りの考えを吹き込む映画、途方もない結末を約束する本、キャリアアップの方法や心の平穏を教えるというアドバイザー。こうしたものすべてのせいで、歳を取ったと感じてしまうのだ。人生、何の冒険もなく過ごすうちに、肌は張りを失い、体重は際限なく増え、〈大人〉にはふさわしくないからという理由で熱情も欲望も抑えなければならない。

情報は選ばなくてはだめよ。目にも耳にもフィルターをつけて、自分をへこませないものだけを入れるようにしなくちゃ。だって、日々生活しているだけで充分へこむじゃないの。わたしだって仕事で評価されたり批判されたりしているのよ。そりゃもう、しょっちゅうよ！　ただね、わたしは自分を奮い立たせるもの、自分の過ちを正してくれるものにしか耳を貸さないことにしたの。そのほかは、聞こえないふり、でなきゃ、ぽいっと捨てるふりをするだけ。

わたしがここに来たのは、不倫や脅迫や賄賂《わいろ》なんかの込み入った話を聞くためだったのよ。そのすべてをあなたはすべて最善の方法で切り抜けたじゃないの。それがわからないの？

深く考えもしないまま、わたしはヤコブの隣に座り、逃げられないように頭を両手でしっかり挟んで長い口づけをする。彼は一瞬戸惑ったが、すぐに返してきた。その瞬間、それまでの無能感、脆《もろ》さ、挫折《ざせつ》感、不安のすべてが深い歓喜に姿を変える。たちまちわたしは賢明な人間となり、事態を掌握し、これまでは想像するだけだったことに挑戦してみる気になる。未知の土地に分け入り、危険な航海へと乗り出し、ピラミッドを破壊して神殿を造るのだ。

わたしは、自分の思考と行動をふたたびこの手に取り戻した。朝には不可能に思えたことが、昼には現実となる。自分の所有物ではないものも愛することができる、とまた感じられるようになり、わたしをかき乱した風は恵みのそよ風に、神の御手《みて》となって頬を撫《な》ぜる。わたしの魂がまた戻ってきた。

彼にキスしていたのはほんの短い時だったのに、数百年の時が流れたかのようだった。わたしたちはゆっくりと顔を離し、彼はわたしの頭を愛《いと》しげに撫で、互いの瞳《ひとみ》の奥深くを見つめ合う。

そして一分にも満たないあいだに、そこにあったものを、また見つける。

悲しみ。

無責任な行動に愚かさが加わって、いまや――少なくともわたし自身にとって――ことは一層やっかいになるだろう。

わたしたちはそれからさらに三〇分ほど一緒に座り、何事もなかったかのように街や住民について話し合った。

オー・ヴィーヴ公園に着いたときにはわたしたちはとても親しげに見え、キスをしたときには一体となった。それがいまは、赤の他人のように、道中決まり悪い思いをしないようにと、当たり障りない会話で間をもたせている。

だれにも見られてはいない。レストランにいたわけではないもの。互いの結婚生活は安泰だ。

謝ろうかと思ったけれど、その必要はないとわかっている。いずれにせよ、キスだけでそれ以上のことは何もないんだもの。

「勝った」という気分にはならないけれど、少なくとも自分自身をコントロールする力を少しは取り戻した。家ではすべてがいつもどおり。家に帰る前のわたしの気分は最低だったのに、いまは上向き。家族のだれも、そんなことには気づかない。

わたしもヤコブのようにやってみよう。この精神状態について夫に話す。わたしは夫を信頼している。きっと助けてくれるはずだ。

でも、今日はあれもこれも素敵だった。それなのに、自分でも説明しきれないようなことを夫に告白して、すべてを台無しにしてもいいのかしら。わたしはいまでも抗っている。ネットで〈強迫性悲嘆〉について読んだけれど、体内の化学物質がわたしに不足しているとは思えない。

だって今日は悲しくないもの。人生のノーマルな時期にいるみたい。高校の卒業パーティを思い出す。あの日、わたしたちは二時間げらげらと笑ったあげく、最後には泣くしかなくて泣いた。みんなで一緒にいるのはあの日が最後だとわかっていたから。あのあと数日間、もしかしたら数週間くらいは悲しかったかもしれないけれど、よく覚えていない。よく覚えていないというそれだけのことが、ある重要な事実を伝えている。つまり、全部過ぎ去ったことだということ。三〇代に突入するのはきついけれど、もしかしたらわたしはまだその準備ができていないのかもしれない。

夫が子どもたちを寝かしつけに二階に上がる。わたしはワインを一杯ついで庭に出る。まだ風がある。ここに住む人間ならだれでも知っているこの風は三日、六日、ときには九日間も吹きつづける。スイスよりもロマンティックなフランスでは、この風は〈ミストラル〉と呼ばれ、晴れの日と寒さを連れてくるといわれている。空にかかる雲が散っていく時間だ――明日はきっと晴れるだろう。

公園での会話、キスのことを考える。後悔の痛みはまったく感じない。わたしはいままでしたこともないようなことをやってのけ、そうすることで、自分を囲い込む塀を壊しはじめているのだ。

ヤコブが何を考えているのかはさして重要じゃない。他人を喜ばせることに苦心して人生を過ごすなんて、わたしには無理だ。

ワインを飲み干したので、もう一度グラスを満たす。数か月ぶりに無関心や無力感以外のことを感じている、この時間を味わう。

服を着替えた夫が降りてきて、どれくらいで準備ができるかとわたしに訊ねる。今晩、踊りに出かける約束をしていたことをすっかり忘れていた。

準備をするため大急ぎで二階へと上がる。

階下に降りるとすでにフィリピン人のシッターが来ていて、居間のテーブルに教科書を広げていた。子どもはもう眠っていて手がかからないので、この時間に勉強をするつもりらしい。この子はどうやらテレビが怖いようだ。

二人とも準備ができた。わたしは一番いいドレスを選んだ。カジュアルな場所には場違いで人目を引いてしまうかもしれないけれど、かまうことはない。お祝いしなくちゃ。

窓を打つ風の音で目が覚める。きちんと閉めなかったのね、と心の中で夫を恨む。起き上がっていつもの夜の仕事をすませねば。子どもたちの部屋に行って、二人の無事を確かめるのだ。

ところが、なぜか起き上がれない。飲みすぎたのかしら。昼に目にした、湖に寄せる波が目に浮かぶ。散ってしまった雲と、隣にいた人を思い出す。クラブのことはあまり思い出さない。わたしも夫も、かかっている音楽が最悪だと思ったし、雰囲気も退屈だったので三〇分後には家に戻って二人ともパソコンとタブレットにしがみついていた。

それから今日の午後、ヤコブに話したあのことは？　いまの時間を使って自分自身のことを少し考えてみたらどう？

この部屋にいると窒息しそうになるのだ。完璧《かんぺき》な夫が隣で眠っている。風の音が聞こえているようには見えない。ヤコブが奥さんの隣で横になり、今の自分の気持ちを逐一説明して（とはいえ、わたしのことは黙っているはずだ）、孤独なときに手を差し伸べてくれるだれかがいることに安堵《あんど》している姿を思い描く。どんな妻なのかという彼の説明はあまり信用はしていない。ほんとうだとすれば、とっくに別れているはずだ。だって、子どももいない夫婦なんだから。

ミストラルがヤコブのことも起こしただろうか、いま、彼らは何を話しているのだろうか。どこに住んでいるのだろう。住所を探り出すのに手間はかからない。新聞社ではその手の情報はいつでも入手できる。今夜はセックスしているのかしら。彼は情熱的に彼女の中に入り、彼女は歓《よろこ》びで震えたかしら？

彼に対するわたしの行動は、どれもわたしらしくない。オーラルセックスも、堅苦しいアドバイスも、公園でのキスも。あれはわたしじゃなかったみたいだ。ヤコブと一緒にいるときのわたしを支配する女はだれなの？

挑発的な思春期の少女。岩のように安定し、普段は穏やかなレマン湖にさざ波を立てる風のように強かったわたし。学生時代の友人に会って、変わらないわねと思うなんて不思議だ。弱々しい子がすっかりたくましくなり、一番の美人が最低最悪の男と結婚し、いつもくっついていた子たちには距離ができて、何年も顔を合わせていなかったりするのに。

けれど、ヤコブと一緒にいると、少なくとも最初の数分間は結果なんて考えない怖いもの知らずの少女に戻ることができる。まだ一六歳で、大人になる日を連れてくる土星がやってくるのもまだまだ先の少女。

眠ろうとするけれど眠れない。さらに一時間、憑《つ》かれたように彼のことを考える。車を洗う隣人の姿を、役にも立たないことで時間をつぶす彼の人生を、無感動だと感じたことを思い出す。しかし役に立っていないともかぎらないのだ。もしかしたらあれは彼にとってはエクササイズで、シンプルな毎日を呪われているなんて思わず、恵みだと思い楽しく過ごしていたりするのかもしれない。

わたしに足りないのはこれだ。もう少しゆったり構えて、いまある人生を楽しむこと。ヤコブのことを考えつづけているわけにはいかない。わたしは日々の楽しみが少ないと言って、具体的なもので代用しようとしているんだ。つまり、男で。だから男が問題というわけじゃない。もしわたしがカウンセラーでわたしの話を聴いたなら、問題はほかにあると判断するだろう。リチウムとかセロトニンの不足、みたいな。ヤコブの登場とともに始まったものでもなければ、彼の退場とともに終わるものでもないはずだ。

でも、頭から離れない。あのキスの瞬間を何十回、何百回と思い返している。それに、想像の中だけだった問題が、無意識のうちに現実化してきているみたいだ。いつもこう。だから人は病気になるのだ。

あの男には二度と会いたくない。すでにぐらついていたものを崩壊させるために悪魔から遣わされた男。でなければ、よく知りもしないのにこんなにあっという間に恋に落ちるなんておかしいじゃない。ちょっと待って、恋に落ちる、ですって？ わたしは春からおかしいのよ。ただそれだけ。それまでは問題なく暮らしてきたんだから、また元通りに戻らないともかぎらない。

前にも自分に言い聞かせた言葉をくり返す。いまはそういう時期なの、ただそれだけ。

自分によくないものにピントを合わせて引きつけてばかりいるのではだめ。午後、そんなふうに自分が彼にお説教をしたのではなかった？

危機が去るまで、耐えて待たねばならない。そうでないと、彼にほんとうに恋に落ちて、初めて一緒にランチをしたときに一瞬だけ感じたことを一生感じつづけるようになってしまう。そしてそんなことがあれば、わたしの心の内のことだけではすまされなくなる。苦しみや痛みが、あちらこちらにまき散らされることになるだろう。

永遠かと思われる時間、寝返りをくり返しているうちに眠りに落ち、その一瞬あとに夫に起こされた。外は晴れて空は青い。ミストラルはまだ吹きつけていた。

「朝食の時間だよ。子どもたちはぼくが着替えさせよう」

ねえ、一生のうちに一度くらいは役割を交替してみない？　あなたは台所にいて、わたしは子どもたちを送ってくる。

「それって挑戦？　いいよ。ここ数年食べたことのないくらい素敵な朝食を作ってあげるから」

そんなんじゃないの。ちょっといつもと違うことをしてみたいだけ。ところであなた、わたしが作る朝食じゃ物足りないの？

「いいかい、議論するにはまだ早い。ぼくたち、確かに昨晩は飲みすぎた。クラブに行く年齢でもなくなったってことかな。いいよ、子どもたちを頼む」

わたしが返事をする前に夫は部屋を出ていった。わたしは携帯をチェックし、新しい一日に立ち向かう前に、今日やるべきことを確認する。

後回しにできない約束のリストを見る。リストが長ければ長いほど、その日を生産的だと感じる。ただ、その中のメモの多くは前日にやると約束したものだったり、今週中にやろうと思っていてまだ手をつけられていないものだったりする。そうこうしているうちにリストはどんどん長くなり、そのせいでピリピリするようになり、とうとう全部ほっぽり出して一からやり直すこともままある。そのときに、どれもさして重要ではなかったことを悟るのだ。

リストには記されていないけれど、絶対に忘れることのない仕事もある。ヤコブ・ケーニヒの住所を探り当て、家の前を車で通ること。

下に降りると朝食の準備がすっかりできていた。フルーツサラダ、オリーブ、チーズ、全粒粉のパン、ヨーグルト、プラム。うちの会社の新聞が、わたしの席の左手にそっと置かれている。夫はずいぶん前に紙の新聞を読むのをやめてしまい、いまはニュースはiPadで読んでいる。上の息子がいきなり、〈脅迫〉ってどういう意味、と訊いてきた。なぜそんな言葉を知りたいの、と返しかけて一面の記事が目に入る。そこにはヤコブの写真が大きく載っていた。社に彼が送ってきた数ある写真のうちの一枚だろう。ヤコブは考えごとをしているような、思慮深げな顔をしている。写真の横の見出しには〈議員が脅迫を受けたことを告白〉とあった。

これを書いたのはわたしではない。それどころか、わたしがまだ通りにいるうちにチーフから電話がかかってきて、ヤコブとの約束をキャンセルしてもいい、財務相から連絡があっていま記事を書いているところだと言われたのだ。わたしは、予定よりも時間が早まり、すでに彼と会ったこと、〈いつもの手順〉を使う必要はなかったことを告げた。そのままわたしは隣町〈市〉と自称していて、官舎まである）に行かされ、賞味期限を過ぎた食品を売っていたことが発覚した商店に対する抗議の取材をした。店主、近隣の人、その知人たちの話を聞いて思ったのは、政治家が何やら脅迫を受けているなどという話より、一般人にはこっちのほうが絶対に面白いだろうということだ。結局、この記事も一面に掲載はされたけれど、さほど大きく扱われたわけではなかった。〈商店に罰金。食中毒の報告はなし〉。

ヤコブのあんな写真を朝食の席で見るのは、ものすごく居心地が悪い。

今晩話がしたいと夫に伝える。

「子どもたちは母に預けて、夜は外で食べよう」と夫は答える。「ぼくもきみと一緒に過ごしたい。きみとだけだ。なんで売れているのか見当もつかないあのひどい音楽もない場所で」

あれは春の朝のことだった。

わたしは小さな公園の隅っこにいた。ほとんどだれも来ない場所だ。学校の壁のレンガをじっと見つめていた。自分の中で何かが違うと言っていた。

ほかの子たちはわたしのことを〈おじょうさま〉だと思っていて、自分でもわざわざイメージを壊すようなことはしなかった。それどころか、母には変わらず高級な服を買ってほしいと頼み、送り迎えは輸入車でしてちょうだいとお願いしていたくらいだ。

そしてあの春の朝、公園で自分は一人ぼっちなのだと気づき、この先もずっとそうなのだろうと思った。まだ八歳だったけれど、自分を変えて、あたしもみんなと一緒なのよ、と言うにはもう遅すぎるように思えた。

＊＊＊

夏のこと。

わたしは中学生で、男の子たちはなんとかわたしの気を引こうと必死だった。女の子たちはやきもちでかんかんになっていたけれど、それを態度に出すことはなかった。むしろその反対で、いつもそばにいれば、男の子のおこぼれにあずかれるかもしれないという下心で、わたしと仲良しになろうとしていた。

わたしはと言えば、ほとんどの子を締め出していた。だれかがわたしの世界に足を踏み入れようものなら、自分は特に面白い子でもなんでもないと、ばれてしまうんじゃないかと思っていたからだ。ミステリアスな雰囲気を保ち、絶対にないことだけど、わたしと親密になる可能性を周囲にちらちらとほのめかしつづけているほうがずっといいと思っていたのだ。

学校からの帰り道、雨のせいで大きくなったキノコを見つけた。キノコはだれにも触れられずそこに生えていた。みんな毒があると知っていたからだ。ふと、これを食べたらどうなるかなと思った。特に悲しいことや嬉《うれ》しいことがあったわけではなく、ただ父と母の注意を引きつけたかったのだ。

でも、キノコには手を触れなかった。

＊＊＊

今日は一年で最も美しい日、秋が始まる日だ。木の葉はまたたく間に色が変わり、木々はそれぞれの個性を放ちはじめる。駐車場まで、一度も通ったことのない道を通ってみることにした。

自分が卒業した学校の前で車を停める。壁のレンガはあのときのままだ。何も変わらないようだけど、いまのわたしは一人ぼっちじゃない。心の中に二人の男性がいる。一人は決して自分のものにはならない人。もう一人は、彼が厳選した特別素敵な場所で、今晩一緒に夕食をとる約束をしている人。

鳥が一羽、風とたわむれながら空を横切っていった。あちらから来たと思えばこちらから来て、上昇したり下降したり、わたしには知り得ないロジックに基づいて動いているかのようだ。もしかしたら唯一のロジックは、愉しむことなのかもしれない。

＊＊＊

わたしは鳥ではない。ただ遊びながら暮らしていくなんてできない。わたしたちよりもお金がないのに旅行にしょっちゅう出たり、外食ばかりして過ごしたりする友人もたくさんいるし、そんな暮らしを試してみたこともあるけれど、だめだった。いまの職を得たのは夫が口をきいてくれたおかげだ。わたしは、働いて時間を過ごし、自分は役に立つ人間だと実感することで、この人生を正当化しようとしている。いつか、わたしの子どもたちは母親のことを自慢に思うだろうし、その頃にはわたしの幼なじみたちはフラストレーションで爆発しそうになっているはずだ。彼女たちが子どもや夫の世話にかまけているあいだに、わたしは自分で何かを築いたから。

こんなふうに他人を感心させたいとだれもが思っているのかどうか、わたしにはわからない。けれどわたしはそう思っているし、それを否定するつもりもない。なぜならそうやって思うことでわたしは自分を前へ前へと押し進めてきて、これまでよい結果しかなかったからだ。もちろん、不必要な危険を冒さないかぎり、だ。わたしの世界がいまのままでありつづけることができるかぎり。

新聞社に到着するなり、政府関連のデジタルファイルを探す。一分もしないうちにヤコブ・ケーニヒの住所も、年収も、卒業した学校も、妻の名前もその職場も、すべての情報が手に入った。

夫は、わたしの職場と家の中間にあるレストランを選んだ。ここには来たことがある。料理も、飲み物も雰囲気も気に入ったけれど、わたしはいつでも家の料理が一番おいしいと思う。夕食を外で食べるのは社交上しかたのない場合にかぎり、それさえもできるだけ避けている。わたしは料理が大好き。家族と一緒にいるのも好きだし、自分が家族を守り、また家族に守られているのだと感じるのが好きなのだ。

日中のわたしのタスク・リストに入っていないものの一つに、〈ヤコブ・ケーニヒの家の前を車で通る〉があったが、その衝動にはなんとか打ち克《か》つことができた。報われぬ恋という現実的な問題をつけ加えるには、すでに充分すぎるほど想像上の問題を抱えているのだ。あの感情はもう過ぎ去った。もう二度と同じことは起きない。そうすれば、わたしたちは平和で、希望と繁栄に満ちみちた未来への道を歩むことができる。

「オーナーが変わって、料理も以前と同じではないらしいよ」と夫が言う。

どうでもいい。どうせ、レストランの料理はどれも同じなんだから。バターをたっぷり使い、美しく盛りつけられ、物価の高さでは世界でも指折りの街にふさわしく、見合わないほどの料金を払わされる。

けれど外食は儀式だ。支配人の挨拶を受け、いつもの席へどうぞと導かれ（ここに顔を見せなくなって久しいにもかかわらず）、いつものワインでよろしいですかと訊かれ（もちろんお願いします、と答える）、メニューを手渡される。上から下まで目を通したわたしがいつもの料理を、夫が予想どおり焼いたラムのレンズ豆添えという伝統的な料理を選んだところで、支配人は本日のスペシャルメニューを説明しにやってきて、わたしたちはお行儀よく耳を傾け、何か親しげな一言二言を交わしてから、慣れ親しんだ料理を注文する。

＊＊＊

結婚して一〇年にもなるので、テイスティングももったいぶった分析も不要のまま頼んだワインの最初の一杯は、仕事の話や、家の暖房のチェックに来るはずが結局来なかった修理工への愚痴で、あっという間に飲み干された。

「今度の日曜日の選挙についての資料はどうなの？」と夫が訊いてくる。

わたしが個人的にも特別な興味を持っている記事の執筆をすることになっているのだ。〈政治家は私生活までをも有権者に監視されるべきか〉。これは、ある政治家がナイジェリア人の一団から脅迫を受けていたという、今日の一面記事から派生した記事だ。わたしが質問した人のほとんどは、政治家の私生活には〈興味ない〉と答えた。ここは米国ではないのだ。そしてそのことに、わたしたちは誇りを持っている。わたしたちはその他の話題についても話す。連邦議会の投票率が、前回より三八パーセント上昇したこと。ジュネーブ公共交通の運転手たちは疲れてはいるだろうけれど、仕事には満足しているだろうということ。横断歩道を渡っていた女性が車にはねられたこと。電車が故障して二時間の遅れが出たこと。その他いろいろ、たわいない会話だ。サービスの前菜もまだ来ていないし、夫に今日はどんな日だったのかと訊ねてもいないのに、ワインは早くも二杯目となる。夫は礼儀正しく、わたしの話をすべて聴いてくれている。いったいわれわれは何をしているのだろうと自問しているに違いない。

「今日はなんだか楽しそうだね」ウェイターが最初の料理を置くのを待ち、夫が言った。そこで二〇分間、ノンストップで話しつづけていたことに気づく。

「何かいいことがあったの？」

もしも同じ質問をオー・ヴィーヴ公園に行った日に訊かれていたら、わたしはどぎまぎして言い訳を連発していたことだろう。そんなことはないわ、いつもどおりのつまらない一日だったのよ、自分がいかに世界にとって重要な人間か、言い聞かせてはいるんだけどね。

「それで、話って何かな」

洗いざらい話してしまおう、そう思って三杯目のワインに手をつけた。断崖《だんがい》から飛び降りようとしたそのとき、ウェイターがやってくる。それからまた意味のない会話を二言三言交わし、わたしの人生の貴重な数分間が、お行儀のよい沈黙とともに無駄に流れた。

夫がワインをもう一本頼む。支配人は承知しました、と言ってワインを取りにいく。

さあ、いまだ。

あなたはきっと、医者に行けと言うと思うの。でも、そういうことではないの。わたしは、家でも職場でもなすべき仕事はこなしている。それなのに、ここ数日ずっと悲しいのよ。

「そんなふうには見えなかったな。さっき、楽しそうだねと言ったばかりだろう」

ええ、そのとおりよ。この悲しみはもはや日常になっているから、だれにも気づかれないの。わたしには話をする相手がいて幸せだと思ってる。だけど、わたしが言いたいことは表面的な明るさとはまったく関係のないことなの。夜はちゃんと眠れない。自分を身勝手だと感じる。子どもみたいに、何とか他人にすごいと言ってもらいたい。何の理由もなくお風呂《ふろ》で泣いているの。ほんとうにほしくてあなたと愛を交わすのは数か月に一度くらい、と言えばあなたにはどういうことかわかるわよね。でも、こういうことはだれもが通る道だ、三〇代になったからだと思ったりもしたけど、それだけじゃ説明がつかない。自分が人生を無駄にしているような、ある日後ろを振り向いて何もかもを悔やむかもしれないと不安になる。あなたと結婚したことと、あのすばらしい子どもたちが生まれたこと以外はね。

「でも、それが一番大事なことなんじゃないの？」

たいていの人にとっては、そうでしょうね。だけど、わたしはそれだけでは満足できない。最近どんどんひどくなってきているの。一日の仕事を終えると、頭の中で、ある問いがぐるぐる際限なく回りはじめる。変化は恐ろしくてたまらないのに、いまとは違う生き方をしたいと強く思ったりもする。こんな考えがくり返されて、何もコントロールできなくなっているの。あなたが気づくはずもないわよ、だってぐっすり寝ているんだもの。昨日の晩、ミストラルのせいで窓がばたばたいっていたのを知ってた？

「いや。でもちゃんと閉めたんだけどなあ」

それ。それよ。結婚してから何千回と吹いた中の一回の風、それがわたしを起こすこともあるの。わたしはあなたがいつ寝返りを打ったか、寝言を言ったかにも気づく。あなたに文句を言うつもりは全然ないのよ。ただね、まったく何の意味もないものに自分が囲い込まれている気がしてならないの。でも、これだけは言っておくわ。子どもたちのことは愛している。あなたのことも愛している。仕事も好き。だからこそ落ち込むのよ。神に対しても、人生に対しても、あなたに対しても、あまりにも不公平なふるまいをしているから。

夫は料理にはほとんど手をつけずにいた。見知らぬ女を目の前にしているような顔をしている。言葉を吐きだしているうちに、わたしはとても落ち着いてきた。これで秘密はなくなった。ワインが効いてきた。わたしは一人じゃない。ヤコブ・ケーニヒ、ありがとう。

「医者にかかったほうがいいと思う?」

わからない。でも、たとえかかるべきだとしても、絶対にいや。自分だけで問題を解決する方法を習得したいの。

「長いあいだそんな気持ちを隠していたなんて、さぞつらかったろう。ぼくのことを信頼してくれてありがとう。でも、なぜもっと早く話してくれなかったの?」

いろいろと耐え難くなってきたのは最近のことなの。今日は小さな頃と中学時代のことを思い出してた。ひょっとして、種はその頃すでに蒔《ま》かれていたのかとも思ったけど、それはないはず。あの頃からずっと自分の気持ちを偽りつづけていたというのなら話は別だけど、そんなことはありえないもの。普通の家庭に生まれて、普通の教育を受けて、普通の生活を送ってきたのに、どこで間違えてしまったのかしら?

もっと早く話さなかったのは、とわたしは涙を流しながら言った。すぐに終わると思ったし、あなたを煩わせたくなかったからなの。

「きみはおかしくなんてないよ。いままでそんな気持ちをちらりとでも見せることはなかったし、怒りっぽくなったり、痩《や》せたりもしていないじゃないか。コントロールができているからだ。出口もきっと見つかるよ」

痩せる? どうしてそんなこと言うの?

「かかりつけの医者に頼んで、眠れるように抗不安薬を処方してもらおう。ぼく用だと言うよ。しっかり休めるようになれば、考えもまとまってくるんじゃないかな。もっと運動したほうがいいかもね。子どもたちも喜ぶよ。ぼくたち、ちょっと仕事ばかりだったから、それもよくないんだよ」

わたしはそれほど仕事ばかりというわけでもなかったけど。その反対に、暇になるとたんにわたしを支配しはじめる野蛮な考えを遠ざけようと忙しくするために、くだらないルポはわたしを救ってくれている。

「いずれにせよ、外の空気を吸って、もう少し運動しよう。もう無理だというところまで、疲れて倒れるまで走るんだ。あるいはもっと客を家に呼んでもいいし……」

それは完全な悪夢になるわ。他人と会話したり、楽しませたり、ほほ笑みを唇に張りつけたままオペラだの渋滞だの話を聴かされたあげく、しまいには食器を全部洗わなきゃならないのよ。

「週末はジュラ公園に行こう。ずいぶん長いことあそこを歩いていない」

週末には選挙があるから、わたしは出勤だわ。

わたしたちは沈黙のまま料理を口に運ぶ。ウェイターが皿は空いたかと二度も見にきたが、ほとんど手つかずの状態だった。二本目のワインはあっという間に空いた。夫が何を考えているかと想像する。〈どうしたら妻を助けてあげられるだろう？　喜ばせるためにもっとできることはないか？〉。何もない。これまでしてくれた以上のことはしないで。ボンボンチョコレートの箱だとか、花束だとか、そんなものを持ってこられた日には優しさの過量投与で、わたしはきっと気持ち悪くなってしまうだろう。

夫には運転は無理だと判断して、車はここに置いたまま明日取りにくることにする。姑《しゅうとめ》に電話して、このまま子どもたちを泊まらせてほしいと頼んだ。明日の朝早く、学校に連れていく前に迎えにいくことにする。

「きみの人生に、いったい何が足りないと言うの？」

お願いだから、そんな質問をしないで。〈何も〉、って答えは決まりきっているんだから。何も足りなくなんてないの！ 解決しなきゃならない深刻な問題があればどんなにいいことか。わたしみたいな状態で暮らしている人なんて、ほかにだれ一人として知らない。鬱《うつ》病で何年も苦しんだ友人ですら、いまは治療中よ。けれど、わたしに治療は必要ないと思う。友人が挙げてくれた症状が全部当てはまるわけじゃないもの。合法の薬漬けになるつもりもまったくない。ほかのみなさんは、好きなようにいらいらして、ストレスをため込んで、失恋したと涙にくれていればいい。特に失恋患者は〈鬱〉だと、医者も薬も必要だと思い込みがちだけど、そんなことではないはず。失恋は失恋。世界が世界として始まったときから、〈愛〉という摩訶不思議《まかふしぎ》なものを人類が発見したときから、ずっとあるものでしょう？

「医者に行きたくないなら、関連の本を読んでみたら？」

当然、読もうとしたわ。心理分析のサイトを読んでだいぶ時間をつぶしたものよ。ヨガにも前より熱心に通ったりもした。わたしが持ち帰る本を見て、文学の嗜好《しこう》が変わったことに気づかなかった？　スピリチュアル系に興味を持ちはじめたと思っていたの？　違う！　わたしは見つからない答えを探しているの。賢い人たちの言葉が記してある本を十冊ばかり読んで、本なんて読んでもどこにも辿《たど》りつけないと気づいたのよ。読んでいる最中には効果があるのに、本を閉じるとたんに効力も消え失《う》せる。本には、この世界を創った人ですら持ち得ない理想郷を描く文章と言葉しかないの。

「それでいまは？　夕食を一緒にして気分はよくなった？」

もちろんよ。だけど、そのことを話しているんじゃないの。わたしは自分がどう変化してしまったのかを知りたいのよ。外見とは関係なく、わたしがこういう人間だということ。

夫が一生懸命わたしに救いの手を差し伸べようとしていながらも、わたしと同じくらい途方に暮れているのがわかる。症状がどうとかいう話を続けようとするけれど、わたしの問題はそこにはない。あらゆるものが一つの症状を示しているのだと話して聞かせる。スポンジ状の暗い穴がどんなものか想像がつく？

「いや」

つまりは、それなのよ。

いつか脱《ぬ》け出せるよ、と夫は断言する。自分で自分を判断してはいけない。自分自身を責めることもだめだ。ぼくがきみについている。

「トンネルの先には光があるんだ」

わたしもそう信じたいけれど、両足がコンクリートにくっついて離れないの。でも心配しないで、わたしは闘いつづけるから。ここ数か月間もずっと闘ってきたの。同じような時期を、すでにやり過ごしたこともある。いつか目が覚めて、ああ悪い夢を見た、と思うわ。それについては絶対の自信があるのよ。

夫は勘定を頼み、わたしの手を握り、タクシーを呼んだ。何かが上向きになったようだ。愛する人を信頼すれば、常によい結果を生むものだ。

ヤコブ・ケーニヒ、わたしの部屋で、ベッドで、悪夢で、何をしているの？　選挙まであと三日しかないんだから、いま頃は一心不乱に仕事をしているはずでしょう？　しかもわたしと一緒に、ラ・ペルル・デュ・ラックで昼食をとったりオー・ヴィーヴ公園で話し込んだりして、すでに選挙運動中の貴重な時間を無駄にしているじゃないの。

それでは足りないの？　わたしの夢で、悪夢で、いったい何をしているの？　あなたのアドバイスどおりにしたのよ。夫と話し、わたしに対する彼の愛情を確かめた。人生から幸福が吸い取られていくような感覚も、久しぶりに愛し合うかのように夫と愛を交わしてから消えたの。

お願いだから、わたしの頭の中から去っていってちょうだい。明日は大変な日なの。早く起きて子どもたちを送っていかなくちゃならないし、市場にも行って、駐車場を見つけて、政治のように独創的でも何でもないことを独創的な記事にまとめなくちゃいけないの。ヤコブ・ケーニヒ、わたしを放っておいて。

夫婦生活はうまくいっているわ。それなのにあなたのことを考えているなんて、あなたは知らないし夢にも思わないでしょうね。今夜はここでだれかそばにいて。ハッピーエンドの物語を聞かせて。子守唄《こもりうた》を歌ってほしい。でも、だめ。あなたのことしか考えられない。

自分を制御できなくなっている。最後に会ってから一週間になるのに、いまだにここにいようとするのね。

消え失せないのなら、わたしはあなたの家まで押しかけていくしかなくなる。あなたと奥さんと一緒にお茶を飲み、二人の幸せを確認し、自分にチャンスはない、わたしの瞳にぼくの姿が映し出されていると言ったあなたの言葉は嘘だったんだ、あなたから誘ってきたわけでもないキスで、わたしが自分を傷つけるように仕向けたんだ、と理解するよう努めるわ。

あなたが理解してくれることを心から願う。わたし自身ですら、自分が何をお願いしているのかわからないんだから。

立ち上がってコンピュータの前に行き、〈どうやって男を征服するか〉検索しようかと思うけれど、その代わりに〈鬱〉と打ってみる。自分に何が起こっているのか、絶対の確信を得たい。

自己診断のページを開いてみる。〈あなたにも心の問題がある?〉。並んだ質問に答えていくが、わたしの答えはほとんど〈いいえ〉だった。

結果が出る。〈あなたはいま、むずかしい時にいるかもしれませんが、鬱病患者として医者にかかるほどではありません。病院を探す必要はありません〉。

ほらね？　最初からわかっていた、わたしは病気ではない。要するにわたしは注目を浴びたくて、ありもしないことを自分で作っているのだ。あるいは自分自身を騙《だま》して、この生活をもう少し面白いものにしようとしているのかもしれない。なんといっても、わたしには〈問題〉があるのだから。問題には常に答えがあるのだから、わたしはそれを探して何時間、何日、何週間でも費やすことができる。

夫に頼んで眠れる薬を処方してもらうのもよいのかもしれない。もしかしたらほんとうに仕事のストレスかもしれない。いまは選挙の時期で、わたしも緊張していることだし。仕事でもプライベートでも、他人より上を目指して生きているけれど、この二つのバランスをとるのはたやすいことではないはずだ。

今日は土曜日、選挙の前日だ。株が動かず暇つぶしができないから週末は嫌いだという友人がいる。

夫に説き伏せられて外に出ることになった。子どもたちを少し外で遊ばせよう、というのが夫の口実だ。明日は社の当直日だから、二日ともは無理だけれど。

夫にはスウェットパンツを着るように言われた。かつてのローマ植民地、いまは住民が二万人にも満たない古都ニヨンに、そんな姿でいくなんてどうかと思う。スウェットパンツなんて、家の近所でいかにも運動していますというときに着るものでしょう、と言ったけれど夫は聞く耳を持たない。

喧嘩《けんか》はしたくないので、言われたとおりにする。ちなみにわたしは相手がだれであれ、喧嘩は避けて通る。特にいまの状況では無理だ。口数は少ないにかぎる。

家から三〇分も離れていない小さな町でわたしがピクニックをしているあいだに、ヤコブは有権者を訪ね、秘書や友人と話し、興奮し、おそらく少しのストレスも感じ、けれど人生の大事な時期を迎えて喜んでもいるのだろう。スイスでは秘密投票の概念がとても厳しいものなので世論調査はあまり当てにはならないけれど、彼は再選されると思う。

彼の奥さんも、わたしとはまったく違う理由で一睡もできなかったに違いない。結果が公表されたあとどう友人たちを接待するかの計画を練っているはずだ。今朝はきっと、ジュリアス・ベア銀行やプラダ、グッチ、アルマーニなど錚々《そうそう》たる名店のウィンドウの前に屋台を出して、野菜や肉を山盛りに積んでいるリーヴ通りの市場に出かけているに違いない。金に糸目をつけず、とにかく一番よいものを選んでいる。それから車でサティニーへ。地域ご自慢の数あるワイナリーの一つに出向いて、いろいろな収穫年のワインを味見し、ほんとうに味がわかる人（彼女の夫もどうやらその一人らしいが）をも納得させるものを選ぶ。

そして疲れてはいるものの、満足して家に帰る。表向きはヤコブはまだ選挙運動中だけど、前夜にすっかり用意しておいたほうがいいに決まっている。ああしまった、いまになって家にあるチーズでは足りないと気づくなんて！　もう一度車に乗って市場へ向かう。何十種とあるチーズの中からヴォー州のものを選ぶだろう。グリュエール（マイルドなもの、塩が効いたもの、熟成に九〜一二か月をかけた一番値が張るものの三種類）、ヴォー州のトムチーズ（内側がやわらかく、フォンデュで食べてもそのままで食べてもいい）、レティヴァ（アルプスの乳牛のミルクを使い、薪《まき》でゆっくりと加熱したもの）。

ついでに新しい洋服を買うのにいくつか店に寄ってもいいかもしれない。いえ、それじゃあまりにこれ見よがしね。夫が労働法の会議に出席したときに同行したミラノで買ったモスキーノをクローゼットから引っぱり出して着ることにしよう。

ヤコブはどうしているだろう？

妻に始終電話をかけて、あれを言うべきか、あの通りを、あの町を訪ねるべきか、トリビューン・ド・ジュネーブ紙のサイトには何か出たかと訊いているのだろうか。今日、あちこちを訪問するたびたまりつづけるストレスも、妻と話しアドバイスを耳にすれば、いくらか和らぐのだろう。二人で組み立てた戦略の確認をし、次はどこへ行くべきかと訊ねる。公園でわたしに話したとおり、妻を失望させないために政治の世界に留《とど》まっている。たとえ自分の仕事が大嫌いだとしても、その努力は愛の力によって報われる。輝かしいキャリアを積んでいけば、大統領にもなれるだろう。とはいえ、それはスイスではそうたいしたことではない。みんな、大統領は連邦議会によって選出され、毎年変わるものだと知っているからだ。それでも〈夫はかつて、スイス、つまりはスイス連邦大統領だったのよ〉と言えるのも悪くはないはずだ。

そうすれば彼の前にはたくさんの扉が開けるだろう。遠くの会議への招待が舞い込み、どこかの大企業が理事として彼を迎える。ケーニヒ夫妻の未来は明るく輝いている。それに比べて、いまのわたしの目の前には、ピクニックに通じる道が開けていて、身に着けているのはダサいスウェットパンツなのだ。

とりあえずはローマ博物館を訪ねて、それから古代の遺跡を見るために丘を登った。子どもたちははしゃいでいる。夫がすべてを承知していると思うとほっとする。始終楽しいふりをしなくてもすむからだ。

「湖畔を少し走ろう」

子どもたちは？

「大丈夫だよ。静かに待っていなさいと言われた場所で待てるくらいの教育はしている」

外国人がジュネーブ湖と呼ぶレマン湖のほとりまで降りていく。夫は子どもたちにアイスを買い、パパとママが少し運動しているあいだ、ベンチに座っているようにと命じるが、上の子はiPadを持ってこなかったと文句を言う。夫はそのいまいましい機械を車まで取りにいく。こうなれば、タブレットがだれよりも優秀なシッターとなる。本来は大人向けのはずのゲームで、三、四人のテロリストを殺すまで、二人が動くことはないだろう。

＊＊＊

二人で走り出す。片側には公園、反対側にはかもめや船がミストラルに乗って遊んでいる。風は三日経っても六日経ってもやまず、もう九日目に入っているはずだ。風がやむと、青い空も晴れの天気も終わりを告げるのだ。トラックを一五分ほど走ると、ニョンはすでに後方になっている。そろそろ引き返したほうがいい。

運動なんて久しぶりだ。二〇分走って、わたしは足を止める。これ以上は無理だ。残りは歩くことにしよう。

「まだ行けるよ！」夫はその場でぴょんぴょん跳ねてリズムを保ちながらわたしに声をかける。「だめだよ。最後まで行かなきゃ」

両手を脚に置き、上半身を前のめりに傾ける。心臓がどくどくと脈打つ。昨晩眠れなかったせいだ。夫はわたしの周りを走りつづけている。

「大丈夫だよ！ 立ち止まるほうがよくないよ。ぼくのため、子どもたちのためにがんばってくれ。これは単なるエクササイズじゃないんだよ。いつでもゴールはある、途中であきらめてはだめだということを学ぶんだ」

わたしの悲しい気持ちのことを言っているの？

夫がわたしのそばに来て、手をとり、ゆっくりと揺らす。走る元気はなかったけれど、それよりも夫に抗う力がまったく残っていなかった。言われたとおりのことをする。あと一〇分、最後まで走る。

行き道では気づかなかった議会の候補者たちのポスターの前を通る。たくさんの写真の中からカメラに向かってほほ笑むヤコブ・ケーニヒを見つける。

スピードを上げる。夫は驚いたが、同じように足を速めた。一〇分かかるはずだったところを七分で着いた。子どもたちは微動だにしていない。周りには美しい景色も山もあり、かもめが飛び、遥《はる》かにアルプスも見えるのに、子どもたちの目は魂を奪いつくすタブレットに吸いついたままだ。

夫は子どもたちのほうに行ったが、わたしはそのまま通り過ぎた。夫は驚いて、でも嬉しそうにこちらを見る。自分の言葉が功を奏したと思っているのだろう。何かの運動に集中すると分泌され、たとえばランナーズハイやオーガズムを引き起こしたりするエンドルフィンが、わたしの体内を駆けめぐっているんだと考えているに違いない。この分泌物の作用の特徴としては気分の高揚、免疫力の強化、老化防止が挙げられるが、何よりも陶酔や多幸感を刺激することでよく知られている。

とはいえ、わたしにはその方向の効き目はないみたいだ。ただ、すべてを置き去りにしてもゴールを切るまで走り、次へ次へと進む力を与えてくれた。なぜわたしのもとにあんなにすばらしい子どもたちが来たの？　なぜ夫と出会い、恋をしたの？　彼に出会うことがなければ、いま頃は自由な女だったの？

わたしはおかしいんだ。このまま近くの精神科病院まで走っていったほうがいい。こんなひどいことを考えるなんて。それでもわたしは走りつづける。

さらに数分走ってから折り返す。走っている途中で恐怖が駆け抜けた。自由になりたいと願うあまり、願いが現実になってニョンの公園まで戻ってもだれもいなかったらどうしよう？

でも、みんなそこにいた。ママが、愛する妻が、戻ってきたと笑っている。わたしはみんなに抱きつく。汗だくで、自分の身体も心も汚れていると感じるけれど、それでも家族をきつく抱きしめる。

何を感じているかにかかわらず。いいえ、何も感じていないのにかかわらず。

あなたが人生を選ぶのではなく、人生があなたを選ぶのだ。そこに用意されているものが喜びであろうと悲しみであろうと、それはあなたの理解が及ぶものではない。ただそれを受け入れ、前に進むしかない。どんな人生かを選ぶことはできないけれど、そこにある喜びや悲しみをどうするかを決めることはできる。

この日曜の午後、仕事と称して（上司はうまく言いくるめることができた。今度は自分を言いくるめなければ）ある政党の支部に来ている。時刻は一七時四五分、みんなお祝いムードだ。わたしの妄想とは違い、当選者のだれもパーティは開かないようだ。ということは、わたしがヤコブとマリアンヌ・ケーニヒの自宅を訪れる機会はお預けになったわけだ。

到着するや否や、最初の情報が飛び込んできた。投票率は四五パーセント以上、これは記録的な数字だ。トップ当選は女性で、ヤコブは輝かしい三位へと食い込んだ。これはつまり、党の決定次第で、彼は内閣入りできるということだ。

メイン会場は黄色と緑の風船で飾られており、人びとはすでに飲みはじめていたり、わたしに勝利のポーズをとって見せたりする。明日の朝刊に写真が載ればもうけものと思っているんだろうが、写真係はまだ到着していない。今日は日曜だし、天気もよいのだもの。

ヤコブはわたしを見たがすぐに目をそらし、たぶん最悪につまらない話を交わす相手を探している。

少なくとも仕事をしているふりはしなくては。レコーダーを振りかざし、メモ用紙とフェルトペンを取り出す。うろうろと歩きまわって「これで移民の法令を承認させられる」や「有権者は前回の選挙で間違いを犯したことに自ら気づき、わたしを復帰させてくれたのだ」などのコメントを取ってまわる。

トップ当選した女性は「女性票が決め手となりました」と断言する。

ローカルテレビ局のレマン・ブルーがメイン会場にスタジオを設置していた。政治担当のアナウンサー――おそらくその場にいる男性一〇人のうち九人がうっすらと欲望を抱くようなタイプ――が、気の利いた質問をするが、返ってくる答えはどれも補佐官のチェックを受け承認され、用意された文章を読み上げるだけのものだった。

そのうちヤコブ・ケーニヒが呼ばれたので、何を言っているか聞くために近づこうとするが、だれかが目の前に立ちふさがった。

「こんにちは。マダム・ケーニヒです。ヤコブからあなたの話は聞いているわ」

これはまた、なんという女性かしら。

金髪にブルーの瞳、洒落《しゃれ》た黒いカーディガンにはエルメスの赤いスカーフを合わせている。全身の中でブランドがすぐにわかるのはそれくらいだ。洋服はパリのオートクチュールだろうが、コピーされるのを避けるためブランド名はひっそりと隠してあるに違いない。

驚きを隠しながらわたしも挨拶を返す。

ヤコブがわたしの話をしたんですか？　数日前にインタビューをして、ランチを一緒にとらせてもらったんです。ジャーナリストがインタビューの相手について感想を述べてはいけないものですが、脅迫の告白をするなんて、ご主人は勇気ある人だと思いますよ。

マリアンヌ、もしくは自分で称したようにマダム・ケーニヒは、わたしの言葉に興味ありげに耳を傾けている。その目が語るよりも多くのことを知っているにちがいない。ヤコブはオー・ヴィーヴ公園でのことを話したのかしら？　そのことについて触れるべき？

レマン・ブルーテレビのインタビューが始まっているようだが、マリアンヌは夫の発言には一つの興味もなさそうだ。当然、一言一句を彼女も暗記しているのだろう。明るいブルーのシャツとグレーのネクタイ、上質な仕立てのフランネルの上着、いやみなほどに高価でもなく、国の主要工業に対する侮辱と受け取られかねないほど安価なものでもない腕時計も、妻の見立てたもののはずだ。

何かコメントは、とわたしが訊ねると、ジュネーブ大学哲学科の准教授としてならお答えするけれど、再選された政治家の妻としてならばお断りよ、と答えた。

挑発しているのね、とぴんときた。ならばこちらも同様にお返しするまでだ。

それにしても、あなたの品位の高さには驚かされました、と言ってみる。夫が友人の妻と関係を持ったというのに騒ぎ立てなかったなんて。しかも選挙直前に新聞にすっぱぬかれたというのに。

「当然だわ。当事者同士が合意のうえでの、愛のないセックスであれば、わたしはオープンな関係を奨励しているの」

この人、何かをほのめかしているのだろうか？

彼女の瞳に燃える青い炎をわたしはまっすぐ見返すことができない。ただ、化粧が薄いことはわかった。必要ないのだ。

「それに」とさらに言う。「匿名の情報源を使って、選挙の週におたくの新聞に洗いざらい教えるのは、わたしのアイデアだったの。有権者は候補者の不貞についてはすぐに忘れるけれど、家族のあいだにヒビが入るかもしれないリスクがあるのに悪事を告発する勇気はいつまでも覚えているものよ」

マリアンヌは最後の言葉を言いながら笑い、いまのコメントはオフレコで、というか書いてはだめよ、と言った。

ジャーナリズムの原則では、オフレコを頼むのであれば口を開く前でなくてはいけないのですよ。記者はそのとき、イエスかノーを決めます。話してしまったあとでオフレコを願うのは、すでに川に落ちてどこに流れていくかもしれない葉っぱを止めようとするのと同じこと、葉っぱにもう決定権はありません。

「それでも、あなたは黙っていてくれるわよね？　主人を傷つけるつもりなんてこれっぽっちもないんでしょう？」

会話を始めて五分と経たずに、わたしたちのあいだには明らかに険悪な空気が流れている。しぶしぶオフレコにすると約束をする。マリアンヌは、その比類なき頭の中のメモに、次回からは事前に頼むこと、と書きつけているのだろう。こうして毎分、新しいことを学び、毎分、自分の野望に近づくのだ。そう、〈自分の〉野望に。ヤコブは自分の人生を不幸だと言っていたのだもの。

マリアンヌはわたしから目をそらそうとしない。

わたしはジャーナリストに戻り、そのほかに言い足すことはあるかと訊ねる。親しいお友だちとお祝いするのですか？

「そんなこと、するもんですか。面倒ったらありゃしない。それに、もう彼は再選されているんですもの。パーティや夕食会は寄付金集めのために選挙前に行うものよ」

またしてもわたしは自分の愚かさを思い知ったが、それでも最後にもう一つだけ訊きたい。

ヤコブは幸せですか？

ようやく痛いところを突いたらしい。マダム・ケーニヒはこちらを見下すような態度で、先生が教室で生徒に教えるようにゆっくりと答える。

「あら、もちろん主人は幸せです。幸せでないはずがあって？」

この女、引きずりまわして八つ裂きにしてやる。

そのとき、二人ともが、それぞれ声をかけられた。補佐官がわたしのそばにやってきて、トップ当選者に紹介する、と言い、だれかが彼女に挨拶をする。わたしはお会いできてよかったです、と彼女に挨拶した。ほんとうは、また別の機会にもちろんオフレコで、友人の妻と合意のうえでのセックスってどういうことなのかくわしく伺いたいと言いたいのだけれど、時間がない。名刺を渡して、必要あればご連絡ください、と言ってみるけれど、彼女は黙っている。ところが、その場を離れようとするわたしの腕をいきなりつかんで、トップ当選者の補佐官と、彼女に夫の再選のお祝いを言いに来た男性の目の前で言う。

「わたし、主人と昼食を一緒にした、例の彼女に会ったのよ。気の毒な人よね。強がりなのよ。ほんとうは自分のこと、自分の仕事を周りはどう思っているかばかりが気になるくせに、しらっとした顔をして。すごく寂しい人なのね、きっと。だけどね、あなたならわかるでしょ。わたしたち女は自分たちの関係を脅かそうとする者を見破る第六感がすごく鋭いのよね。そう思わない？」

そのとおりですね、と何の感情も出さずに答える。補佐官がいらついた顔をしている。

当選者が待っているのだ。

「だけど、彼女には万に一つのチャンスもないの」マリアンヌはそう締めくくる。

それから手を伸ばしてくるので、わたしも握手をして、そのまま一言もなく離れていく彼女の後ろ姿を見送った。

月曜日の午前中はずっと、ヤコブの私用携帯に何度も電話をかけるが、だれも出ない。もしかしたらこちらの番号を記録しているかもしれないので、番号非通知でかけているのだが、何度かけても出ない。

彼の秘書にかけてみる。選挙の翌日で、ヤコブは忙殺されていると言われる。だとしても、わたしは彼と話さなくてはならないのだから、かけつづける。

そこでときどき使う手段に出る。彼と連絡を取ったことのない、赤の他人の携帯を借りるのだ。

呼び出し音が二度鳴り、ヤコブが出た。

わたしよ。いますぐ会ってちょうだい。

ヤコブはていねいな口調で、今日はおそらく無理でしょう、のちほどかけ直します、と言う。

「これが新しい番号ですか？」

いいえ、これは借り物の携帯よ。わたしからの電話には出ようとしないから。

すると彼は笑う。世の中でこんな面白い冗談はないといいたげな笑い方だ。たぶん周囲に人がいて、うまくごまかしているのだろう。

公園で写真を撮られて脅されているの、と嘘をつく。わたしはあなたのせいにするわ。あなたに無理強いされたと。あなたの浮気はたった一回だったと信じて票を入れてくれた人たちはさぞやがっかりすることでしょうね。たとえ連邦議会議員に選出されたとしても、大臣になる道はこれでぱあね。

「きみは大丈夫？」

ええ、と答えて電話を切る前に、明日のいつどこで会うかをショートメールで送ってちょうだい、と頼む。

わたしはすごく元気よ。

元気でないわけないじゃない。とうとう、この退屈極まりない人生に心配事ができたのよ。わたしの夜は、もはやあてどなくさまよう考えに支配されることもない。いまのわたしには自分が何を求めているのかわかる。打ちのめす敵も到達したい目標もある。

一人の男だ。

愛、ではない。いや、そうかもしれないけれど、それは関係ない。わたしの愛情はわたしのもので、たとえ報われない相手であっても、だれに与えようとこちらの勝手だ。報われるほうがよいに決まっているけれど、だめならだめでしかたない。この井戸を掘りつづける手を止めるつもりはない。その先には水が、冷たい水があると知っているのだから。

世界のだれを愛そうと、わたしの自由だ。そう考えると気持ちが明るくなる。愛する相手を決めるのにだれの了解を得る必要もない。わたしに対して報われない恋心を抱いた男が何人いたことだろう。彼らは無理を承知でわたしにプレゼントを贈り、求愛し、友だちの前で恥をかくことも辞さなかった。それでわたしに怒ってきた人も一人もいなかった。

いまでも彼らに再会すると、勝ち得なかった愛で目を輝かせ、残りの人生でもそれを失いたくないと思っていることまで感じられる。彼らがあんなふうならば、わたしだって同じようにできるはずだ。報われない愛のために闘うなんて気をそそられる。ただ、楽しいものではないだろう。治ることのない深い傷跡が残るかもしれない。それでも興味は引かれる。特にもう何年もリスクを恐れ、自分の手で制御できない変化が起きてしまったらどうしようとおののいていた人間にとっては。もう我慢なんてしない。この挑戦がわたしを救うだろう。

＊＊＊

半年前に洗濯機を新しくしたので家事室の水道管工事が必要になった。家事室の場所そのものを変えねばならなかったので、壁も塗り替えた。そうしたら家事室は台所よりもずっと素敵になった。

あまり差がつくとおかしいので、台所もリフォームした。すると今度は居間が古びて見えたので手を入れたら、ほぼ一〇年手つかずだった仕事部屋より、ずっと感じがよくなった。

そこで仕事部屋にも手を入れ、少しずつリフォームは家全体に広がったのだった。

同じことがわたしの人生にも起こりますように。始まりは些細《ささい》なことが、結果的には大きな変化をもたらしていますように。

公の場ではマダム・ケーニヒと自称するマリアンヌの生活を調べるのに、だいぶ時間を費やした。世界的にも有名な製薬会社を共同で営む裕福な家庭に育ったらしい。ネットに出てくる彼女の姿は、社交の場であれスポーツ会場であれ、常にエレガントだ。TPOに合わせて派手すぎもせず地味すぎもしない服装を選んでいる。わたしみたいにニヨンにスウェットパンツで行ったり、若者ばかりのクラブにヴェルサーチで行ったりなんて決してしないのだろう。

ジュネーブ界隈《かいわい》ではおそらく一番の羨望《せんぼう》の的だ。莫大《ばくだい》な資産の後継者であり、将来有望な政治家と結婚しているのに、哲学の准教授という自ら築いたキャリアもある。論文は二つ書いており、うち一つは博士論文だ。〈退職後の人びとの脆《もろ》さと精神障害〉、ジュネーブ大学出版社刊。アドルノやピアジェといった哲学者の特集もしている人気雑誌〈ル・ランコントレ〉にも二回掲載されている。フランス語のウィキペディアにも名前がある。どうやらあまり更新はされていないようだけれど。それによると、マリアンヌは〈仏語圏スイスの老人ホームにおける敵意、争い、ハラスメントの専門家〉なんだそうだ。

さぞや人間の苦悩も歓《よろこ》びもよくご存じに違いなく、知識があまりに深いがゆえ夫の〈合意の上でのセックス〉にショックを受けることもできないのだろう。

さらに、たいそう優秀な戦略家でもある。普通であれば真面目に取り合ってはもらえないような、そしてスイスではごくまれな匿名のたれこみを、老舗《しにせ》の新聞社にしっかりと売り込んだのだ。新聞社が情報源はだれだったのか、つきとめたとは思えない。策士。すべてを台無しにする危険をはらむ話を、夫婦間の寛容と協力のレッスンと、腐敗との闘いの物語にすりかえてしまった。

透視者。子どもを作る時期を待とうとする賢さがある。まだ時間はある。それまでは、夜泣きや、仕事を辞めてもっと子どもに注意を向けたほうがいいと説教する隣人（自分の経験でものを言う人たち）に悩まされることなく望みどおりに設計図を描ける。

鋭い勘の持ち主。わたしのことを脅威とはみなしていない。外見とは違い、わたしは自分以外のだれにも危険ではないと見ぬいている。

さあ、これが、一片の憐みもなくめちゃめちゃにしてやりたい女。

定住許可を持たず、不法滞在がいつばれるかとひやひやしながら都心に働きに出るために毎朝五時に起きる哀れな貧乏人などではない。国連の幹部と結婚して、しょっちゅうパーティを開いてはリッチでハッピーな生活を見せつけたがるくせに、夫には自分より二〇歳も若い愛人がいるという周知の事実を一人だけ知らないでいる能天気な主婦でもない。国連で働きながらも〈上司とデキている〉から、どれほど仕事で頑張っても認められることはない、その若い愛人でもない。世界貿易機関の幹部としてジュネーブに配属され、セクシャルハラスメントと受け取られるのを恐れるがあまり、互いに目も合わせないような職場で働くシングルの女性でもない。夜には借りている高級マンションのだだっ広い壁を見つめ、時おり契約している若い男に遊んでもらっては、この先一生夫も子どもも愛人も持つことはないことを忘れさせてもらっている女でもない。マリアンヌはどのタイプにも当てはまらない。彼女は完璧《かんぺき》な女なのだ。

最近はよく眠れている。週末の前にヤコブに会わねばならない。少なくとも彼はそう約束したのだし、キャンセルする勇気もないに違いない。月曜日に一回だけ通じた電話では、とても心配しているようだった。

夫はニヨンで過ごした土曜日が功を奏したと信じている。まさにあの日、自分に欠けているのは熱い恋心とアバンチュールだと妻が自覚したとは、夢にも思っていないだろう。

あの頃は自分でも病的と思うほど心を閉ざしていた。むかしは広々として可能性がたくさんあったはずの世界が、安全な道を選ぼうとするほど小さく狭まっていった。なぜだろう? それは洞窟《どうくつ》に住んでいた先祖の頃から脈々と受け継がれている遺伝のせいなのだろう。集団を作っている者同士は助け合い、一人でいる者は淘汰《とうた》されていく。集団に属していたとしても、すべてを御することができるわけではない。歳を取れば髪の毛は抜けるし、一つの細胞は異常をきたして腫瘍《しゅよう》に変化する。

それでも、偽りの安心感がそういったことを忘れさせてくれる。人生に立ちはだかる壁がはっきりと見通せればなおよい。それが心理的な境界線にすぎないとしても、心の底では遅かれ早かれ〈死〉が、挨拶《あいさつ》もなしにその壁を抜けて入ってくるのだと知っていても、しっかりとすべてを掌握できているふりをするほうが楽なのだ。

最近のわたしの精神状態は海のように猛々《たけだけ》しく荒れている。ここまで辿《たど》ってきた道をふり返ると、大嵐の真っただ中を粗末ないかだ船に乗って大洋を横切っているようなものだった。生きて帰れるだろうか、と自問するけれど、もはや戻る術《すべ》はない。

もちろん、生きて帰れるはずだ。

これまでだって大嵐に直面したことはある。真っ暗な穴にふたたび落ちる危険を冒しているのでは、と感じたときには、これに集中すべしというリストを作ってある。

・子どもたちと遊ぶ。子どもにもわたしにも学ぶものがある物語を読む。よい物語に年齢は関係ない。

・空を見上げる。

・冷たいミネラルウォーターを飲む。こんな簡単なこと、と思われそうだが、一杯の冷水でいつも生き返ったような気分になるのだ。

・料理をする。これぞ最も美しく完璧なアート。料理は五感をフル稼働させるし、さらに自らの中の最良の部分を差し出さねばならない。わたしの一番お気に入りのセラピーだ。

・不満をリストにする。これは大発見だった。いまではいらっとすると、不満を口にしてそれをメモする。一日が終わる頃には、意味もなくいらいらしていた自分に気づく。
・泣きたい気分でも、ほほ笑む。これが一番むずかしいけれど、慣れが肝心。偽りでも常にほほ笑みを顔に張りつけておけば、魂は明るく輝き出すというのが仏教の教えらしい。
・一日に一度ではなく二度、シャワーを浴びる。硬度の高い水のせいで肌が乾いてしまうけれど、それでもいい。心が洗われる。
それでも、いまこのリストが役立っているのは、わたしに目標があるからだ。わたしは逃げ場を失い追いつめられた虎だ。もはや攻撃するしか、道はない。

ようやく日が決まる。明日の午後三時、コロニー・ゴルフクラブのレストランで。街角のビストロや、街の（唯一とも言うべき）目抜き通りから一本入った路地のバーでもよかったのだが、彼はゴルフクラブのレストランを選んだ。

午後の真っただ中に。

その時間であればレストランは空いていて、より心置きなく話ができるだろう。上司へのうまい言い訳を考えなければならないが、そうむずかしいことではない。つい先日、わたしが書いた選挙関連の記事が、その後国中のほかの新聞に引用されたばかりだもの。人目につかない場所を、と彼は考えたに違いない。ロマンティックな場所だわ、とあくまでも自分に都合よくとらえる性分のわたしは考える。秋になり、木々は黄金に染まっている。ヤコブと少し歩いてもいいかもしれない。動いているほうが頭も働く。ニョンのときのように、走っているとなおいいのだけど、二人でジョギングは無理だろう。は、は、は。

今夜のわが家の夕食はラクレットチーズのフォンデュ、バッファローの生肉に千切りポテトを焼いたものにクリームを添えた伝統的な料理だった。家族には何かのお祝いみたいだね、と言われたので、お祝いなのよ、と答えた。みんなでここに一緒にいて、静かに夕食を愉《たの》しむことができるんだから。夕食後にその日二度目のシャワーを浴びて、不安もすべて洗い流す。ボディローションをたっぷりすり込んでから本を読んであげようと子ども部屋に行ったら、二人とも一心不乱にタブレットで遊んでいた。これは一五歳以下には使用禁止にすべきだ。

もう終わりにしなさいというわたしの言いつけに二人はしぶしぶ従い、わたしはむかし話の本を適当に開いて読みはじめた。

氷河期には、たくさんの動物たちが寒さで死んでしまいました。ヤマアラシたちはみんなで集まって、お互いに身体を温め合ったり、敵に襲われないようにしたりしました。ところが、温まるために身体を寄せ合おうとすると、ヤマアラシはお互いを身体の針で傷つけてしまいます。そのために、また身体を離すしかありませんでした。

結局、ヤマアラシたちは次々に凍え死んでしまいました。

こうなると、絶滅するか、お隣の針を我慢するかの二つに一つしか選択はありません。

ヤマアラシたちは、賢くもふたたびみんなで集まりました。お隣と一緒にいるとできてしまう小さな傷はやり過ごすことができるようになりました。それよりもお隣のぬくもりのほうがずっと大事です。こうしてヤマアラシたちは生きのびることができたのです。

子どもたちがほんもののヤマアラシを見にいきたいと言い出す。

「動物園にいるの?」

さあ、知らないわ。

「氷河期って何?」

むかし、すごく寒かった時代のこと。

「冬みたいに?」

ええ、でも終わりのない冬ね。

「くっつく前に針を折っちゃえばよかったのに」

なんてこと。ほかのお話にすればよかった。電気を消し、二人を撫《な》でてやりながらアルプスの村に伝わる古い歌を歌ってやると、あっという間に眠ってしまう。

夫がわたしに精神安定剤を持ってくる。依存症になるのが怖いのでいつもなら薬は飲まないようにするけれど、明日はしゃっきりしていなければいけないのだ。

一錠飲むと、夢も見ない深い眠りに落ちていった。夜中に目覚めることもなく。

時間より早く着いたので、広大なクラブハウスを抜けて庭園に出た。この美しい午後を目いっぱい楽しもうと心に決めて、庭園の奥の木立まで歩く。

メランコリー。秋になるとまず浮かぶ言葉がこれだ。夏はもう終わりを告げ、日はどんどん短くなる。わたしたちはおとぎ話に住む氷河期のヤマアラシとは違う。他人に少しでも傷つけられるのは耐えられないものなのだ。ほかの国では、凍死者が出たとか、雪に封じ込められて高速が大渋滞だとか、空港も閉鎖されたなどのニュースがすでに入ってきている。ストーブに火が入り、クローゼットから毛布が引っぱり出される季節。けれど、こんなことはどれも、人が作りだした世界での話だ。

大自然の中の、この景色の壮大なこと。葉が緑に生茂る頃は見分けのつかなかった木々が、それぞれの個性を発揮して森を微妙に違う色合いで染め上げている。一つの生命のサイクルが終わりを迎えるのだ。すべてが休息の時期に入り、春になれば花となり、ふたたび息を吹き返す。

いやなことを忘れるのに秋ほど最適な季節はない。悩みは枯れ葉のごとく舞い散らせて、もう一度踊り出そう。まだぬくもりの残る陽光のかけらの一つひとつを大事に使って、身体も心も温めるのだ。そのうちに太陽も眠りに入り、空に弱々しく灯《とも》るランプとなってしまうだろうから。

＊＊＊

遠くにヤコブが到着したのが見える。わたしを探してレストラン、テラスを見てまわり、とうとうバーで訊《たず》ねたようで、ギャルソンがこちらを指さしている。ヤコブはわたしの姿を認めた。わたしはクラブハウスに向かい、ゆっくりと歩き出す。わたしの服、靴、軽い上着、歩き方を見てほしい。心臓が早鐘のように打ってはいるけれど、歩くペースを速めてはいけない。

言葉を探す。なぜわたしたちはふたたび出会ったのだろう。わたしたちの間には何かがあるとわかっているのに、なぜ二人とも自分を抑えているの。いままで何度もやってしまったように、崩れ落ちるのが怖いからなの？

歩きながら、一度も通ったことのないトンネルを抜けているような感覚に陥る。反感が愛情に、皮肉が屈服へと変わるトンネルだ。

近づくわたしを見つめながら、ヤコブは何を思うのだろう。怯《おび》える必要はないと説明しなきゃ。〈悪が実在するとすれば、それはわれわれの恐怖の中にある〉とでも言おうか。

メランコリー。いま、その言葉でわたしは恋する女になり、一歩ごとに少女に還《かえ》る。彼の目の前に立ったときに、最初にかける言葉をまだ探している。言葉など探すものではなくて、その場で自然に出るにまかせたほうがいいのだろう。言葉はわたしとともにある。わたしはそれに気づけないかもしれないし、受け入れ難いと感じるかもしれないが、それでもすべてを制御しようとするわたしの気持ちより、言葉はずっと強い。

なぜ、彼に伝える前に、わたしは自分の言葉を聞こうとしないの？

怖いのだろうか。灰色で悲しくて、同じことのくり返しの毎日の人生よりも悪いことって何なんだろうか。幸せになるためにすべてを手に入れたあとで、何もかも、わたし自身の魂も消え失《う》せて、この世界にたった一人になるよりも恐ろしいことって？

逆光を受けて木の葉がシルエットとなり舞い落ちるのが見える。同じことがわたしの中で起きている。一歩進むごとに障害が消え、要塞《ようさい》が壊れ、壁が崩れ、そしてそれらすべての陰に隠れていたわたしの心が、ようやく秋の光を目にして楽しんでいる。

今日は何を話そう。ここに来るまで車で聴いていた音楽？　木立を抜ける風？　闇と贖罪《しょくざい》、あらゆる矛盾を抱える人間性について？

メランコリーについて話せば、きっとそれは哀しい言葉だと彼は言うだろう。それは違う、忘れられたものや傷つきやすいものを示すのはノスタルジーだとわたしは言う。人生が勝手にわたしたちに歩ませた道が見えないふりをするわたしたち、安心がほしいからといって、幸福へと導く運命を否定するわたしたちのように。

さらに数歩進む。障害がさらに消えていく。さらに心に光が射し込む。何であろうと、もはや何ものをも制御しようなどと頭には浮かばず、ただもう二度とないこの午後を生きることだけ考える。彼を説き伏せる必要はない。いま理解できなくても、いつかきっとできる。時間が解決してくれるだけのことだ。

寒いけれど、テラスに座ることにしよう。そこならヤコブが煙草を吸える。ヤコブも初めのうちは身構えて、公園で撮られた写真のことを知りたがるだろう。けれどわたしたちは、普段の生活では忘れられがちな、ほかの惑星に生命体が存在する可能性や神の存在についての話をしよう。信仰について、奇跡について、生まれる前から決まっていた人と人の出会いについて。

終わることのない科学と宗教の争いについても話そう。愛についても。常々、愛とはいかに得難く、同時に人を脅かすものとしてとらえられてきたかと。彼はメランコリーについてのわたしの定義は間違っていると言い張るだろうが、わたしはただ黙って紅茶をすする。ジュラ山に落ちる日を見つめ、生きていてよかったと思うだろう。

ああ、それから花についても話そう。いまはバーの中に飾ってある温室育ちの花しか目に入らないけれど。それでも、秋に花の話をするのは楽しい。春の希望を与えてくれるもの。

あと数メートル。壁はすっかり崩れ落ちた。わたしはいま、生まれ変わった。

＊＊＊

ヤコブの隣に立ち、スイス式に頬に三回キスをした（旅先で三回目のキスをしようとすると、たいてい驚かれるものだ）。彼の緊張が伝わり、このままテラスにいましょうとわたしから提案する。人もいないし、あなたも煙草を吸えるし、と。ギャルソンはヤコブがだれなのかを承知していた。彼はカンパリ・トニックを、わたしは予定どおり紅茶を頼む。

ヤコブの気を楽にするため、わたしは自然について、木について、常に変化があることに気づくことがどんなに素敵かを話した。なぜわたしたちはいつでも同じパターンをくり返そうとするのかしら？　そんなことは不可能なのに。不自然だわ。違うパターンを試してみることを敵視しないで、新たな知の源になると考えたらどうなのかしら。

ヤコブは身を固くしたままだ。機械的な相づちを返すだけで、いますぐにでも会話を切り上げたそうに見えるが、そうはさせない。今日という日は一度きりしかないのだから、ありのままを受け入れるべきだ。ここに歩いてくるまで、考えていたことも話す。自分では制御できない言葉の話とか。言葉がこれほどの正確さでぽんぽんと出てくることにわたしは驚嘆しているの。

ペットの話もする。なんで人はあんなにペットを可愛がるのだと思う？　ヤコブは型どおりの答えしかしないので、次の話題に移る。なぜ、人と人は違いを認め合うのがこれほどむずかしいのかしらね。文化の違いをただ受け入れることで人生がとても豊かで面白くなるのに、なぜ新しい民族を定める政令がこんなにたくさんあるのかしら。すると、ヤコブは政治の話はうんざりだと言う。

それならば、今朝子どもたちを送っていった学校にあった水槽の話をするわね。中に一匹魚がいるんだけど、もうずっとガラスのそばをぐるぐると回って泳いでいるのよ。それを見て、この魚はどこから泳ぎはじめたのかも、どこでゴールに行きつくのかも知らないんだなと思ったの。だから、人は水槽の中の魚を見るのが好きなんだわ。食べるものに困りはしないけど、ガラスの壁の向こうに行くことも絶対にできないなんて、まるで人生そのものだもの。

ヤコブはもう一本、煙草に火をつける。灰皿には吸い殻がすでに二本あるのが目に入る。それで、自分がだいぶ長いことしゃべりつづけていることに気づく。光と平穏のトランス状態に陥って、彼はどう感じているのかと話をさせる隙も与えていなかった。あなた、何か話したいことはある？

「例の写真のことだが」慎重に口を開く。わたしがかなり微妙な状態にあると気づいたらしい。

ああ、写真ね。ちゃんとあるわよ。この心にしっかりと焼きつけられて、神の手をもってしか消すことはできないわ。でも、どうぞわたしの心に入ってその目で確かめてちょうだい。わたしの心の囲いはあなたに一歩近づくごとに消え去ったから、いつでも入れるわ。

入り口がわからないなんて言いっこなしよ。何度も入ってきたじゃないの。むかしも、いまも。わたし自身ですら最初は受け入れ難かったんだから、あなたが躊躇《ちゅうちょ》するのもわかるわ。わたしたちは同じなの。心配は無用よ、わたしが導いてあげる。

ここまで一気に言うと、ヤコブはわたしの手をそっと包んでにっこりと笑い、そして手首に刃《やいば》をつきたてた。

「ぼくらはもう一〇代の子どもじゃないんだ。きみはすばらしい人だし、聞いたかぎりでは素敵な家族もいるじゃないか。夫婦間セラピーを受けようと思ったことはある？」

一瞬、自分がどこにいるのかわからなくなるけれど、立ち上がって自分の車までまっすぐに歩いていく。涙もなく。さよならも言わず。後ろを振り返ることもなく。

何も感じない。何も考えない。車にさっと乗り込んで方向も考えずに車道に出る。この先にわたしを待つ人はいない。メランコリーがただの無感動に姿を変える。進むためには這《は》わなくてはならない。

五分後、ある城の前にいることに気づく。あの城でどういうことがあったのかは知っている。ある女性が、いまでも語り継がれる怪物に命を与えたのだが、彼女の名を知る人はほとんどいない。

庭園の入り口は閉まっているが、それが何だと言うんだろう。柵《さく》を乗り越えればいい。冷たいベンチに腰かけて一八一七年にここで何があったのか想像を巡らせよう。気を散らし、さっきまでわたしに活気をもたらしていたものすべてを忘れ、ほかの何かに集中しなければいけない。

その年のある日、英国の詩人バイロンがこの城に移り住んできた。祖国でさんざん嫌われ、ジュネーブでも頻繁に乱痴気騒ぎを起こし、公共の場で酔っぱらったりするものだから、つまはじきにされていたのだ。たぶん、彼は退屈で死にそうだったのだろう。それかメランコリー。それとも憤怒《ふんぬ》。

それはどうでもいい。大事なのは一八一七年のその日、祖国から詩人のパーシー・ビッシュ・シェリーとその一八歳の若妻、メアリーの二人がやってきたことだ。もう一人いたはずだが名前が思い出せない。

彼らは文学談議を交わし、雨と寒さを厭《いと》い、ジュネーブ市民や英国の同胞たちを罵《のの》り、紅茶とウィスキーの不足を嘆いたのだろう。もしかしたら互いに詩を披露しあい、ほめ合うこともあったかもしれない。

自分たちのことを特別な重要人物と信じていた彼らは、ある賭《か》け事を思いついた。一年以内に人間性について語る自著を手にして、またこの場所に戻ってこよう。

ところが、人間性とは何かと構想を練ったり語り合ったりした最初の熱が冷めると、当然ながら話題は逸脱していき、賭けの約束などすっかり忘れてしまった。

メアリーはその場にいたものの、一緒に賭けようとは誘われなかった。まずメアリーは女性だったし、さらに不利なことにはたいそう若かった。それでも、この会話がメアリーの胸に深い印象を残したと見える。時間つぶしに何か書いてみよう。テーマはあるんだから、それを発展させればいいだけだ。書き終えたら自分だけの記念にしまっておけばいい。彼女はそう考えた。

だが、夫妻が英国に帰ってからシェリーは妻の手稿を読み、出版を勧めた。さらに、すでに著名だった彼が出版社を紹介し、自分が序文を書こうと申し出た。メアリーは初めは拒否したが、自分の名前は出さないという条件つきで出版を決意した。

初版の五百部はすぐに完売した。メアリーは夫の序文のおかげだと思ったが、増刷するときには著者名を入れることに同意した。それ以来、この本は世界中の書店で売り切れ続出となった。多くの作家、戯曲家、映画作家を刺激し、ハロウィーンパーティや仮面舞踏会にまで影響を及ぼしている。近年も、ある著名な批評家に〈ロマン主義の中で、もしくはおそらくこの二〇〇年の中で最もクリエイティブな作品〉と評されていた。

その理由はだれにもわからない。世の中でこの本を読んだことのある人はほとんどいないだろうが、それでも、だれでもこの登場人物の名前は聞いたことがあるはずだ。

物語の主人公はジュネーブで生まれ、科学を通して世界を理解するよう両親から教えを受けてきたスイス人の科学者ヴィクターである。ヴィクターは、樫《かし》の木に雷が落ちるのを子どもの頃に目撃して、あれが生命の源となるのだろうかと考えた。人間が、ほかの人間を創ることはできるのだろうか？

人間を救うために火を盗もうとしたギリシャ神話のプロメテウスになぞらえて（小説には〈あるいは現代のプロメテウス〉という副題がついているのだが、ほとんど知られていない）、主人公は神の偉業を真似ようと研究を始めた。当然のことながら、細心の注意を払ったにもかかわらず、実験はヴィクターの手に負えない結果を生み出す。

小説のタイトルは『フランケンシュタイン』だ。

＊＊＊

神よ、あなたのことを普段は忘れがちで、悩みが生じるときだけしか信じようとしないわたしですが、ここに来たのは偶然なのでしょうか？　それとも、わたしがこの城まで来てあの物語を思い出したのは、目には見えぬあなたの容赦ない御手《みて》の導きによるものなのですか？

シェリーに出会ったとき、メアリーは一五歳で、彼には妻がいた。それでも、メアリーは社会の慣習にそむいて、運命の人だと信じた相手についていくことにしたのだ。一五歳！　その若さで、自分が何を欲しているかをきちんとわかっていたとは。しかも、それをどう手に入れるかまでわかっていたなんて。わたしは三一歳で、何かがほしいと思ってもそれを手に入れることができない。メランコリックでロマンティックな秋の午後が、その瞬間に何を語るべきか示唆してくれたというのに。

わたしはメアリー・シェリーではない。わたしはヴィクター・フランケンシュタインとその怪物だ。

生気を失った何かに息を吹き込もうとしたのに、結局は本と同じ結果になってしまった。恐怖と破壊を世界にまき散らす。

もう涙はない。絶望もない。心臓の鼓動は止まっているかのようだ。身体も同じ反応を示して、一歩も動くことができない。秋の日は暮れはじめるとあっという間だ。美しかった夕焼けはみるみるうちに薄闇となる。夜になってもわたしは同じ場所に座りつづけ、城を見つめて、ここの住人たちが一九世紀初頭のジュネーブのブルジョワ階級の人たちをどれほど脅《おびや》かしただろうかと考えている。

怪物に命を与えた雷光はどこに？

雷光はやってこない。ただでさえ少ない車の往来が、この時間になっていっそうまばらになっている。子どもたちが夕食を待っているはずだ。そして夫は、わたしの状態を知っている夫は、そろそろ不安に思いはじめる頃だろう。それでも、両足に鉄球がくくりつけられているかのようで、どうしてもまだ動けない。

わたしは負け犬だ。

報われぬ愛に目覚めた者は赦しを請うべきなのだろうか。

いや、そんなことはない。

われわれに対する神の愛だって、報われぬものではないか。すぐに報われずとも、神は変わらずわれわれを愛してくださる。われわれを愛するからこそ、神はただ一人の息子を遣わし、愛とは太陽と星を動かす力であると示されたのだ。学校で暗記した〈コリント人への手紙〉で、使徒パウロはこう言っている。

たといわたしが、人びとの言葉や御使いの言葉を語っても、もし愛がなければ、わたしは、やかましい鐘や騒がしい鐃鉢《にょうはち》と同じである。

その理由はだれにでもわかる。世界を変えようという立派な考えを聞かされることはよくあるけれど、そこには感情が、つまり愛がない。どれだけ道理や筋が通った話であっても、心を動かされはしない。

パウロは愛を、預言、神秘、信仰、博愛と比べている。

なぜ愛は信仰より重要なのか。

なぜなら、信仰は〈より大きな愛〉へと導く道でしかないからだ。

なぜ愛は博愛より大事なのか。

なぜなら、博愛は愛の一つの姿でしかないからだ。全体のほうがただの一部より大事なのは当然だ。博愛とは、人と隣人とを近しくさせるときに愛が用いる数多《あまた》の手段の一つでもある。

それに、愛のない博愛《チャリティー》も簡単に見つかるということは周知の事実だ。毎週、いたるところでチャリティーディナーが開かれている。みんな、高額な席料を払い、高級服と宝石を身につけて大いに楽しむ。ディナーが終わる頃には、ソマリアで家を失った人たち、イエメンからの亡命者、エチオピアで飢餓に苦しむ人たちのためにだいぶ寄付金が集まった、世界を少しよくするために自分も貢献した、と気分よく帰路につくのだ。そのお金が実際はどこに行くのかと疑問を持つこともないまま、今後は貧困状態にある人びとの過酷な状況を目にして覚える罪悪感から解放される。

そんなチャリティーディナーに行く権利がない、そんな贅沢《ぜいたく》が許されない人たちは、ホームレスのそばを通ったら小銭を渡す。通りで彼らに小銭を投げてやるよりも簡単なことなどあるだろうか。おそらく、投げないでいるよりも投げるほうが簡単だ。

小銭一枚で、なんと深い安堵《あんど》を得られることか。懐をそう痛めることもなく、困っている人たちも助かるのだ。

けれども、もしもわたしたちが彼らを愛していたら、もっとたくさんのことをしてあげるはずだ。

あるいは何もしないか。小銭を与えないことで、かえって貧困に対する罪悪感を覚え、その結果、真の愛が自らの中に目覚めるかもしれない。

それからパウロは愛を、犠牲と殉教と比べた。

いまになってパウロの言葉がよくわかる。たとえわたしが世界中で一番成功していても、マリアンヌ・ケーニヒより尊敬され好かれていても、この心に愛がなければ、何にもならない。まったく何にも。

「何のために仕事をするのですか」アーティスト、政治家、ソーシャルワーカー、医者、学生、公務員、だれにインタビューするときでも、必ずこれを訊ねることにしている。家族を持ちたいからです、と答える人もいれば、キャリアアップです、と答える人もいる。それでももっと質問を掘り下げていくと、結局はある答えに落ちつくのだ。「世界をよりよいものにするためです」

いつか、金色の文字で書いたこんな声明文を、モンブラン橋を通る車や人に渡してまわりたいものだ。

〈人類のためにいつか何かをしたいとお考えの方に。たとえ神の名のもとであなたの肉体が焼かれようとも、愛がなければ何にもならない。何にも！〉

人が与えられる最上のものとは、日々の生活に反映させた愛だ。それこそが普遍的な言語となるのだ。中国語で話そうと、インドの方言の一つで話そうと変わらない。若い頃はわたしもあちこちを旅行した。いわば学生の通過儀礼だ。裕福な国にも貧しい国にも行ったが、現地の言葉を知らない場所がほとんどだった。それでも、どこででも、愛ある沈黙の雄弁さは、なんとか土地の人とも通じ合わせてくれた。

愛の伝言とは、言葉や行動ではなく日々の過ごし方を通して伝わるものなのである。〈コリント人への手紙〉で、パウロはほんの三節で愛がいろいろなものによって作られていることを伝えている。光と同じ。プリズムに太陽光を通すと、光は虹《にじ》と同じ色に分散されることを学校で習った。

光を通すプリズムが虹色を見せてくれるように、愛の虹色をパウロはわたしたちに見せてくれる。

では、愛とは何でできているのだろう。それは日々耳にする美徳であり、いつでもすすんで行動に移せるものだ。

寛容。愛とは寛容であり、
親切。愛は情け深い。
寛大。また、ねたむことをしない。
謙虚。愛は高ぶらない、誇らない、
礼節。無作法をしない、

献身。自分の利益を求めない、
忍耐。いらだたない、
純真。恨みをいだかない、
誠実。不義を喜ばず、真理を喜ぶ。

これらの才覚は日常生活、今日と明日、そして〈永遠〉とも関係がある。最大の問題は、人がこれを神の愛の話だと勘違いしがちなことだ。神の愛はどう現れるのかというと、人への愛に現れるのだ。

天上での平穏を見つけるためには、地上でも愛を見つけなければならない。地上での愛がなければ、われわれには何の価値もない。

わたしは愛するし、だれにもそれを留め立てすることはできない。ずっと支えてきてくれた夫をわたしは愛している。思春期に出会った男のことも愛していると思う。美しい秋の午後に彼に歩み寄りながら、自分を囲む防護壁を崩してしまった以上、もはやその壁を積み直すことはできない。おかげでわたしはすっかり無防備となってしまったが、悔いはない。

今朝コーヒーを飲みながら、窓の外のやわらかな光を見てあの午後を思い出し、最後に自分に確認をした。わたしは頭の中の問題から逃避するために、現実の問題をひねり出そうとしているのか？　これはほんとうの恋なのか、それともここ数か月の不愉快な感覚をファンタジーにすり替えようとしているだけなのでは？　そうじゃない。神は不当ではない。報われる可能性がないのなら、こんな形でわたしが恋に落ちることを、神が許すはずがない。

それでも、時に愛は、愛のために闘うことを求める。そして、いまからわたしはそれをする。正義を求めて、わたしは怒りも焦りもなく悪をしりぞける。マリアンヌから離れてわたしのそばにいれば、ヤコブは生涯わたしに感謝するだろう。

それでも彼は去っていくかもしれないが、力のかぎりを尽くして闘ったという事実がわたしの中に残るはずだ。

わたしは新しく生まれ変わったのだ。自らの意思で自由に、わたしのもとまで来ることのない人を追い求めていく。ヤコブは既婚者であり、何かを一つ間違えばキャリアの打撃にもなると思っている。

それでは、わたしはどこに集中すべきだろうか？　それは本人に気づかれることなく、彼の結婚生活に終止符を打ってあげること。

人生初、ドラッグの仲買人に会いに行こう！

わたしは、世界から孤立することをすすんで選択した国に住んでいる。ジュネーブ近郊の村を訪ねると、知人に借りないかぎり、駐車する場所などないことにすぐに気づくだろう。

それは何を意味しているのか。よそ者はお断り。この下の湖も、遥《はる》かに見える壮大なアルプスも、春の野に咲きほこる花も、秋には黄金色に染まるぶどう畑も、すべてだれにも邪魔されることなくここに生きてきた祖先からの賜りものなのだ。われわれも、ここをこのままにしておきたい。ゆえに、よそ者はお帰りいただこう。あなたが隣町で生まれ育ったのだとしても、言い訳無用。車を停めたいのならば、駐車場がいくらでもある都会へどうぞ。

世界からあまりにも隔離されているがゆえいまだに核戦争の脅威を信じているスイスでは、あらゆる建物に核シェルターの設置を義務づけている。最近ある議員がこの法令を無効にしようと試みたが、議会に退けられた。核戦争の勃発《ぼっぱつ》の可能性はもうないかもしれないが、では、化学兵器の脅威はいかに？　われわれには国民を護《まも》る義務がある。

ゆえに、金のかかる核シェルターの設置義務はそのままだ。黙示録の到来を待つあいだは、食糧貯蔵庫にでも倉庫にでもしておけばよろしい。

一方、どれだけわれわれが平和の孤島であろうとしても、国境を越えて入り込んできてしまうものはある。

その一つがドラッグだ。

政府は必死で販売元を押さえ、ドラッグを買おうとする者たちをつぶそうとしてはいるが、いくらここが楽園であっても、渋滞、責任、締切、倦怠《けんたい》感などでみんなストレスをため込んでいるのだ。コカインは生産性を高め、ハッシシは緊張を和らげる。われわれは世界の悪い手本とならぬように、ドラッグを禁止すると同時に、目をつぶる必要がある。

ドラッグ関連の問題が増えてくると、偶然にもセレブや公職にある人間が麻薬で逮捕されたりする。この逮捕劇はメディアで大きく取り上げられるため若者たちをひるませ、政府がすべてを掌握していると国民に見せられる効果がある。見よ、法に背く者の哀れな末路を。

こういう逮捕劇は一年に一回ほどある。でも、モンブラン橋の下に毎日規則正しく出ているドラッグの売人たちのもとに、だれか要注意人物が日常を離れてクスリを買いにいこうと思い立つのが年に一回だけとはとても思えない。そんなものだとしたら、売人も稼ぎにならないからとっとと消え失せているだろう。

目的の場所に着いた。家族連れが行き交うなか、怪しげな男たちはだれにも邪魔されず、だれを邪魔することもなく佇《たたず》んでいる。動きを見せるのは、外国語で話している若いカップルが通りかかったり、スーツ姿の重役然とした男が橋の下を通り過ぎたかと思うと、怪しげな男の目をまっすぐ見据えつつあと戻りしたりしたときくらいだ。

わたしは橋の下を通り過ぎ、一旦《いったん》反対側まで行くとミネラルウォーターを一口飲んで、そこにいた見知らぬ人に寒いですね、と声をかけてみた。相手は自分の世界に入り込んでいて返事をしない。回れ右をすると、さっきの男たちはまだそこにいる。目が合うが、通行人がなぜか多く、一度しか合わせられない。商談中のビジネスマンや田舎から出てきた求職中のよそ者たちが、この界隈のやたら高いレストランの昼食に向かっているのだろう。

少し待ってから、また通る。もう一度、目で合図を試みる。すると、一人の男がついてこいと顎《あご》でサインをよこす。自分の人生でこんなことがあるなんて想像したこともなかったが、今年はとにかく異常なことばかりなので自分の行動がおかしいとすら思えない。

わたしはなにげないふうを装って、男のあとを歩く。

二、三分歩いて英国公園に行く。この街のシンボルでもある花時計の前で写真を撮る観光客の前を通り過ぎる。ディズニーランドのように湖の周りをぐるりと走る小さな列車の駅を横切る。とうとう桟橋に着いて、二人で湖を見た。もうずいぶん前からジュネーブの名所となっている、一〇〇メートル以上の高さまで水を噴き上げる大噴水を眺める夫婦のようだ。

男はわたしが口を開くのを待っている。けれど、こちらは精一杯虚勢を張っているのに声が震えるのではないかと不安でしかたない。黙ったままでいると、ついに向こうが沈黙を破った。

「ガンジャ、チーズ、アシッド、コーク」

ごめん、お手上げ。どう答えたらよいのかわからない。これで新米だとばれるだろう。わたしはテストにパスしなかった。

男が笑い出す。わたしのことを警官と思ったのかと訊ねてみる。

「それはないね。サツならさっきの用語はすぐわかる」

わたしは、これが初めてだということを明かす。

「見りゃわかるよ。そんな服装の女があんなところをうろうろしていりゃあな。あんたみたいなのは、自分の甥《おい》っこか職場の若いのに余りをくれって頼めばいいんだよ。だからこんな湖のそばまで連れてきたんだ。時間の節約に歩きながら売ってもよかったんだけど、あんたが何を探しているのかを知りたくなって、何だったら、アドバイスもしてやろうと思ってさ」

時間の節約とはよく言ったものだ。あんな橋の下でじっとしていて、退屈で死にそうになっていたくせに。三回通ったけれど、客がいたようには見えなかった。

「さて、あんたにもわかるような言葉でもう一度言うかな。ハッシシ、アンフェタミン、LSD、コカイン、どれにする？」

クラックかヘロインはあるかと訊ねるが、それは禁止されていると断られた。さっきのだってどれも禁止されているじゃない、と言い返すが舌を噛《か》んでしまう。

わたしが使うんじゃないのよ。敵に使うの。

「なんだよ、復讐《ふくしゅう》か？　過剰摂取で殺す気か？　奥さん、悪いがほかを当たってくれ」

男は歩き出すが、引きとめて話を聴いてくれと頼み込む。こんなに必死な様子を見せたら代金が倍になる、と覚悟する。

知るかぎりでは、あっちはドラッグをやらない人で、とわたしは話しはじめる。その女のせいで、わたしの恋愛はめちゃくちゃなの。罠《わな》をしかけてやりたいの。

「あんた、それは神の倫理に反するぜ」

何を言うかと思えば。依存性、致死性すらある物の売人が、正しい道をわたしに説いて聞かせるとはね。

そのまま話を聴いてもらう。結婚して一〇年、二人のかわいい子にも恵まれた。夫とわたしのスマートフォンが同型なので、二か月ほど前に間違えて手に取ってしまった。

「ロックをかけてないのか？」

もちろん。お互いを信頼しているんだもの。もしかしたら彼のにはかかっているかもしれないけれど、少なくともそのときはかかってなかったのよ。とにかく、それで四〇

○通以上のメールと、金に不自由なさそうな金髪美女の写真が何枚も見つかったの。それで、ついやっちゃったのよ。夫を問い詰めたの。あの女はだれ、と詰め寄るわたしに彼は否定もしなかったわ。恋人だって言った。自分から切り出す前にきみのほうから見つけてくれてよかった、とまで言ったのよ。

「ま、よくある話だね」

さっきまで牧師ヅラしていた売人が、今度はカウンセラー気取り。それでもわたしは話を続ける。自分でもこの作り話が面白くなってきたのだ。出ていって、と言うと夫は翌日わたしと二人の子どもを置いて、愛《いと》しい女のもとへとさっさと去っていった。ところが女はいい顔をしなかったの。家庭のある男だったから楽しかったんであって、自分が選んでもいない夫と同居するつもりはない、って。

「女ってやつは！　男にはまったく理解不可能だね」

わたしだって理解できないわよ。そう言って、作り話を続ける。あっちはうちの夫と暮らすつもりはないと言って、それですべてが終わったの。ありがちだとは思うけれど、結局夫は家に戻ってきて謝り、わたしは赦した。だって、わたしだって彼に帰ってきてほしかったんだもの。わたしはいまでも夫が大好きだし、愛する人と離れて暮らすなんてできないわ。

ところが。数週間たって、夫にまた変化があったの。もう携帯電話をそこらに放っておくほどお馬鹿さんではないから、二人がまた会っているのかどうか、確認のしようもなかった。だけど、きっとそうだと思う。それに、あの女。金髪の、仕事ができて、独立していて、魅力も権力もあり余るほど手にしているあの女が、わたしの人生の一番大事なもの、愛を取りあげようとしているのよ。あなた、愛が何かはわかる？

「話はわかったよ。でも、まじで危ないぜ」

まだ話し終わっていないのに、何がわかったって言うのよ。

「その女を引っかけようってんだろ。だけど、そんなブツはうちにはない。それに、計画を実行に移すつもりなら、コカインが最低でも三〇グラムは必要になる」

男は携帯を手に取り、何かを検索するとわたしに見せる。ＣＮＮのマネーサイトで、ドラッグの値段が出ている。驚いたが、それは主な麻薬カルテルが直面している問題についての最近のレポートだった。

「ご覧のとおり、五〇〇スイスフランはするぜ。その価値はあるのか？　その女の家まで行って一悶着《ひともんちやく》起こしてやったほうがよっぽど安くつくとは思わないのか？　それに話からすれば、女のほうには何の非もないぜ」

牧師からカウンセラー、今度は無駄遣いをいさめるファイナンシャル・アドバイザーか。

危険は承知のうえよ。正義はわたしにあるわ。でも、なぜ三〇グラムなの？　一〇グラムじゃだめなの？

「売人としてみなされる最低所持量が三〇なんだ。麻薬使用者より売人のほうが重罪だ。

あんた、ほんとうに本気か？　コカインを買って家に戻る途中、その女の家に行く途中、どこかであんたがとっつかまっても言い訳はできないぜ」

ドラッグの売人とはみんなこうなのか、それともたまたま特別な人に出会ったのだろうか。経験も知識も豊富なこの男といつまでもおしゃべりをしていたくなる。だが一応、彼は忙しいらしい。男は三〇分後、現金を用意して戻ってくるようにと言った。世間知らずな自分に自分であきれながら、わたしはATMで現金を引き出す。考えてみたら、売人がいつもクスリを大量に所持しているはずないじゃないか。持っているのが見つかったら、それこそ売人とみなされてしまう。

さっきの場所に戻ると、もう男はいた。現金をそっと渡すと、男はそこから見えるゴミ箱を指さした。

「いいか、その女に気づかれるような場所には置いておくなよ。何かと間違って飲んじまうかもしれないからな。そうなったら、ヤバいどころじゃすまなくなる」

この男、ただものじゃない。常に一歩先を考えている。もしも彼がどこかの多国籍企業のCEOだったら、株主配当金でごっそり儲《もう》けていたことだろう。

もう少し話をしていたかったが、男はもう歩いていってしまった。わたしは振り返ってゴミ箱を見る。何も入ってなかったらどうする？　そんなことはあるはずがない。この世界の男たちは、約束を守ることにかけては名高い。騙《だま》すことはないだろう。

周囲を気にしつつ、ゴミ箱の中のマニラ封筒を拾い上げ、バッグにしまい込むとすぐにタクシーを拾って新聞社に戻る。また遅刻だ。

＊＊＊

犯罪の証拠がこの手の中にある。重さもほとんどないようなものに大金をはたいてしまった。

そして、あの男に騙されていないと、どうして言えよう。自分で確かめてみなければ。

ドラッグ中毒者が主人公の映画を二、三本借りて帰ると、好みが変わったのかと夫に驚かれた。

「まさか手を出すつもりじゃないだろうね」

思ってませんとも！　記事の下調べよ。ところで、明日の夜は遅くなるわ。バイロンの城についての記事を書くつもりだから、現場にちょっと寄ってくる。心配はご無用よ。

「心配はしていないよ。ニヨン以来、いろいろとずいぶん上向きになってきているようじゃないか。これからも旅行しようよ。今度の大晦日はどうかな？　子どもたちはうちの母に預けられる。こういうことについての理解が深い人たちと、ぼくも話をしているんだ」

夫にとっての〈こういうこと〉とは、わたしの鬱《うつ》状態のことだろう。正確には、だれに話をしたの？　一杯飲むと口が軽くなるお友だちかしら。

「全然違うよ。夫婦間カウンセラーだ」

なんてこと。あの恐ろしいゴルフクラブでの午後、最後に聞いた言葉がそれだった。この二人、わたしに隠れて会っていたのかしら。

「もしかしたら、問題はぼくにあるのかもしれない。きみを充分に気遣ってあげていなかったのかも。頭の中は常に仕事とやらねばならないことばかりだからね。家族を幸せにするのにはロマンティックな気持ちも大事なのに、それをないがしろにしていたよ。子どもの心配ばかりしていればいいってことはないよね。ぼくらはまだ若いんだから、お互いのことをもっとケアするべきだ。二人で初めて旅行したインターラーケンにまた行こうか。ユングフラウに登って絶景を愉しもう」

夫婦間カウンセラーですって。まさにそれだわ。

＊＊＊

夫との会話で古いことわざを思い出した。心ここにあらざれば、見れども見えず。わたしを放っておいただなんて、なんでまたそんなおかしな考えをあの人は思いついたんだろう。ベッドの中で両手両脚を広げて、彼を迎え入れていなかったのはわたしのほうなのに。

濃厚なセックスをしなくなってからもうだいぶ経つ。将来のプランを立てたり、子どものことを話したりするよりも、健全な関係を保つにはそっちのほうがずっと大事なのに。インターラーケンと聞いて思い出すのは、町の観光に出るのはいつも夕方だった頃のことだ。一日の大半はベッドにいて、セックスをするか安いワインを飲むかのどちらかだったから。

人が人を愛すると、その心を知るだけでは満足できなくなる。その人の肉体のことも知りたくなるのだ。必要性だろうか？　さあ。でも本能がそうさせる。それは時を選ばず、従わねばならない規則もない。相手の新しい面を知る瞬間ほど、いいものはない。はにかみは影をひそめ大胆さが姿を現し、低い呻《うめ》き声は叫び声や隠語にすりかわる。そう、隠語。いまのわたしにどうしても必要なのは、男が中にいるときに、汚い禁句を耳にすること。

いつも、行為の最中に頭にあるのは（きつくしがみつきすぎかしら）とか（もう少し速いほうがいいのかしら、それともゆっくりかしら）とかだ。そんな問いは場違いだし気も散ってしまうものだが、でもこれは互いを知り、敬意を持つための通過儀礼の一部でもある。完璧に親密な関係を築くためには、その間に会話を保つことがとても大事だ。そうでないと、静かで虚勢に満ちたフラストレーションばかりがたまることになる。

それから結婚だ。それまでどおりのふるまいを続ける努力をして、わたしたちはうまくやっていたと思う。結婚後まもなく、最初の子を妊娠するまでは。それで突然、すべてが変わったことを悟ったのだ。

・セックスは夜、できれば就寝前に行うこと。義務として受け入れるがごとく、相手の気分が乗っているかどうかを質《ただ》すことなく行うこと。回数が減ると疑念が生じるため、通常どおりに遂行するほうが望ましい。
・よくないと思っても、何も言わないこと。明日はよくなるかもしれない。いずれにせよ、夫婦なのだ。この先の一生、いくらでも時間はある。
・もはや新しい発見は何もないから、同じものからできるだけ歓びを得る努力をすること。メーカーも新しいフレイバーにも替えずに、毎日同じチョコレートを食べるようなものだ。犠牲的行為とまでは言わないが、何かほかに新しいものはないだろうか？

ある、ある。セックスショップに行けばちょっとしたオモチャが手に入るし、スワッピング・クラブもあるし、第三者を呼び入れたり、オープンな友人の家で開かれるその手の趣向のパーティに出向くこともできる。

わたしにとっては、こうしたことはどれも危険だ。君子危うきに近寄るべからず。

そうして日々は流れていく。男友だちとの会話の中で、男女同時にオーガズムを感じること、一緒に昂《たかぶ》り、同じ場所を愛撫《あいぶ》し、声を揃えて呻くなんていうのは——神話だとわかった。自分がやっていることに注意しながら歓びを覚えるなんてできっこない。一番自然なのは、わたしを触ってめちゃくちゃにしてちょうだい、その後同じことをあなたにしてあげる、ってことだろう。

ただ、多くの場合はこうはいかない。共同体は完璧でなくては。もしくは、共同体など存在しないかのどちらかだ。

声を低くして、子どもたちが起きるよ。

はあ、ようやく終わった。こんなに疲れていてよくできたものだ。ああ、きみだけだよ、あなただけよ。おやすみなさい。

やがて二人とも、ルーティンを破らねばならないと、はたと気づく日がくる。スワッピング・クラブや使用法もよくわからないような道具がいっぱい置いてあるセックスショップに足を運んだり、新し物好きの友だちの家を訪ねたりする代わりに、しばらく子どものいない生活を過ごそうと決めるのだ。

ロマンティックな旅行を計画する。サプライズもなし。全部、計画もお見通しで効率のよい旅行だ。

そしてわたしたちは、それが最高の思いつきだと思っている。

＊＊＊

偽のメール・アカウントも作ったし、ちゃんと自分でテストしたドラッグもある（あまりに気持ちよかったものだから、もう二度とやらないと固く誓った)。

だれにも見られずにどうやって大学に入ればいいのかは心得ているし、証拠品をマリアンヌの机に隠すこともできる。あまり開けていそうもない引き出しを見つけることが今回一番の難所だろう。だが、売人の男がそうしろと言ったのだし、経験者の言葉には耳を傾けようと思う。

学生に頼むわけにもいかないから、全部一人でやらなくては。どうせ、夫の〈ロマンティックな夢〉をふくらましてあげることとか、ヤコブの携帯の留守電をわたしの愛と希望のメッセージでいっぱいにすることぐらいしか、ほかにやることもないんだし。

売人との会話で思いついたことがあり、すぐ実行に移すことにした。毎日、ヤコブに愛を込めた励ましのメッセージを送る。これには二つの効果があると思う。一つは、何か必要があればいつでも言ってね、あと、ゴルフクラブでの会話のことは何とも思ってないのよ、という意味も伝えられる。二つめは、一つめがうまくいかなかったとしても、マダム・ケーニヒがいつか夫の携帯電話を調べる可能性がある、そのときに発揮される。インターネットに接続し、気の利いた言葉を見つけたらコピーして、送信ボタンを押す。

選挙以来、ジュネーブではこれといった動きは何もない。もうヤコブはめったにメディアに登場しなくなったので、彼の動向はさっぱり聞こえてこない。最近の話題はもっぱら、市は年越しイベントをキャンセルすべきか否かという件だ。

パーティはあまりに過剰な支出だ、という議員が出てきたのだ。〈過剰な〉が実際に何を意味するか、わたしが中心になって調査することになり、役所まで出向いて正確な数字を入手した。結果は、一一万五〇〇〇スイスフラン。これは喩《たと》えて言うならわたしと隣で働く同僚が税金として一年間に支払っている額だ。

言い方を変えれば、高給とまでは言わずともそれなりに稼いでいる二人の市民が払う税金で何万という人たちを幸せにできるのである。いや、それはだめだ。この先何があるかわからないのだから、そのときのために節約せねば。そうすれば市の金庫も満たされる。道路凍結による事故防止のための、冬にまく塩が足りなくなるかもしれないし、舗道は常にどこかで修復工事を必要としている。一方で、何のためなのかだれもほんとうにはわかっていないような工事もそこらじゅうで行われている。

お楽しみはあとにとっておける。肝心なのは見た目。つまり〈自分たちが大金持ちだと覚られるな〉だ。

＊＊＊

明日は仕事で朝が早い。ヤコブがわたしのメッセージを無視しつづけるので、夫との距離が縮まった。それでも復讐計画は実行するつもりだ。

実のところ、実行したい気持ちも失せてきてはいるのだが、わたしの性分として計画を途中で投げ出すのがいやなのだ。生きるとは、決めること、そしてその結果を耐えることだ。もう長いことそういう決断を下していない。だからいままたわたしは明け方に目を覚まし、寝たまま天井をじっと見ているんだろうか。

返信もくれない男にメッセージを送りつづけるなんて、お金と時間の無駄だ。いまはもう、ヤコブが幸せかどうかなんて気にしていない。それどころか、正直に言うと思い切り不幸であればいいと思っている。わたしは最良のものを差し出したのに、あの男はそのお返しにカウンセラーにかかれ、などと言ってきたのだから。

だから、あの魔女は牢屋《ろうや》に送り込んでやらねばならない。たとえわたしの魂がこのあと数百年煉獄《れんごく》でさまようことになろうとも。

やらねばならない？ なんでそんなふうに考えるのだろう。ああ、くたびれた。すごく疲れているのに眠れない。

〈結婚している女は独身女性よりも鬱に陥りやすい〉と今日の新聞の見出しにあった。記事は読まなかった。でも、今年はほんとうに、ほんとうに、変な年だ。

＊＊＊

一〇代の頃は人生は順風満帆、幸せだった……のに、突然何かが起こった。ちょうどコンピュータがウィルスにやられるみたいに。ゆっくりと、だが容赦ない破壊が始まり、何をやるにもものすごろと時間がかかる。重要なプログラムを開こうとするとやたらメモリーを使う。いくつかのファイル、写真、書類が、跡形もなく消えてしまう。

どうしたのか調べるけれど、何もわからない。機械に強い友人に訊《き》いてみても、彼らもお手上げ。そうしているうちにコンピュータはどんどん空っぽになり、動きが鈍くなり、もはや自分のものではなくなってしまう。いまや、所有者は検出不可のウィルスなのだ。機械は新しく買い直せばいいが、でも、前のコンピュータに入っていたものはどうなる？　何年もかけて整理してきたのに、もう取り戻せないのだろうか？

ひどすぎる。

いま起きていることには、わたしはどうやっても対処できない。おそらくわたしをストーカーだと思っている男に対する愚かな執着。わたしに寄り添っているようでいて、絶対に本音を吐かず弱みも見せない男との結婚。一度きりしか会ったことのない人間を破滅させたい、そうすればわたしの内にひそむ亡霊の息の根も止めることができるはずだ、という思い。

時が癒《いや》してくれる、と多くの人は言う。けれど、それは嘘だ。

見たところ、時は永遠にとっておきたい素敵なものを改める。〈だまされるな、これが現実だ〉と時は告げる。だからこそ、気分を上げようと何かを読んでもすぐ右から左に抜けてしまうのだ。わたしの心には穴が開いていて、ポジティブなエネルギーがどんどん流れ出てしまい、いつも空っぽだ。穴が開いていることに気づいてから、もう何か月も経っているけれど、どうしたらこの穴がしかける罠から脱《ぬ》け出せるかがわからない。

ヤコブはわたしにはカウンセリングが必要だと考え、上司はわたしのことを有能な記者だと考えている。子どもたちはわたしの様子がおかしいことに気づいているけれど、何も言わない。夫は、あのレストランでの食事以来、わたしがどう感じているかだけは理解していて、わたしも夫に対して心を開こうとはしてきた。

枕元の iPad を手に取り、三六五に七〇をかけてみる。合計二五五五〇。人間の一生の平均的な日数がこれだ。すでに何日、無駄にしただろう。

わたしの周囲の人たちも不平ばかり言っている。〈一日八時間働いて、昇進したと思ったら今度は一日一二時間労働だ〉、〈結婚してから自分の時間というものがまったくなくなったわ〉、〈神を求めたくても、結局は儀式だのミサだのに義務的に行かされるだけだ〉。

大人になったらすぐにでも手に入れたいと楽しみにしていたもの、恋愛や仕事や信仰などが、あまりに重い荷物となってしまう。

脱け出す方法は一つしかない。愛だ。愛があれば屈従は自由へと変化する。

けれど、いまのわたしには愛がない。憎しみしかない。

そして、どれほど筋が違うと言われても、いまのわたしを生かしているのは憎しみなのだ。

マリアンヌが哲学を教えている建物に着いたが、驚いたことにそれはジュネーブ大学病院のキャンパス内の別棟だった。そこでわたしは考える。もしかしたら、彼女の履歴にあるこの輝かしい課程は、実のところは学問的な価値はまったくない、ただの課外活動的なクラスだったりして。

スーパーに車を停め、緑の芝生が広がる中に小さな湖を抱くキャンパスに建つ低い建物の一群まで一キロほど歩く。構内の案内に矢印の標識がある。一見、互いに無関係な機関が隣りあっているように見えるのだが、実のところは補いあっているのだ。たとえば、高齢者向けの病棟は精神科病棟の隣だ。精神科病院は二〇世紀初頭に建てられた美しい建物に入っていて、ヨーロッパ中の精神科医、看護師、心理学者、セラピストなどが集まっている。

途中で妙なものを見つける。空港の滑走路の端にある航路標識に似たものだ。何だろうと横の説明を読むと、それは〈二〇〇〇の通行〉と題した彫刻で、〈視覚的音楽〉らしい。赤信号がついた踏切の板を一〇枚使って作られている。これを作ったのは患者さんかしらと思ったが、説明によるとどうやら有名な彫刻家の作品らしい。

芸術はリスペクトするけれど、これを見るとアーティストがみんなノーマルだとは思えない。

いまは昼休み、日中のわたしの唯一の自由時間だ。人生で一番面白いことが起こるのがこのランチタイム。友人や政治家、情報源、ドラッグの売人に会ったりする。

教室にはだれもいないだろう。学食に行ってはだめ。マリアンヌ、もといマダム・ケーニヒが、計算された仕草で金髪をかきあげていることだろうから。それを見て、男子学生たちはあの成熟した大人の女をどうやって落とせるかを想像し、女子学生たちは洗練と知性のお手本、素敵な立ち振る舞いのモデルとして注視しているはずだ。

受付まで行ってマダム・ケーニヒの部屋を訊ねる。いまは昼休みと伺って（周りを見ればわかる）、お休みの時間をお邪魔したくないので部屋の前で待ちます、と言う。

わたしは、一度見ただけでは次の瞬間には忘れてしまいそうなほど平凡な服装をしている。おかしな点があるとすれば、曇りなのにサングラスをかけていることくらいだろう。サングラスの下に絆創膏《ばんそうこう》を貼っているのをそれとなく受付嬢に見せる。整形手術を受けたばかりだと思われるはずだ。

この落ち着きぶりに自分でも驚きつつ、マリアンヌの部屋に向かう。恐ろしくなって途中で投げ出すのではないかと思っていたけれど、そんなことはなかった。ちゃんとここまで来たし、リラックスしている。いつの日か、自伝でも書く機会があったら、メアリー・シェリーや、ヴィクター・フランケンシュタインのようにしようと思う。ただ日常の枠を出て、何のチャレンジもなく面白みのない自分の人生を生きるためのもっともな理由を見つけようとしただけだったのだ。その結果生まれたのは、罪のない者に罪を負わせ、罪人を救う怪物だったのだ。

だれにだって影の部分はある。だれでも絶対的な力をふるってみたいと望んでいる。拷問や戦争の話を読むと、拷問を与える人はその絶大な力をふるう最中は姿の見えない怪物に操られているのであって、家に帰れば優しい父、愛国者、良き夫なのだと語られている。

若い頃に一度、当時の恋人のプードルの世話を頼まれたことがあった。わたしはその犬が大嫌いだった。その犬のせいで彼を独占できなかったから。わたしは彼の愛のすべてがほしかった。

それでその日は、人類の進歩に何の貢献もせずその無力さゆえに人に愛され可愛がられてきた愚かな生きものに、復讐をしてやることにした。箒《ほうき》の先に針をつけて、跡が残らないように刺した。犬は唸《うな》ったり吠《ほ》えたりしたが、わたしは飽きるまでやめなかった。

恋人が戻ってきて、いつものようにわたしを抱きしめキスをし、プードルの世話をしてくれてありがとう、と言った。わたしたちはセックスをし、いつもどおりの日常に戻った。犬が告げ口することはない。

マリアンヌの部屋に向かいながらそんなことを思い出していた。なんであんなことができたんだろう。人はだれでもそういうことができるからだ。死ぬほど愛しているのに腹が立つと妻を殴り、直後に涙にくれながら赦しを請う男たちを知っている。

わたしたちは理解不能な動物なのだ。

でも、なぜそれをマリアンヌにしようというのか。彼女は祝賀会でわたしに冷ややかな態度を取った、ただそれだけなのに。なぜ計画を練り、ドラッグを買いにいってそれを彼女の部屋に隠すなどという危険を冒しているのだろう。

なぜなら、マリアンヌはわたしにはできなかったことをやってのけたからだ。ヤコブの関心と愛情を受ける、ということ。

そんな答えでいいのだろうか。だとしたら、人類の九九・九パーセントがいま頃、互いを滅ぼすための陰謀を企てているはずだ。

なぜなら嘆いてばかりいるのにくたびれたからだ。なぜなら不眠続きの夜がわたしをおかしくしたからだ。なぜならこの混乱の中にいるのが心地いいからだ。なぜならだれもわたしを見つけてくれないからだ。なぜならとりつかれたようにこんなことばかりを考えていたくないからだ。なぜならわたしはほんとうに病気だからだ。なぜなら、わたしだけではないからだ。フランケンシュタインの本が絶版になったことがないのは、だれでもあの科学者と怪物の中に自分を見るからだ。

足を止める。「わたし、ほんとうに病気だわ」これは現実の可能性だ。いますぐにでもここを出て医者を探さなくてはいけないのかもしれない。そうしよう、でも、その前に自分で決めた仕事を終わらせなくてはならない。医者が警察に告げてしまうかもしれないけれど――職業上の守秘義務としてわたしを保護しながらも、同時に公正であろうとして。

部屋のドアの前まで来る。さっきまで歩きながら頭に浮かんだ〈なぜなら〉を、次々もう一度頭でくり返す。そして躊躇なく部屋に入る。

目に入ったのは引き出しのない安物の机だ。曲げ木の脚の上には木製の天板が載っているだけで、せいぜい数冊の本とバッグくらいしか置けない。

それぐらいのことは思いついてもよさそうだったのに。欲求不満と、安堵とを同時に感じる。

さっきまで静かだった廊下に生気が戻ってきた。みんなが授業に戻ってきているのだ。わたしは後ろを振り返らず、みんなが入ってくるところから出ていく。廊下の突き当たりにドアがあった。開けて出てみると、小高い丘の上に建つ、いかにも暖房がしっかり効きそうな分厚い壁の老人病棟の前に出た。病棟に入り、受付で適当な名前を告げる。ここにいると聞いたんですが、きっとほかの病院ですね。ジュネーブほど老人ホームがたくさんある街ってないもの。確認してきましょう、と看護師が申し出てくれて、遠慮するのだが「たいしたことじゃないわ」と言ってくれる。

疑われないよう、お願いすることにする。看護師がパソコンで忙しそうにしているあいだ、受付にある本を手に取ってページをめくる。

「児童書ですよ」パソコンの画面から目を離さないまま看護師が言う。「患者さんに人気なの」

なるほど。適当に本を開く。

あるところにネズミがいました。ネズミはいつもネコにおびえてくらしていました。するとえらいまほうつかいはネズミをかわいそうにおもい、ネコにかえてやりました。するとイヌがこわくなったので、こんどはネコをイヌのすがたにかえました。

するとイヌはトラがこわくなりました。まほうつかいは、しかたがない、といって、まほうをつかってイヌをトラにかえてあげました。するとこんどは、トラはかりゅうどがこわくなりました。とうとう、まほうつかいはトラをネズミにもどすと、こういました。

『わたしがなんどてをかしても、むだなことだ。おまえはじぶんがせいちょうしたことをわかろうとしない。それならば、もとのおまえのままでいるのがいちばんだ』

看護師はわたしが訊ねた患者を見つけることができず、謝ってくれる。お礼を言って立ち去ろうとするが、彼女は話し相手が現れて嬉《うれ》しそうだ。

「あなた、美容整形は役に立つと思ってらっしゃる？」

美容整形？　ああ、そうか。わたしはサングラスの下に貼ってある絆創膏のことを思い出す。

「ここに入院している患者さんの大半は美容整形を受けている人たちですよ。わたしだったら、やめておきますね。心と体のバランスが崩れますから」わたしは意見を求めた覚えがないが、向こうは人道的な責務を感じたようで、話しつづける。「時の流れを意のままにできると思っている人ほど、年を取ることが心の傷になりがちなのよ」

彼女の出身を訊ねてみると、ハンガリーだった。ああ、そういうことか。スイス人というものは訊かれてもいないのに自分の意見を言ったりしないものだ。

お世話になりましたと礼を言い、帰り道でサングラスと絆創膏をはずす。変装はうまくいったが、計画は失敗に終わった。キャンパスはふたたびがらんとしている。この時間、みんなはどう考え、どうほかの者に考えさせるかを学んでいるのだ。

ぐるりと遠回りをして駐車場に戻る。遠くに精神科病棟が見える。わたし、ほんとうはあの中にいるべきなんじゃないかしら。

わたしたち、みんなこうなのかしら。子どもたちは眠り、自分たちも寝る支度をしながら夫に訊いてみる。

「こうって？」

わたしみたいに、最高か最悪の気分のどちらかっていうこと。

「たぶんね。だれでも常に自分自身の手綱を握って、隠し場所からモンスターが飛び出さないようにしているんじゃないかな」

それはほんとうだ。

「ぼくらはみんな、なりたい自分ではなくて、社会が要求する人間、両親が選ぶ人間になっている。だれのことも失望させたくないし、愛されたいという欲求がとても強いんだね。それで自分の内にある最良のものを抑え込み、少しずつ夢の光は悪夢のモンスターに姿を変えていく。実現しなかったもの、生命を失った可能性が」

聞くところでは、昔は躁鬱病《そううつ》と呼んでいた病気を、いまの精神科医は双極性障害と言うそうね。どこからそんな名前がついたのかしら。北極と南極に何か違いがあるの？でも、こういう人たちも少数にちがいない。

「そう、こうした二元性を表現する人は少数だね。だけど、だいたいどんな人の心の内にもモンスターは絶対いるはずだ」

一方では、なぜここまで激しい憎しみを感じるのか理由もないまま、罪のない人間を陥れようとする卑劣な女。もう一方では、愛情深く家族の世話をして、愛する者たちに不足がないようせっせと働く母親。しかし後者も、なぜこの愛情を保ちつづけていられるのかはっきりとわからない。

「ジキルとハイドって覚えている？」

初版から絶版されることなくいまに伝わる怪物は、フランケンシュタインだけではないようだ。ロバート・ルイス・スティーヴンソンが三日で書いた『ジキル博士とハイド氏』がその仲間。舞台は一九世紀のロンドン。医者であり研究者でもあるヘンリー・ジキルは、だれの中にも善と悪とが共存すると考えている。周りの者からも、許嫁《いいなずけ》のベアトリクスの父親からも相手にされない持論を証明しようとジキルは決意した。実験室にこもりきりで研究した結果、ある薬を作り出すことに成功する。だれかの命を奪うことにもなりかねないので、ジキルは自分自身でその薬品を試してみた。

すると、ジキルの内の邪悪な部分が現れ、ジキルはその男をハイド氏と呼ぶことにした。ジキルはハイドになったり、元の自分に戻ったりを自由にできると思っていたが、やがて自分の甘さを思い知るはめになる。邪悪な部分が前に出ると、結局は善の部分が完全に悪に喰《く》われてしまうのである。

こうしたことはだれにでも当てはまる。最初は立派な意図があった暴君にも、自分で善行と信じることを行うために、少しずつ人間の性質の最も邪悪な部分に手をつけてしまうようになる。恐怖だ。

わたしは混乱し、恐ろしくなる。こういうことは、だれにでもあり得るのかしら？

「いや、善悪の概念が明確でない人は少ないと思う」

それほど少数派でもないかもしれないけれど。学校で似たようなケースがあったのだ。だれよりもすばらしかった先生が、突然人が変わったようになって、わたしもすっかり混乱してしまったことがある。毎日、今日の先生はどうだろうと、生徒はみんなびくびくして過ごしていた。不平を言う勇気がある生徒もいなかった。教師は常に正しい、とされていたから。それに、みんな、先生は家庭で何か問題があるんだろう、きっとすぐに元に戻る、とも思っていた。だが、ある日とうとう先生の中のハイド氏は制御できなくなり、生徒の一人にけがを負わせてしまった。事件は学校の上層部に伝わり、先生は辞職させられたのだった。

あれ以来、わたしはあまりに優しい人を見るとびくびくしてしまう。

「〈編み物をする女たち〉みたいだね」

そう、ルイ一六世の圧政で苦しむフランスを解放するために闘い、貧しい者に正義とパンを与えようと立ち上がった女性労働者みたいだ。彼女たちは恐怖政治が始まると、ギロチン台のある広場にいち早く行って最前列に陣取り、罪人たちの首が切られるまで編み物をして待っていた。おそらく彼女たちも、子どもや夫の面倒を優しく見る一家の母だったはずだ。

その女たちが、一人、また一人と首が切られるあいだの暇つぶしのために編み物をしていた。

「きみはぼくより強い人間だ。それを常々羨《うらや》ましく思っているんだ。ぼくが自分の感情をあまり表に出さないのはそのせいだよ。弱い人間と思われたくないからだ」

夫は自分が何を言っているのか気づいていないに違いない。けれど会話はもう終わってしまい、彼は向こうをむいて眠ってしまった。

そしてわたしは、自分の〈強さ〉をお供にして、天井を見つめている。

絶対にやるまいと思っていたことを、自分に約束したとおり一週間以内に実行に移す。精神科医にかかるのだ。

三人の医者の予約がとれた。どこもいっぱいで、ジュネーブには思っていたよりも精神のバランスを崩している人が多いようだ。緊急なんです、とわたしは訴えてみたが、受付はみな、申し訳ありません、どなたも緊急なのでほかの患者さんの予定をキャンセルすることはできません、と答えた。

そこで切り札を使うことにした。わたしの職場の名を出すのだ。有名な新聞の〈ジャーナリスト〉と告げると、扉はさっと開くか閉まるかのどちらかだろう。この場合、悪いほうには転ばないだろうと踏んでいたが、案の定、予約を取ることができた。だれにも言わなかった。夫にも、上司にも。一人目は英国訛《なま》りのちょっと妙な男で、開口一番、保険証は使えませんよと言ってきた。違法労働者かもしれない。

ありとあらゆる忍耐をかき集め、フランケンシュタインやジキル博士とハイド氏を例に出し、自分の状態を説明し、わたしの内から現れ、手に負えなくなってきている怪物から救ってほしいと訴えた。すると医者は、それはどういうことかと訊《き》いてきた。ドラッグの不法売買の罪をなすりつけて、だれかを陥れようとしたなどと自分で自分の首をしめかねない情報は伏せておいた。

そこで嘘をつくことにする。眠っている夫を殺してしまおうかと考えるのです。医者に、わたしたち夫婦のどちらかに愛人がいるのかと訊かれたので、いないと答えた。すると医者は、よくわかる、そういう考えは普通ですよ、と答えた。週に三回のセッションを一年続ければ、その衝動の五〇パーセントは抑えられるようになるでしょう。なんですって！　その前に夫を殺してしまったらどうするんです？　医者が言うには、わたしに起きているのは〈転移〉と〈幻想〉であり、ほんとうの殺人鬼は決して助けなど求めないのだそうだ。

帰る前に二五〇〇スイスフランを払わされ、医者は来週から定期的なセッションを入れておくよう受付に伝えた。わたしはお礼を言い、一度帰って予定を確認します、と答えて二度と戻ってくるものかと扉を閉めた。

二度目の診療は女医だった。保険証を適用してくれ、わたしの話にも耳を傾けてくれた。夫殺しの衝動の話を、ここでもしてみた。

「そうね、わたしもうちの夫をときどき殺したくなるわ」女医はにこっと笑って言った。「けれど、あなたもわたしも、もしも女性がみんな隠れた欲望どおりに動いたら、どの子もみんな父親のない子になってしまうとわかっているのよね。それはノーマルな衝動ですよ」

ノーマル？

話をしながら、医者はわたしが結婚に「怯《おび》えて」いて、間違いなく「成長する場がなく」、しかも性生活によって「医学では有名なホルモンのバランスが崩れ」ている、と説明した。それから、薬が効くまで一か月くらいはこの地獄が続くでしょうが、その後はただの苦い思い出に変わってくれますよ、と言った。

もちろんそれは薬をちゃんと飲めば、ですよね。どれくらい飲みつづけるんでしょう？

「人によるの。でも、三年以内には量を減らせるはずですよ」

保険証適用の一番の問題は、領収書が患者の自宅に届くことだ。わたしは保険証を使わずに現金で支払い、扉を閉めると、またしても二度と来るものかと誓いを立てた。

最後に会った三人目の医師は男性で、たいそうなお金が診察室のインテリアにかかっているようだった。最初の二人とは違い、しっかりとわたしの話を聴いてくれ、理解をしてくれた様子だった。わたし、ほんとうに夫を殺してしまうかもしれないんです。わたしは潜在的な殺人者かもしれません。一度出たら最後、この怪物は二度と檻《おり》には戻らないかもしれないんです。

最後に、医者は細心の注意を払いながら、わたしにドラッグを常用しているかと訊いた。

一度だけ使いました、とわたしは答えた。

医者はその答えを信じず、話題を変えた。日常で向き合わねばならない問題の話を少ししたあと、またドラッグの話に戻った。

「わたしを信用してください。ドラッグを一度しか使ったことがない、などという人はいないのです。あなたは医者の守秘義務で守られています。一言でもあなたのことを他人にもらせば、わたしは医師免許をはく奪されます。次の診療の予約を取る前に、どうぞ正直に話してください。あなただけがわたしを医師として受け入れねばならないのではない、わたしもあなたを患者として受け入れなければならないのです。診療とはそういうものです」

でもほんとうに、一度だけなんです。ドラッグは常用していません。法律は承知していますし、わざわざ嘘をつくためにここに来たわけではありません。愛する人や、わたしに近しいだれかを傷つける前に、早くこの問題を解決したいだけなんです。

髭《ひげ》に覆われた考え深げな医者の顔はハンサムだった。

「あなたはこの緊張状態を何年も積み重ねてきて、一晩で治したいとおっしゃる。そのような治療はどんな精神医学でも、精神分析でも不可能です。われわれは悪霊を退散させる魔術師ではないのですよ」

もちろん、この医者は皮肉でそう言ったのだったが、その言葉はすばらしいアイデアを与えてくれた。精神科医行脚はこれで終わりだ。

Post Tenebras Lux. ラテン語で〈闇のあとの光〉という意味だ。

わたしはいま、小さく彫られた男たちの像を横に、四人の男の大きな立像がある幅一〇〇メートルくらいの古い壁の前に立っている。中の一人が特に際立っている。長いあごひげをたくわえ、衣服に隠されたその手には、当時は機関銃よりも威力のあったものを持っている。聖書だ。

待っているあいだに考える。もしこの中央の男がいまの時代に生まれていたら、みんな、特にフランスやその周辺国のカトリック教徒は、彼のことをテロリストと呼んだだろう。自らが信じる不変の真実を実行に移した彼の手法は、邪悪なオサマ・ビンラディンを思い起こさせる。この二人の狙いは同じだった。神の法とされるものに背いた者には、だれであれ処罰を与える神権国家を創設することだ。

またいずれの男も、その目的のためには恐怖を利用することも辞さなかった。

像の男の名はジャン・カルヴァン。活動拠点をジュネーブに置いていた。何百という人びとが、この近くで死刑判決を受け、処刑された。信仰を捨てなかったカトリック教徒だけでなく、真実や病人の治療法を探し求めるがあまり、聖書の新解釈を試みようとした科学者も殺された。中でも有名なのがミシェル・セルヴェだ。血液循環を最初に発見したこの医者は、火刑に処された。

異教を信ずる者、不敬を口にする者を罰するは誤りにあらず。そうすれば、その者の罪の共犯者になることはない。（略）ここでは人間の権威を問うにはあらず、語るのは神のみである。（略）神がわれわれにかほどの苦行をお与えになるのは、いかなる人間の情よりも神への奉仕を優先せざれば、捧《ささ》ぐべき敬意を捧げていることにならないことを現すためである。神の栄光のために戦うときには、親族をも血族をも例外とせず、あらゆる人類を忘るべし。

死と破壊の波はジュネーブだけにとどまらなかった。小さいほうの立像に彫られているとおぼしきカルヴァンの弟子たちは、彼の言葉とその不寛容をヨーロッパ中に広めた。オランダでは一五六六年に数多《あまた》の教会が破壊され、反逆者あるいはほかの信仰を持つ者たちが次々に殺された。偶像崇拝にあたるとして大量の芸術作品が焼かれ、歴史的、文化的遺産が永遠に失われた。

それが現代では、カルヴァンは新たな思想でカトリック教のくびきから人びとを解放した偉大な啓蒙《けいもう》者であると、子どもたちは学校で教わる。後世に業績を認められた革命家ということになっているのだ。

闇のあとの光。

この男の頭の中はどうなっていたのだろう。家族たちが襲撃を受け、子どもたちが親から引き離され、舗道には血が流れている、そう考えて夜はまんじりともしなかったのだろうか。それとも自らの使命を確信し、まったく何の疑問も持たなかったのだろうか。愛の名のもとであれば、自らの行いはすべて正当化されると思っていたのだろうか。それこそがいまのわたしの疑問であり、問題の核心なのだ。

ジキル博士とハイド氏。カルヴァンを個人的に知る者は彼を善人だと言い、イエスの言葉に従う敬虔《けいけん》な信徒だったと言っただろう。彼は恐れられたが、また同時に愛されもした。そしてその愛をもって、多くの人びとを火刑に処したのだ。

歴史は勝者によって書かれるものだから、いまの時代にカルヴァンの残虐行為を思い出す者はいない。現代においては、カルヴァンは魂の医者であり、偉大な改革者であり、カトリックという異端の教えから、その天使、聖人、処女、金、銀、免罪符、腐敗からわたしたちを救済した人物と見なされている。

＊＊＊

待っていた男が現れたので、わたしは思いを巡らすことをやめる。男はキューバのシャーマンだ。ストレスに打ち克《か》つ第三の手段について、取材をするべきだとチーフを説き伏せてきました、と話を切り出す。とても大らかに見える人が、弱い者を相手にすると手の平を返したように怒鳴り散らすケースがビジネスの世界ではよく見られます。予測のつかない行動をする人が、次第に増えてきています。

精神科医や心理療法士はどこも予約がいっぱいで患者全員を診ることはできませんし、鬱《うつ》病を治してもらうのに数か月もしくは数年も待てる人などいるわけがありません。

キューバの男は何も言わずわたしの話を聴く。そこで、気温がだいぶ下がってきているのでカフェに場を移しませんか、と訊《たず》ねてみる。

「雲だ」わたしの提案に同意して、男はつぶやく。

二月、三月までこの街の上の空に居座りつづける悪名高いこの雲。時おりミストラルに吹き散らされることもあるが、その後はまたぐんと気温が下がる。

「どうやってわたしのことを知った？」

新聞社の守衛に聞きました。チーフには精神科医や心理療法士、セラピストのインタビューを取ってこいと言われましたが、それではあまりにありきたりな記事になってしまいます。

もっとオリジナルなものがほしいと思っていたところに、あなたの話を聞いてぴったりだと思ったんです。

「わたしの名前を公表してもらっては困る。わたしがやっていることは保険が利かないのでね」

それはつまり〈わたしがやっていることは不法行為なのでね〉ということだろう。

＊＊＊

二〇分ほど雑談をしてキューバ人の気をほぐそうとするが、男はその間ずっとこちらを観察している。浅黒い肌に半白の髪、背が低い身体にスーツとネクタイを着用している。シャーマンがこういう服装をするとは思ってもみなかった。

お話しくださったことは一切公表しません、と説明する。ただ、どれほどたくさんの人があなたのお世話になっているかを知りたいのです。聞いた話では、あなたはヒーリングをされるそうですが。

「それは違う。わたしはだれのことも癒《いや》せはしない。それができるのは神だけだ」

わかりました。それにしても、突然妙な行動を取りはじめる人がよくいますよね。その人のことはよくわかっているつもりだったのに、何が起きたのか？　なぜ、あんなふうに攻撃的になるのでしょうか。仕事のストレス？

そうかと思うと翌日には普通に戻っているんです。ほっとしたのもつかの間、すぐに思いもかけないときにまた嫌な思いをさせられる。今度は、具合でも悪いのだろうかと心配する代わりに、自分は何か悪いことをしたんだろうかと思ってしまいます。

キューバの男は何も言わない。まだわたしを信用していないのだ。

治療法はあるんでしょうか？

「あるにはある。だが、治療するのは神だ」

ええ、それはわかります。でも、神はどのように治療するのですか？

「それぞれだ。わたしの目を見なさい」

言われたとおりにすると、一種のトランス状態に陥り、自分ではどうすることもできないところに連れていかれる気がする。

「あなたがわたしのことを警察や移民局に届けることがあれば、技を司《つかさど》る者の名のもとで授かったこの力によって、あなたも家族の人生も破壊するようにとわたしの守護霊に頼むことになる」

男はわたしの頭の周りで手を数回振った。こんな非現実的な世界があるだろうか。席を立ってここから去りたい。ところが、はっと気づくと男は元に戻っていた。親しげでもなく、よそよそしくもなく。

「訊くがよい。信用する」

わたしは軽い不安を覚える。けれど、この人に害を及ぼすつもりなど毛頭ないのだ。わたしは紅茶のお代わりを頼み、お願いしたいことを正確に伝える。医者たちへの取材では、治るまで時間がかかるとのことでした。一方で（と、言葉をよく選ぶ）、神はシャーマンをチャネラーにして、深刻な鬱に苦しむ者を救われるのだと新聞社の守衛からは聞きました。

「頭の中で問題を作りだしているのはわれわれ自身だ。問題は外からやってくるわけではない。守護霊に救いを求めれば、魂の中に入り家を整頓《せいとん》してくれる。ところが、もう守護霊を信じる者などいはしない。彼らはすぐにでも手を貸そうと、うずうずしながらこちらをじっと見つめているのに、だれも呼ぼうとしない。わたしの仕事とは、必要としている人のそばに霊を連れてくることと、霊がきちんと働くまで待っていることだ」

たとえば、ある人が攻撃的になっているときに、他人を破滅させるために手段を選ばないこともあります。職場で根も葉もない噂を振りまいたり。

「それは毎日起きていることだ」

ええ、でも、その攻撃性が去り、その人が普通の状態に戻ったとき、圧倒的な罪の意識に苛《さいな》まれるのではないですか？

「当然だ。しかも、歳月を重ねればなおのこと、その意識は重くなる」

それではカルヴァンのモットー〈闇のあとの光〉は間違っていますね。

「なんだと」

いえ、なんでもありません。公園の立像を思い出していたんです。

「トンネルの向こうに光はある、その話をしているのであれば。だが、闇を潜り抜け向こう側に着いたはいいが、後ろを振り向くと破壊の痕跡《こんせき》が大量に残っていることもある」

わかりました。では、あなたの療法について聞かせてください。

「わたしの療法ではない。これは、ストレス、鬱、過敏症、自殺未遂、その他自らを傷つけようとする者に対して用いられてきた療法だ」

ああ、とうとう探し求めていた人を見つけた。落ち着かねば。

それは、いわゆる……。

「自己トランス、自己催眠、瞑想《めいそう》。文化によって名称は変わるだろう。言っておくが、スイスの医学界からは白い目で見られている」

わたしもヨガはやっていますが、問題を整理して解決できるような状態に入れたことがないのです。

「あなたの話なのか。記事を書くのでは？」

両方です。この男はすべてをお見通しだと思い、心の扉を開くことにする。自分の目を見ろ、と言われたときから見透かされているとわかっていた。匿名にしておきたいということですが、意味がないと思います。あなたがヴェイリエの自宅に人を迎え入れているということは、すでに多くの人に知れわたっていますよ。それに、うちの守衛も含めてたくさんの人があなたのお世話になっている、と彼から聞いています。

「あなたは、夜が怖いのだね」

ええ、そうです。なぜですか？

「夜は、ただ夜であるがゆえ、子どもの頃の恐怖を甦《よみがえ》らせることができるからだ。一人になること、得体が知れないものへの恐怖。だが、この亡霊を倒すことができれば、日中にも出てくる亡霊など問題ではなくなる。われわれは光の仲間となり、闇を恐れなくなる」

簡単な問題をていねいに教えてくれる学校の先生の前に座っているような気分になる。わたしも、お宅に伺って、お願いできますか、その……。

「悪霊退散？」

その言葉はいままで思いつかなかったが、まさにそれだ。

「その必要はない。あなたの中には深い闇も見えるが、多くの光もまた見える。あなたの場合、最後には光が勝つだろう」

わたしの目に涙があふれそうになる。この人は、わたしにも説明できない方法で、魂の中に入ってきているのだ。

「時には、夜に身を任せるがよい。星を見て、無限の感覚に身をゆだねよ。いかなる魔術においても夜とは光への道でもある。いかなる暗い井戸も渇きを癒す水を底に湛《たた》えるように、夜は、その神秘をもってわれわれを神へと接近させ、われわれの魂を灯《とも》す明かりを懐に隠し持っているのだ」

それからわたしたちは二時間ほど話した。男は、わたしは何もする必要がない、ただ流れに身を任せよ、と言った。たとえわたしの最大の恐怖の正体が、根拠のないものであっても。わたしは復讐《ふくしゅう》願望の話をする。彼は、一言も口を挟まず、意見も言わずに耳を傾ける。話しているうちに、わたしの気持ちが楽になってきた。

カフェを出て公園を歩こうと男に誘われる。黒と白で四角く塗られたチェス盤が地面に描かれていて、たくさんのプラスチックの駒が置いてある公園の門のそばを通る。寒いのに、大勢の人がチェスに興じている。

男はもうほとんど何も言わない。時に自分の人生に感謝し、時に悪態をつきながらノンストップで話しつづけているのはわたしのほうだ。巨大なチェス盤の前で足を止める。男はわたしの話よりも、チェスに気がいっているようだ。愚痴を言うのをやめて、面白くもないゲームをわたしも眺める。

「最後まで行けばいい」男が言う。

最後まで？　夫を裏切り、ライバルのポケットにコカインを忍び込ませて警察に密告しろと？

男は笑う。

「チェスを見なさい。プレイヤーは常に次の手を考えなければならない。途中で手を止めてはならない、止めると負けだ。負けを避けられない瞬間もそのうちやってくるが、それでもそれは最後まで戦った結果だ。われわれの手にはすでに必要なものはすべてそろっている。これ以上改良の余地はない。おのれらが善か悪か、正義か不正か、そんなことを考えるのはくだらない。今日ジュネーブの街は雲に覆われており、晴れ間が現れるのはおそらく数か月先だが、遅かれ早かれその日がやってくることはわかっている。それと同じだ、前へと進むのだ、そのままで」

なすべきでないことをわたしがしないようにする言葉はないんですか？

「ない。やってはならんことをやろうとすれば、あなたは自分で気づくだろう。カフェで話したとおり、あなたの魂の光は闇より大きい。だがそこに行きつくまで、ゲームは最後までプレイせねば」

これまでの人生で、こんなに非常識なアドバイスをもらったことはない。時間を割いてもらったことに礼を言い料金を訊ねると、いらないと言われた。

＊＊＊

新聞社に戻ると、チーフにずいぶん時間がかかったなと言われる。通常あまり扱うテーマではないので、必要なネタをとるのに時間がかかりました、と説明する。

「あまり扱わないテーマか。不法行為を推奨することにはならんだろうな」

若者に過剰な消費をたきつけているわたしたちは不法行為を奨励しているのですか？毎時二五〇キロ出せる新車の広告は事故を奨励しているんですか？成功法を明かさないまま成功者の記事を書けば、読者は自分はなんてダメな人間なんだろうと感じ、鬱や自殺に向かう傾向を高めていることになりますか？

チーフは言い合いはしたくないようだ。〈幸運を呼ぶネックレスがアジア諸国で八〇〇万スイスフランの利益〉なんていう記事がトップだと、面白い新聞になるかもしれませんね。

わたしは、六〇〇語で記事をまとめる。自分が書く記事としてはこれまでで最大のスペースをもらえた。ネタはすべてネットで仕入れた。最終的に個人カウンセリングとなったシャーマンとの会話を使うわけにはいかないからだ。

ヤコブ！

ヤコブが唐突にわたしの前に甦り、コーヒーを飲もうというメッセージを入れてくる。ほかにはさしてやることもないのだと言わんばかりに。ワインのテイスティングをしていた気取り屋はどこに？　いまや権力を手にした、世界で一番淫乱《いんらん》な男はどこにいるの？

何よりも、あらゆる可能性が二人の前に開けていた一〇代の頃に出会った、わたしのボーイフレンドはどこにいってしまったの？

彼は結婚して変わり、コーヒーを飲もうという誘いのメッセージをわたしに送ってくる人間になった。もうちょっと独創的な誘いはできなかったのかしら。シャモニーでヌーディスト・ランニングに出ようよ、とか。そうすればわたしもそそられたかもしれないのに。

応《こた》える気持ちはさらさらない。何週間も無視されつづけ、冷たくあしらわれてきたのだ。ちょっと誘いをかけただけで、わたしがしっぽを振って飛び出してくると思っているのだろうか。

横になり、イヤホンでキューバ人との会話の録音を聴く。まだ、自分自身に怯える一人の女というほんとうの姿を見せる前で、新聞記者の仮面を被《かぶ》ったまま自己トランス（もしくは瞑想。男はこの言葉を好んで使っていた）を使えば他人のことを忘れられるものでしょうか、と訊ねている場面だ。ちょうど〈愛〉と〈言葉の攻撃によるトラウマ〉の話をしていたときで、彼に理解してほしくてこの質問をしたのだった。

「そこは、だいぶ曖昧《あいまい》なところだ」と男は答えた。「その人を忘れるよう誘導することはできるだろうが、人はいろいろな事実や出来事にも関連しているので、その人間そのものを一切消去するということは事実上不可能だ。何よりも、忘却は誤った行為だ。正しいのは向き合うことだ」

録音を全部聴いて気を散らそうとする。自分で自分に約束したり、スケジュールにほかの予定を入れておこうとメモしたりするけれど、結局どれも役に立たない。眠る前にヤコブに、いいわ、とメッセージを入れる。

わたしは自分で自分をどうすることもできない。それが問題だ。

「きみを思って寂しかった、などとは言わないよ。信じないだろう。もう一度恋に落ちるのが怖くて返信しなかった、とも言わない」

実際に、わたしはそんな言葉は一言も信じるつもりはない。だが、説明できないことを言葉にしようとする彼を、そのまましゃべらせておく。わたしたちは、わたしの職場から一五分ほどの、国境沿いのフランスの村、コローニュ＝ス＝サレーヴの平凡なカフェにいる。ほかにはトラック運転手や、近所の採石場で働く職人たちがぽつぽつと座っているくらいだ。

客と冗談を言い合っている厚化粧のウェイトレスのほか、女性はわたし一人だ。

「きみが現れてからというもの、ぼくは地獄の苦しみを味わっている。きみがオフィスにやってきてインタビューし、親密な関係を持ってからずっと」

〈親密な関係〉とはよく言ったものだ。わたしが彼にオーラルセックスをしてあげたのだ。彼はわたしに何もしてくれてはいない。

「自分が不幸だとは言えない。だけど、孤独は深まるばかりだ。だれにも気づかれてはいないけどね。友人と一緒にいて、雰囲気もよく飲み物も最高、会話も弾んでぼくが笑っていたとしても、なぜかどうしても会話に集中できない。約束があると言い訳して、すぐに席を立つんだ。何が足りないのか、ぼくにはわかっている。きみだよ」

いまこそ復讐の時。夫婦間カウンセリングを受けたらどうなの？

「そうだね。でも、そうしたらマリアンヌも連れていかねばならないが、うんと言うはずがない。妻に言わせれば、哲学ですべて説明がつくんだそうだ。妻はぼくの変化に気づいてはいるが、ストレスのせいだと思ってる」

最後まで行けというキューバ人の言葉は正しかった。ヤコブはこのとき、違法薬物売買の容疑で重罪となる危機から、妻を救ったのだ。

「責任があまりに重くなったんだが、まだそれになじめていないんだよ。妻はすぐに慣れると言うんだが。きみはどう？」

どうって、何が？　何を聞き出したいの？

ヤコブを拒むという決意は、隅のテーブルでカンパリソーダを前にぽつんと座り、入ってきたわたしを見て笑顔を弾《はじ》けさせた彼を一目見ただけであっさりと崩れてしまっていた。二人とも一〇代に戻ったようだった。いまは法に背くことなく堂々とアルコールを口にすることができるけれど。彼の手を取ると、冷たい。寒さのせいか、恐れのせいかはわからない。

わたしは大丈夫よ。次に会うときはもう少し早い時間にしましょう。サマータイムが終わってしまって、日が暮れるのが早くなったことだし。彼は頷《うなず》き、周りの男たちに気取られないようそっとわたしの唇にキスをする。

「秋の太陽が輝く美しい日が、ぼくは憎い。オフィスのカーテンを開けると、外を歩く人が見える。これからのことなど気にせず手と手をつないで歩く人たちだ。ぼくはこの愛情をだれにも見せることができないというのに」

愛情ですって？　あのシャーマンがわたしを哀れに思って、謎の精霊に何かを頼んでくれたのだろうか。

今日ヤコブに会って、こんなふうに包み隠さず心を開いてくれるとは思ってもみなかった。動悸《どうき》がだんだん激しくなってくる。喜びで、だろうか。驚きでだろうか。なぜこんなことが起きているのか、彼にもわたし自身にも問いかけるつもりはない。

「いいかい、他人の幸福が妬《ねた》ましいからではないんだ。ただ、なぜほかの人たちは幸福になれるのに、自分はなれないのかがどうしてもわからないだけなんだ」

彼は勘定をユーロで支払い、わたしたちは通りの向こう、つまりスイスに置いてある自分たちの車まで歩いた。

こちら側では愛情表現が許される場所はもうない。三回頬にキスし合って、わたしたちはそれぞれの方向に戻っていく。

ゴルフクラブのあとと同じで、車までたどり着いても運転はできなさそうだ。寒さよけのためフードをかぶると、あてどなく村を歩きまわる。郵便局、美容院の前を通り過ぎる。開いているバーも見つけたが、ふらふらと歩いていたい。いま、何が起きているかなど知りたくもない。ただなるようになればいい。

「オフィスのカーテンを開けると、外を歩く人が見える。これからのことなど気にせず手と手をつないで歩く人たちだ。ぼくはこの愛情をだれにも見せることができないというのに」彼はそう言った。

だれも、ほんとうにだれも、シャーマンも、精神科医も、夫も、わたしの中で何が起きているのかわかってはくれないのだと悟ったときに、あなたが現れてあんなことを言うなんて……。

孤独なのだ。たとえわたしを気遣い、わたしの幸福を願ってくれる愛《いと》しい人たちが一緒にいてくれたとしても。もしかしたら彼らが手を差し伸べてくれるのは、自分たちも同じことを――孤独を――感じているからかもしれない。そして、お互い様だからというふりをして、〈わたしは役に立つ人間だ、たとえ孤独でも〉というフレーズを刻み込むのだ。

脳がすべて順調と言っていても、なぜか人生を不公平と感じ、心は迷い、戸惑う。それでもわたしたちは朝起きて、いつもどおりに子どもたちの、夫の、愛人の、上司の、雇用主の、生徒のことを、その他、人生というものを作る日常で出会う人たちの世話をする。

顔にはいつも笑みをたたえ、励ましの言葉をかけあう。なぜなら、他人にはこの孤独を、よき仲間といるときにすら感じるこの孤独を説明することはできないからだ。だがその孤独は自分の内にある最良のものを蝕《むしば》んでいく。自分自身には嘘がつけないくせに、幸福に見せようとしてエネルギーをどんどん消耗していく。毎朝花開く薔薇《ばら》だけを見せようとして、人を傷つけ血をにじませる棘《とげ》がいっぱいついた茎は内にしまっておくのだ。ほかの人たちもみな、どこかでは完全な孤独を感じているはずだと知っているのに、それでもまだ「わたしは寂しいの、相手がほしいの、この怪物を退治しなくちゃならないの。この怪物は童話のドラゴンと同じ、ただの幻だと言う人もいるけれど、そうじゃないの、ほんとうにいるの」と口に出すのはためらわれる。純粋で美徳にあふれる騎士が輝かしい姿で現れて怪物を打ち負かし、崖《がけ》から完全に突き落としてくれるのを待っているのだけれど、だれも来てくれないの、と。

それでも希望を捨ててはならない。普段はやらないことをやりはじめる、品行方正ではないことを思い切ってやってみる。内にある棘は大きく恐ろしげになってきているけれど、それでも途中であきらめてはいけない。人生が大きなチェス盤であるかのように、周囲も結果を注視して待っている。勝っても負けても関係ない、大事なのは勝負をしたことなのだという顔をしてはいるが、実のところの本音はぼんやりとごまかしておく。

すると……。

……相棒を探すのではなく、ひっそりと傷を舐《な》めるために孤独を深める。そうでなければ、自分の人生には何のかかわりもない人たちと夕食や昼食に出かけ、ずっとどうでもよいことばかりをしゃべってみる。しばらくは気も散って飲んだり騒いだりしているだろうが、ドラゴンはちゃんと生きている。そのうちに一番近しいだれかが何かがおかしいと気づき、その人は自身を責めはじめる。その人がどうしたんだと訊いてきても、こちらは何もないと答える。何もないはずがないのに。

問題は大ありだ。お願いだから放っておいて。もう涙も涸《か》れ、痛みすぎた心は鈍くなり、残っているのは不眠、虚無感、無感動だけ。あなたも同じでしょう。自分自身に問いかけてみたらどうなの。それでもその人は、いまは大変な時だから、とか、気分が沈んでいるだけだ、と言い張る。〈孤独〉という呪われた真実の言葉を口にするのが恐ろしいのだ。

そうこうしながらも、わたしたちは幸福をもたらしてくれるに違いない、ただ一人のあの人を飽くことなく求めつづける。ドラゴンを退治し、薔薇を摘み取り茎から棘を抜いてくれる、光り輝く鎧《よろい》に身を固めた騎士をだ。

多くの人は、人生は不公平だと文句を言う。喜ぶ人もいる。孤独も不幸も、すべて揃った、他人とは違うのだ、と。

しかし、見えなかった者たちの目が見える日がそのうちにやってくる。悲しかった人は慰めを見出《みいだ》し、苦しんでいた人は救われる。騎士が助けにきてくれた、人生がまた元通りに公平なものに戻った……。

そうなってからですら、嘘をついてごまかさなければいけない。この頃には状況がまた変化しているからだ。すべてを手放して夢を追うことを、考えたことのない人などいるのだろうか？　夢は常に危険を伴い、高い代償を支払わねばならない。しかも、その代償とは、ある国では石打ち刑であったり、ほかの国では村八分や追放だったりする。どこでも払わねばならない代償があるのだ。あなたはうまくごまかしているつもりでも、そして周囲もそれを信じているふりをしながらも、裏ではあなたを妬み、背後で悪口を言い、あんな悪人はいない、恐ろしい人だとふれまわるのだ。まず、あなたは不貞を働いた男ではない。男は大目に見られ、時には尊敬さえ受けるが、女はそうはいかない。夫ではない男と寝ている、夫を裏切っている、かわいそうな夫、いつも理解があり愛情にあふれている人なのに。

だが、その夫も寂しさを遠ざけてはおけない人間だと知っているのはあなただけだ。彼を愛していて失いたくないからこそわかる。何がとは正確には言い当てられないけど、何かが彼には欠けている。そして、どこか遠い場所で冒険を約束してくれる光り輝く騎士の放つ魅力は、このままでいたいという願いよりも遥《はる》かに強く、抗《あらが》えない。このままでは、パーティに行けばみんながあなたをじろじろと見てひそひそ話をするだろう。あんな女、首に石臼《いしうす》をくりつけて海にでも放り込んでやればいい、と。なぜなら、あなたは悪の手本だからだ。

そして、さらに悪いことに、夫はすべてをじっと耐えるだろう。彼は決して不平を言ったり、修羅場を演じたりはしない人だ。耐えていれば、ことは過ぎ去ると信じている。そう、耐えていればことは過ぎるということはあなただって知っている。しかし今回はその〈こと〉があなたには太刀打ちできない力を持っているのだ。

そんなふうにして一か月過ぎ、二か月、一年が過ぎ……みんな、黙って耐えるだろう。それでも、赦《ゆる》しを請うことが目的ではないはずだ。ふり返ってみると、いま自分を糾弾する人たちの側に、自分もいたことがあるのを思い出す。不倫をする人たちを責め、場所が場所ならもっとひどい罰を受けていたはずだと思っていた。まさか自分に番が回ってくるとは思いもせずに。いざ自分に番が回ってくると、その行為に対して何万という言い訳を並べては、わずかなあいだだけだとしても、自分だって幸せになる権利はあるはずだと弁解する。だって、ドラゴンを退治する騎士なんて童話の中にしかいないんだから。

すると、何があろうと避けて通ろうとしていたその瞬間がとうとうやってくる。長いあいだ後回しにしていた瞬間。彼と一緒になるか、永遠に別れるか、どちらかを選ばなくてはならない瞬間が。

この瞬間とともに、いずれを選ぼうとも失敗するのではないかという気持ちもやってくる。だれか自分以外の人に決めてもらいたいと願う。このままでいられるはずもないと、ベッドから追い出されることを願う。結局、わたしたちは二人で一人ではなかったのだ。二人に、もしくはもっとたくさんの、それぞれまったく別々な人にばらばらに別れてしまうのかもしれない。こんな経験は初めてなので、いつまでこれが続くのか見当もつかない。いまのあなたは、一人の、いや二人の、もしくはもっと大勢の人を苦しめることになる状況を前にしているのだ。

だが、おそらくそれは何よりも、あなた自身を破壊するだろう。どちらを選んだとしても。

今日の渋滞はひどい。よりによってこの日に！

二〇万に満たない人口ながら、ジュネーブはあたかも世界の中心であるかのようだ。実際にそのとおりだと考えている人たちもいるものだから、自分たちの国からここまで飛んできてサミットなる会議を開く。その手の会議は通常ジュネーブ郊外で開かれるので、市内に影響はあまりない。せいぜい街の上をいくつかのヘリコプターが飛ぶくらいだ。

今日はいったい何があったのか、幹線道路の一本が閉鎖されている。今朝の新聞を読んではきたが、地元の話題しか載っていない市の版のページは省いてしまった。世界のお偉いさんが、〈中立国〉で核兵器増加の脅威について話してこいと代表をそれぞれ送り込んできたことは知っている。だけど、それがわたしの人生に影響してくるものなの？

大いに影響する。遅刻するかもしれない。こんなバカ車でなく電車かバスにしておけばよかった。

＊＊＊

毎年ヨーロッパでは約七四〇〇万スイスフランが、私立探偵との契約で使われる。彼らの専門はだれかを尾行して写真を撮り、その配偶者に裏切りの証拠として渡すことである。大陸に経済危機が走ろうと、企業が破たんし従業員がリストラされようと、不倫市場は成長の一途をたどっているのだ。

懐が暖かいのは探偵だけではない。IT企業は〈SOSアリバイ〉なる携帯電話のアプリケーションを開発している。その機能はとても単純だ。決められた時間になるとオフィスから直接パートナーに愛のメッセージを送るというものだ。そうすれば、シャンパンを片手にシーツにくるまっていても、相手の携帯電話には急なミーティングが入ったので遅くなる、とかいうメッセージが入る仕組みである。もう一つのアプリ、〈エクスキューズ・マシン〉には、フランス語、ドイツ語、イタリア語でいろいろな言い訳が入っていて、その日にちょうどよいのを選べばいいというものだ。

一方、探偵よりもプログラマーよりも儲《もう》かっているのはホテルだ。七人に一人のスイス人が婚外関係を結んでいるという公的な統計がある。国内の既婚者の数から計算すると、四五万人の男女がこっそりと会える部屋を探しているということになる。客のニーズに応えるために、ある高級ホテルの支配人はあるとき宣言した。「クレジット・カードの明細を、手前どものレストランご使用ということにできるシステムがございます」

この方式は、午後だけを過ごすための部屋に六〇〇スイスフランを払える客に受けがよく、まさにいま、わたしがそこに向かっている理由でもある。

ストレスフルな三〇分間のあと、ホテルのバレットに車を預けて部屋に駆け上がる。メールをもらっているから、フロントに寄ることもなくまっすぐ目的の部屋に行けるのだ。

あのフランス国境のカフェからいまいるこのホテルまで、何も必要なかった――説明も、愛の誓いも、次に会う約束すらも。こうすることを互いに心から望んでいるとわかっていたから。二人とも、いろいろと考えすぎるとくじけてしまいそうで、質問も答えもなく決めたのだった。

いまはもう秋ではない。春だ。わたしはまた一六歳に、彼は一五歳に戻った。不思議なことに魂はふたたび処女になり（肉体のそれは永遠に失われているので）、わたしたちはキスをした。どうしよう、キスって何なのか忘れていたわ、と心の中で言う。いつも自分がどうしたいかばかりで——どうやってやろうとか、いつやめようとか——夫もそうすることを受け入れてきた。それは全部間違いだったんだ。わたしたちは完全にはおぼれあっていなかった。

そろそろキスは終わるかしら。あの頃はキス以上のことなんてできなかった。いつも、長く甘いキスだった。みんなに見せびらかしたくてしかたなかったけれど、学校の隅に隠れてこっそり交わしたものだ。

まだ終わらない。彼の舌はぴりっと苦く、煙草とウォッカの混じりあった味がする。わたしは恥ずかしくなり、緊張もする。わたしの舌も同じ味になるように、煙草を吸ってウォッカを飲まなきゃ。そっと彼を押し戻し、ミニバーに行ってジンのミニボトルから一口飲んだ。アルコールが喉《のど》を焼く。煙草も一本ねだる。

室内では禁煙だと注意するのも忘れて、彼は一本わたしに渡す。こんなくだらないことでも、規則を破るのは楽しい。ぐっと煙を吸い込むと気分が悪くなった。ジンのせいか煙草のせいかはわからないけれど、一応、煙草はトイレに捨てて流しておく。彼はあとからついてきてわたしを背後から抱きしめ、うなじと耳にキスする。身体をぴたりと押しつけてくるので、ヒップに彼の昂《たかぶ》りを感じる。

わたしのモラルはどこに行ってしまったの？　ここを出て、普通の生活に戻って、わたしの頭はどうなってしまうの？

彼はわたしを部屋に引き戻す。振り返り、もう一度彼の唇に、煙草と唾液《だえき》とウォッカの味がする彼の舌に、キスをする。わたしが彼の唇を噛《か》むと、彼は初めてわたしの胸を触り、ワンピースをはぎ取ると部屋の隅に放り投げる。ほんの一瞬、自分の裸が恥ずかしくなる。わたしはもう、学校にいたときの、あの春の少女ではない。わたしたちは立ったままだ。カーテンが開いたままなので、向こうのビルにいる人たちとわたしたちのあいだを隔てるのは、レマン湖だけだ。

だれかがこちらを全部見ていたらどうしよう、そう考えると、胸にキスをされるよりいっそう興奮してしまう。わたしは娼婦《しょうふ》、エグゼクティブに買われてホテルにやってきた。だから彼は何をしてもいいの。

けれどそんな感覚は長く続かない。ふたたびわたしは一六歳の少女に、彼のことを考えて日に何度もマスターベーションをしていた少女に戻る。彼の頭を自分の胸に押しつけ、乳首を噛んで、力を入れて噛んで、と頼み、痛みと快感に声をあげる。

彼は衣服を着けたままなのに、わたしは全部脱がされている。彼の頭を押し下げて、あそこを舐めてほしいとお願いする。すると彼はわたしをベッドに押し倒し、自分も裸になるとわたしの上にのしかかる。手を伸ばしてサイドテーブルの何かを探しはじめるので、バランスを崩したわたしたちは床に落ちてしまう。初心者みたい。そう、二人とも。それでも二人ともそんなことを恥ずかしいとも思わない。

彼は探しものを見つける。コンドームだ。口で着けてくれないかと頼んでくる。そんなことは初めてで、あまり気乗りもしないけれどやってあげる。なぜこんなものが必要なんだろう。まさかわたしのことを尻軽《しりがる》で、何か病気を持っているかもと思っているのだろうか。だけど望んだとおりのことをしてあげる。ラテックスを覆う潤滑剤の不快な味がするが、絶対にやってあげようと決心する。こんなものを使うのは人生で初めてだということを悟られてはならない。

装着し終えると、彼はわたしをうつぶせにして、四つん這《ば》いになってほしいと頼む。ああ、あれをやるのね！　だけどそれがうれしい。

ところが、彼はわたしの膣《ちつ》ではなくその後ろに入ってきた。わたしは驚愕《きょうがく》して、何をしているのと訊ねるが、彼は答えてくれない。ただサイドテーブルからもう一つ何かをとり出してわたしのアナルにそれを塗る。たぶんワセリンか何か。それからわたしに、自分で自分に触るよう言いながら、ゆっくりと入ってくる。

わたしは彼の言うとおりにしながら、セックスがタブーだった一〇代にふたたび戻った。痛い！　なんてこと、とても痛い。自慰なんてできなくなり、シーツをつかんで痛みで叫び声を上げないよう唇を嚙む。

「痛いと言って。こんなのは初めてだと口に出して。叫んでいいんだよ」と彼は指示する。

もう一度、彼に従う。だいたいはほんとうのことでもある——四、五回経験はあるが、気持ちがよかったことは一度もない。

彼の動きが速まる。彼は歓《よろこ》びの、わたしは痛みの、呻《うめ》き声をもらす。彼はわたしの髪の毛を、動物のように、雌馬のように後ろに引っぱると、ギャロップをするように動きをますます速める。突然わたしから引き抜くと、コンドームを引き裂き、わたしの顔の上で果てる。

彼は声を出すまいとこらえたが、快感が自制心に勝ってしまう。そしてゆっくりとわたしの上に横たわる。わたしはと言えば、おびえている一方で圧倒的に魅了されてもいる。彼はバスルームに行き、コンドームをゴミ箱に捨ててから戻ってきた。

わたしの隣に横たわり煙草に火をつけ、灰皿代わりにウォッカのグラスをわたしのおなかの上に乗せる。長いあいだ、ふたりとも黙ったまま天井を見つめる。彼はわたしを優しく撫《な》でる。もうさっきまでの暴力的な男ではなく、銀河や宇宙について話して聞かせてくれた、ロマンティックな男子学生だ。

「においを残さないように」

その一言で情け容赦なく現実に引き戻された。おそらく、これが初めてではないはず。だからこそそのコンドームだし、部屋に入る前の自分たちにすっかり戻るように細心の配慮を見せているのだ。わたしは心の中でこの男を罵倒《ばとう》して憎むが、顔ではほほ笑んで、においを消すよい方法があるのかと訊いてみる。

帰宅したら、夫にハグして挨拶《あいさつ》する前にすぐシャワーを浴びればそれでいい、と彼は言う。それと、ワセリンは染みになるから、今日穿《は》いているパンティーは捨てたほうがいい。

「もし相手のほうが先に家に着いていたら、トイレに急いでいるふりをしてバスルームに駆け込むんだ」

吐き気がしてくる。こんなに長いあいだ、わたしは雌虎になりたくて死にそうだったのに、結局は雌馬として使われただけだった。けれど、人生とはこういうものだ。現実は、一〇代の頃に夢見たおとぎ話には決して近づかない。

完璧《かんぺき》だわ、そうすることにする。

「また会いたいな」

ああ。さっきまでの地獄、過ち、過失がその一言でまた天国に変わる。ええ、わたしもまた会いたいわ。今日は緊張して恥ずかしかったけど、次はもっと上手にできると思う。

「ほんとうに、すごくよかったよ」

ええ、よかったわ。わたしもいま、そのことに気づいた。わたしたちは二人ともこの物語は終わったとわかっているけれど、いまそれは関係のないこと。これ以上は何も言わないでおこう。隣にいて彼が煙草を吸い終わるのを待ち、彼より先に服を着て階下に降りるまでの時間をただ楽しむことにする。

この後、わたしは入ってきたのと同じドアから出ていくだろう。そして来たときと同じ車を運転し、毎晩戻る場所に帰る。おなかの調子が悪いみたい、と言いながらバスルームに駆け込み、そのままシャワーを浴びて、わたしの中にまだ少し残っている彼を残らず洗い流すだろう。

それからようやく夫と子どもたちに、ただいまのキスをするのだ。

あのホテルの部屋で、わたしたちの目的はそれぞれ違っていた。わたしは失われたロマンスを追いかけていたけれど、彼は狩猟本能に突き動かされていた。

わたしは一〇代の少年を探していたけれど、彼は選挙前にインタビューにやってきた、魅惑的で大胆な女を求めていた。

わたしは、人生が違う意味を持つようになるかもしれないと思った。彼は、延々と続く退屈な会議から離れて、あの午後に気晴らしができると考えていた。

彼にとってはちょっとした危険なゲームだったのだ。でもわたしにとって、あれは許し難い残酷な行為、自己愛とわがままが混じりあったものの顕示にしか見えなかった。

男が浮気をするのは、遺伝子にそう組み込まれているからだ。女が浮気をするのは自尊心に欠けているからだ。それは真の罪だ。そして女は身体だけでなく、どうしたって心の一部をも差し出してしまう。盗みだ。銀行強盗を働くよりひどい。なぜなら、浮気がばれたとき（そして必ずばれてしまうものなのだ）、癒しがたい打撃を家族に与えてしまうから。

男にとって、それは〈馬鹿げた間違い〉でしかない。女にとっては、母として妻として、自分自身を支えてくれる人たちの愛情を裏切る精神的な罪に思える。

夫の隣で横たわりながら、マリアンヌの隣で寝ているヤコブのことを思い描いた。彼はまったく違うことで悶々《もんもん》としているだろう。明日の政治的会合、片づけるべき仕事、忙しいスケジュール。一方でわたしという馬鹿な女は、天井を見つめながらホテルでの一秒一秒を思い出し、自分自身が主役を演じたポルノ映画を何度も見ているのだ。

ホテルの窓を見て、だれかに双眼鏡で覗《のぞ》いてほしい、服従させられ後ろから辱められているわたしの姿を見てマスターベーションをしている男がいてほしい、と思った瞬間のことを思い出す。そんな考えにどれほど興奮したことか。わたしは気がおかしくなり、自分でもまったく知らなかった自分の一面を発見した。

わたしは三一歳だ。もう子どもでもないのだから、自分を新たに知るなどということはもうないだろうと思っていた。ところがそれは間違いだった。いくつかの水門を開け放ったいま、わたしはわたし自身にとっても謎のままもっと遠くまで行きたい、そこに何かがあるとわかっている場所——マゾヒズム、集団セックス、フェティッシュ、その他のものすべて——まで行き、すべてを試してみたいと思っている。

どうしてもわたしには言えないのだ。もうたくさん、彼のことを愛してはいない、すべてはわたしの孤独が創り出したファンタジーなの、なんてことは。

たぶん、彼のことはほんとうには愛していないのだろう。けれど、わたしの中に目覚めた何かのことは愛している。彼は何の敬意も払わずにわたしを扱い、尊厳を踏みにじり、思いやりもなく自分の欲望のままに動いた。その間のわたしは、結局はまた、だれかを歓ばせることに必死になっていた。

わたしの精神はだれも知らない秘密の場所まで旅をする。今回、支配するのはわたしだ。彼の手と足を縛り、彼の顔の上に座ってわたしを舐めさせ、耐えられなくなるまで何度も何度もいかせてもらう。それから彼を腹這いにさせ、わたしの指を彼に挿入する。最初は一本だけ、それから二本、そして三本。痛みと快感で震える彼のペニスをもう片方の手で握りいかせる。精液が流れ落ちる指を口に持っていき、一本一本ゆっくり舐めあげ、その指を彼の顔になすりつける。彼はもっと、と願うがわたしはもう終わり、と答える。命令するのはわたしよ!

眠りに落ちる前にマスターベーションして、二度続けて絶頂に達する。

いつもの日常のひとコマ。夫はiPadでニュースを読み、子どもたちの登校準備はできている。陽光が窓から降り注ぎ、わたしは何かに気を取られているふりをする。ほんとうはだれかに何か気づかれやしないかと恐ろしくてたまらない。

「今日は特に幸せそうに見えるね」

そう見えるかしら？　実際、そのとおりだもの。ほんとうはいけないことなのに。昨日のあの経験は、みんな、特にわたしには危険なことだった。夫の言葉の裏には何か意図があるのかしら。どうだろう。彼はわたしの言うことはすべて信じてしまう。鈍感だからではない。夫は鈍感とは正反対の人だが、わたしのことを完全に信頼してくれているからだ。

でも、それはわたしをいっそういらだたせるだけなのに。わたしは信頼に足る人間じゃない。

いいえ、そうよ。自分でもわからない事情のせいで、あのホテルに行かざるを得なかったの。いい言い訳かしら。いいえ、とんでもない。だって、あそこに行くのにだれかに強要されたなんてことはないもの。わたしはいつも寂しかったんです、理解してもらい、受け入れてはもらったけれど、かまってはもらえなかった。そんなふうに申し開きができるかもしれない。ほんとうなら、自分の行いに対してもっと厳しくされ、反対され、問いただされるべきだと自分自身に言うこともできる。でも、あれはだれにでも起こり得ることだと言い返すことはできる。たとえ夢の中だけでも。

だけど、あのときのことはとても単純だ。わたしは、そうしたくてたまらなかったから男と寝た、ただそれだけ。心理学的にどうとか、頭でっかちな言い訳はしない。寝たかったから、以上。

安心のため、社会的地位のため、お金のために結婚する人もいる。愛なんてリストの一番下だ。それでも、わたしは愛のために結婚した。

だったらなんであんなことをしたの？

したかったから、それだけ。でもなんで？

「きみが嬉《うれ》しそうなのは、いいね」夫は言う。

ええ、とわたしは答える。わたし、ほんとうに嬉しいの。秋の朝は美しいし、家はきちんと整っているし、愛する人と一緒にいるし。

夫は立ち上がり、わたしにキスする。子どもたちも、わたしたちの会話の意味がよくわからないまま、にっこりする。

「ぼくも愛する人と一緒にいるよ。だけど、どうしていまそれを言うの？」

いいじゃない？

「いまは朝だよ。今夜、ベッドで一緒にいるときに同じことを言ってほしいな」

ああ、まったく。わたしはだれなの。なぜこんなことを言っているの。夫に感づかれないようにするため？　なぜいつもの朝と同じふるまいができないのかしら。家族の世話をちゃんと見る有能な主婦。なぜこんなふうに愛情をふりまいたりするの。あまり優しくしすぎると、疑いをもたれるかもしれないのに。

「きみなしでは生きられないよ」もう一度座りながら、夫はつぶやく。

どうしたらいいんだろう。けれど、奇妙なことに、昨日のことに罪の意識は一つもないのだ。

職場に着くと、チーフに呼ばれてほめられる。わたしの企画の記事が、今朝の新聞に掲載されたのだ。

「編集室にはどんどんメールが届いているぞ。みんなあの謎のキューバ人の話を面白がって、正体を知りたがっている。連絡先を書かせてもらえれば、彼もここしばらくは仕事に困らないんじゃないか」

キューバのシャーマン！　もし本人が新聞を読んだら、自分がまったく話していないことが記事になっていることに気づくだろう。だって、あれはわたしがいろいろなシャーマニズムのブログから引っぱってきて作った記事なんだもの。どうやら結婚以外にも問題を抱えることになりそうだ。良識ある職業人ではなくなりつつある。

あのとき、キューバの男がわたしの目を見据えて、正体を明かすとどうなるか、と脅してきたことをチーフに話す。すると、そんなたわごとに耳を貸すな、と言う一方で、自分の妻だけに連絡先を教えてくれないかと頼んできた。

「最近、どうもストレスがたまっているようでね」

だれもかれも、シャーマンですらも、ストレスがたまっているようだ。約束はできないが、彼に話してみると告げる。と言われたので電話をしてみると、シャーマンからは思いがけないますぐに電話をしろ、と言われたので電話をしてみると、シャーマンからは思いがけない反応があった。彼はまず、わたしが彼に嘘をつかず、正体も明かさずにいたことに対して礼を言ってくれる。そのうえ、シャーマニズムについてずいぶん調べたようだとほめてもくれた。わたしもお礼を言い、記事の反応について話して、また会いたいと申し出た。

「もうあのときに二時間も話したじゃないか。すでに充分な資料はそちらの手元にあると思うがね」

ジャーナリズムではそうはいかないんです。記事にはあの二時間の、会話のほんの一部しか使っていません。大部分は自分で調べたものです。次は違った角度からこの件について書かなければなりません。

チーフが横にはりついて、わたしの言葉や仕草をうかがっている。男が電話を切り上げようとする寸前に、記事にはまだ足りないところがあります、と言って引き留めた。スピリチュアルの探求における女性の役割がどういうものか深く調べたいですし、それに、上司の奥さんがお会いしたいと言っているそうなんです。男は笑う。約束を破るつもりはありません、けれど、あなたの住所も、いつ応対してくれるのかも、みんな知っていることじゃありませんか。

お願いです、イエスかノーかなんです。これ以上話すことはないとおっしゃるのなら、ほかの人を探します。精神的にぎりぎりの状態にいる患者を診る専門家だと自称する人間はいくらでもいます。手法が違うだけであって、あなたがこの街唯一のヒーラーというわけでもありません。すでに朝から、ほかの同業者からの連絡がだいぶ入ってきていますよ。ほとんどがアフリカ系の人ですが、自分の仕事を見てほしい、お金を稼いで、強制出国させられそうになったときに手を貸してくれる上層部の人間と知り合いになりたいということでしょう。

男はしばらく躊躇《ちゅうちょ》していたが、虚栄心と競争心に負けたようだ。ヴェイリエの彼の自宅で会うことになった。どんな家なのか、見てみたい。記事の面白いネタにもなるだろう。

＊＊＊

いま、わたしは彼の自宅の一室を改装したオフィスにいる。壁にはインドからのものとおぼしき、人間の体のエネルギーの位置や足裏の反射区の図が貼ってある。家具の上には水晶がいくつか置いてある。

もうすでにシャーマニズムの儀式における女性の役割について、興味深い話をだいぶ聞いたところだ。彼によれば、人はだれでも生まれるときに天啓を受ける瞬間があるそうだが、特に女性にはそれが顕著らしい。専門家のあいだではよく知られていることだが、農業を司るのはいつも女神だし、人間が洞窟《どうくつ》に住んでいた時代、村に薬草を持ち帰るのも女性だった。女性は男よりも精神性や感受性に富んでおり、それゆえ一日のうちに何度も躁《そう》と鬱を行ったり来たりする双極性障害——昔は躁鬱病と呼ばれた——にかかりやすい。キューバの男に言わせれば、精霊たちが男性よりも女性に話をしたがるのは、女性のほうが言葉によらない言葉を理解することに長《た》けているからだ。

　わたしも用語を使ってみようと試みる。

　この過敏な神経のせいで、たとえば悪霊がとりついて、女性の意図せぬことをさせることもあり得ますか？

　男はわたしの質問が理解できなかったようなので、訊き方を変える。女性が不安定なために躁状態から鬱へと……。

「不安定だなどといつ言った？　言っていない。その正反対だ。非常に鋭い感性を持っていても、彼女たちは男どもよりもよほど安定している」

　恋愛関係も、ですね。そう言うと、男も頷いた。

　わたしは何があったかを男に洗いざらい打ち明け、泣き出してしまう。男は無表情のままだが、だからと言って冷淡ということもない。

「姦淫《かんいん》に関しては、瞑想はほとんど、もしくはまったく役に立たない。その最中にいる者は、幸福を感じているのだ。安定した生活を保ちつつ冒険も味わうという、理想的な状況だからな」

人はなぜ不貞をはたらくのでしょう。

「それはわたしの専門ではない。わたし個人の意見はあるが、これは公表してほしくない」

お願いします、助けてください。

男は香を薫《た》き、わたしを脚を組んで座らせ、そのままの体勢でいるようにと言う。さっきまでの厳しさが和らぎ、いまの彼はわたしを助けてくれようとする心温かい賢人のように見えた。

「結婚している人間が、理由はどうであれほかに相手を見つけたいと感じるのは、必ずしも夫婦関係がうまくいっていないからではない。セックスが一番の動機とも思えない。それよりも、倦怠《けんたい》感や人生への情熱の喪失、生きがいの乏しさではないだろうか。さまざまな要因が重なったんだろう」

でも、なぜそんなことがあるのでしょう。

「なぜなら、神の御許《みもと》を離れてからというもの、われわれは断片的な存在として生きているからだ。一つになろうとしても、ばらばらになったものをどう戻せばよいのかわからない。それゆえ、われわれは常に満たされぬ気持ちを抱えている。社会が禁じ、法を作ったところで、それで問題解決というわけにはいかない」

わたしはなんだか気持ちが軽くなった。これまでとは違う展望が開けたような気がしたのだ。彼の目を見ればわかる。自分でも経験してきたゆえの言葉ということが。

「昔、愛人と一緒にいると不能になってしまうという一人の男を知っていた。それでも男は女といたいと思っていたし、女も同様だった」

どうしても我慢できずに、男は彼自身だったのかと訊いてしまう。

「そうだ。妻が去っていったのはそのせいだった。だが、そんな大きな決断をしたのはそれが理由だったはずがない」

それで、どうしたんですか。

「精霊に助けを請うこともできたが、そうすると後世の人生で代償を払わねばならなくなる。それでも、なぜ妻がそんな仕打ちをしたのかを知りたかった。魔術を使って妻を呼び戻したい誘惑に打ち克つために、この件についてよく調べてみることにした」

不本意ながら、男は仕事の仮面をまたつけはじめた。

「オースティンにあるテキサス大学の研究者が、多くの人間の問いに答えようと試みたことがある。〈身の破滅を招き、愛する人たちを傷つけるかもしれないと自覚しながら、なぜ男は女よりも浮気をするのだろうか〉。これに対して、浮気願望は男も女も同じくらいあるが、女のほうが自制心が働くからだという研究結果が出たそうだ」

男は時計を見た。わたしは続けてくださいと頼む。もしかしたら彼自身も心の内を話せて、よかったと思っているかもしれない。

「男にとって、感情を伴わず、単に性欲を満たすためだけの短い出会いは種の保存と繁栄を可能にする。だから賢い女は、このことでは男を責めない。男たちも抗おうとはするのだが、生物学的にそうする傾向があるのだ。話が硬すぎるかな」

いいえ。

「人間は、自動車よりもヘビやクモを見ると怯えるだろう。実際は、人が死ぬのはヘビやクモよりも自動車事故でのほうが多いのに。これは、人が洞窟に暮らしていた時代、ヘビやクモで人が死んでいたときの名残なのだ。男が複数の女と関係を持ちたいという気持ちもこれと同じだ。男が狩りに出ていた頃、自然は種の保存が最優先だと教えた。なるべく多くの女をはらませよ、と」

女だって種の保存を考えたでしょう？

「もちろん。だが男の場合、種の保存のために拘束される時間がせいぜい一分間だというのに比べ、女は生み出すまで九か月間妊娠している。生まれてからも子の世話をし、食べさせ、ヘビやクモなどの危険から守ってやらねばならないのは言わずもがなだ。つまり、女の本能は違う形で発展したのだよ。愛情と自制心が何より重要になった」

彼は自分のことを話しているのだ。自分がしてしまったことを正当化している。わたしは部屋にあるインドの図、水晶、香を見る。

奥深いところでわたしたちはみんな同じなのだ。同じ過ちを犯し、答えのない同じ問いを抱えて、ぐるぐる歩きまわる。

シャーマンはもう一度時計を見て、もう時間だと告げた。まもなく次の客がやってくる。できるだけ客同士が待合室で顔を合わせるのを避けたいのだと言い、立ち上がるとわたしを玄関まで見送る。

「礼を失するつもりはないが、もう二度と連絡をよこさないでほしい。あなたに言うべきことは、もうすでにすべて言った」

聖書には、こうある。

さて、ある日の夕暮れ、ダビデは床から起き出て、王の家の屋上を歩いていたが、屋上から、一人の女がからだを洗っているのを見た。その女は非常に美しかった。ダビデは人を遣わしてその女のことを探らせ、ある人は言った、「これはウリヤの妻バテシバではありませんか」そこでダビデは使者を遣わして、その女を連れてきた。女は彼のところに来て、彼はその女と寝た。こうして女は自分の家に帰った。女は妊娠したので、人を遣わしてダビデに告げた。「わたしは子をはらみました」

ダビデは、自らに忠実な戦士であるウリヤに危険な戦地の第一線で戦うことを命じた。ウリヤは戦死し、バテシバは王宮で王とともに暮らすようになった。

ダビデは偉人とされ、多くの世代の人びとの理想、恐れを知らぬ戦士であったのに、姦淫を行い、ライバルを死に追いやった。王に対するウリヤの忠誠も善意も裏切ったのだ。

姦淫や殺人を正当化するのに聖書はいらないと思う。だが、この話は学校（春にヤコブとわたしがキスをした学校）で習ってからずっと覚えている。

あのときのキスをふたたびするまで、何年も待たねばならなかったのだが、ようやくもう一度となると、それはまさに想像もせぬものとなった。汚らわしく、利己的で邪悪に見えた。それでもわたしはとても気に入り、できるだけ早くもう一度やりたかった。

ヤコブとわたしは二週間のうちに四度会った。緊張感は次第にとけていった。ノーマルな行為のときもあれば、下品な行為のときもあった。彼を縛り、わたしが快感に耐えられなくなるまで性器をなめさせるという幻想はまだ実現していないけれど、そのうちできるだろうと思っている。

少しずつマリアンヌがわたしの物語の中で重要性を失いつつある。昨日もわたしは彼女の夫と一緒にいたのだが、それこそがいかにすべてにおいて彼女が無意味な存在であるかを示している。もういまは、マダム・ケーニヒに気づいてほしいとも離婚をしてほしいとも思っていない。このままでいられれば、努力と自制を積み重ねて手に入れたもの、子どもたち、夫、職場、この家を手放すことのないまま、恋愛の歓びに浸っていられるからだ。

隠してあるコカイン、いつなんどきだれかに見つかるかもしれないコカインはどうしよう。これにはひと財産はたいた。転売はできない。そんなことをすればヴァンドゥヴルの監獄に一歩近づくことになる。二度と使わないと誓いも立てた。好きそうな人にプレゼントすることはできるけれど、わたしの評判が落ちるし、下手したらもっと調達してほしいと頼まれるかもしれない。

ヤコブと寝たいという夢が叶《かな》って、わたしはぱあっと高みに昇ったけれども、その後は現実に引き戻された。愛だと信じていたものが、いつ終わりを迎えるともしれない情熱にすぎないと気づいた。わたし自身、続けていく努力をするつもりは毛頭ない。アバンチュールは楽しんだし、背徳の歓びも、新たな性の愉悦も快感も体験した。しかも、悔悛《かいしゅん》のかけらもなく。長年いい子にしていた自分への褒美だ。

わたしはすっかり落ちついた。

これだけ毎日ぐっすりと眠りつづけていたのに、どうやら突き落とされた崖をドラゴンが這い上がってきたようだ。

問題はわたしにあるのかしら。それともクリスマスが近いせい？　一年で最も気が滅《め》入《い》る季節だ。ホルモンのバランスが崩れているとか、体内化学物質が足りないとか、そういう問題じゃない。ジュネーブは、ほかの国ほど大騒ぎしないのでありがたい。一度ニューヨークで大晦日《おおみそか》を過ごしたことがあるが、どこを向いてもイルミネーションが輝き、通りには歌が流れ、派手派手しいウィンドウ、トナカイ、鐘、イミテーションの雪の結晶、あらゆる色と大きさの飾り玉をつけたツリー、顔にぺたりと張りついたにこにこ顔……。こういうものをどうしても受けつけられない自分は異常なんだと思ってしまった。ＬＳＤをやったことはないけれど、あれだけのキラキラをいっぺんに見るためには通常の三倍量のＬＳＤが必要だと思う。

ここではせいぜい、目抜き通りにそれなりの飾りがしてあるだけで、それも観光客向けのものだ。〈さあ、買って買って！　スイスのお土産をお子さんにどうぞ！〉。今年はまだあの通りには足を向けていないのだから、たぶんこの沈んだ気分はクリスマスのせいではないだろう。郊外では、十二月じゅう幸せな気分を押しつけてくる、煙突からぶらさがったサンタクロースも見ない。

いつもどおり、何度も寝返りを打つ。夫は、これもいつもどおり、ぐうぐう寝ている。今日はセックスをした。最近夫との回数が増えているのは、ごまかしたいという気持ちがあるからなのか、わたしの性衝動が強くなったからなのか、自分でもわからない。ともかく夫に対して、性的興奮を前よりも感じているのは事実だ。夫はわたしの帰りが遅くなっても気にしないし、まして嫉妬《しっと》の片鱗《へんりん》すら見せない。一度だけ、最初の密会のあと、においや服の染みなどの痕跡を消すようにとのヤコブの指示に従ってバスルームに駆け込んだあとに、幸せそうだと言われただけだ。いまでは毎回予備のパンティーを持っていき、ホテルでシャワーを浴び、一分の隙もなく化粧をしてエレベーターに乗り込む。そわそわした様子も見せないし、だれに疑念も抱かせない。二度、顔見知りに出くわしたが、堂々と挨拶をして（彼女、だれかと会っていたのだろうか）と思わせる隙を与えなかった。プライドも保たれるし、とにかく安全だ。それに、この街のホテルのエレベーターに乗っているということは、あっちだってわたしと同じくらい後ろめたいことをしているということではないか。

眠りに落ちても数分で目が覚めてしまう。ヴィクター・フランケンシュタインは怪物を創り出し、ジキル博士は自分の怪物が外に現れるのを許してしまった。こんなことでわたしはびくびくしたりはしないが、それでも自分の行いに、ある程度の規律を作る時がきているのかもしれない。

わたしにだって正直なところはあるし、優しく心も温かいし、職業的プロ意識もある。

場合によっては手厳しい反応を返すこともある。特に、インタビューの最中に相手がわたしの質問をはぐらかそうとして攻撃的な態度に出るときなどはそうだ。けれど、最近では自分でも知らなかった向こう見ずなところや、粗野な点が出てきている。それは、ホテルの一室で過ごすヤコブとの時間にとどまらず、日常生活にも影響が出てきている。後ろに人が並んで待っているというのに客とおしゃべりに興じるレジ係にいらつく。近頃は必要なときしかスーパーに行かないのだが、いちいち値段と賞味期限を確かめなくなった。政治の話をする。賛同しかねることをだれかが言えば、反対意見を口にするようになった。悪評高い映画をほめ、売れている映画をけなす。脈絡のない話を突然始めて、相手のびっくり顔を面白がるようになった。要するに、これまでの控えめなわたしが、どこかに行ってしまったのだ。

周囲の人間も気づきはじめている。「なんだか、変わったよね」と言われるようになった。そのうち「なにか隠しているんでしょう」となり、「なにかよくないことをしているんじゃないの」になるだろう。

もちろん考えすぎかもしれない。でも、今日は自分が二人いるような気がするのだ。

ダビデは、ただ手下に女を連れてこいと命じるだけでよかった。何の説明もしない。そして問題が起こると、女の夫を戦争の前線に送り込んだ。わたしとは違う。控えめだと言われているスイス人も、性格が変わるときがある。

一つは、車の運転中だ。信号が青に変わって、アクセルを踏むのが一瞬遅れただけで、たちまちクラクションの嵐に見舞われる。きちんとウィンカーを出しても、車線変更をしてからバックミラーを見ると、怖い顔でにらんでいる後方車の運転手が見える。

もう一つは、だれかが変化という危険を冒すときだ。引越、転職、ふるまいでも何でも。ここではすべてがどっしりと動かず、だれもが同じようにふるまうことを期待されている。頼むから、いつもと違うというのはやめてくれ、ころころと態度を変えないでくれ、それは社会の脅威となる。この国は、苦労してようやく〈完成した国家〉となったのだ。いまさら〈刷新中の国家〉に戻るつもりはない。

いま、わたしは家族と一緒に、ヴィクター・フランケンシュタインの弟、ウィリアムが殺された場所に来ている。数世紀のあいだ、ここは湿地帯だった。カルヴァンによる容赦ない宗教改革を経たジュネーブが一角《ひとかど》の都市となって以降、病人はここに連れてこられるようになった。街に疫病が蔓延《まんえん》するのを防ぐために隔離され、たいていは食事も看護も充分でないまま死んでいったのだった。

プランパレは市内中心部で唯一ほとんど緑のない地区だ。冬に吹きすさぶ風は、骨も凍らせるほど冷たい。夏には太陽が照りつけ、汗で全身びっしょりになる。でもそんなことで文句を垂れるのは筋違いというものだ。何かが存在するのにいちいち理由なんて必要ないんだから。

土曜日なのでアンティークの屋台があちこちに出ていた。ここの市場は人気の観光スポットとなっており、旅行ガイドなどのおすすめに挙げられているほどだ。一六世紀の古い小物がビデオデッキなどと並んで売られている。遥《はる》かアジアからのブロンズの古い彫刻が、八〇年代のおぞましい家具の横に置いてある。人が大勢来て、賑《にぎ》わう。目利きが売り手とじっくりと話をしている姿を見かけることもある。だが、ほとんどは観光客や興味本位で来ている人で、これから使いもしない物をただ安いからという理由で買い求める。家に帰って二度三度使っただけで、(何の役にも立たなかったが、でもまあ、安かったからな)という言い訳とともにガレージに放り込まれるのだろう。

子どもたちがクリスタルの高価な花瓶も一九世紀のきゃしゃな玩具《がんぐ》もかまわず触ろうとするので、ずっと見張っていなければならない。それでも、少なくとも電気でピコピコ遊ぶゲームよりも知的な生活があると知ってくれるだけでもいい。

口と手足が動く金属製のピエロの人形がほしい、と子どもがねだる。その玩具への興味なんてせいぜい自宅に着くまでだということが夫にはわかっている。夫は、それは古いから、帰るときに何か新しい物を買ってあげよう、と答える。すると子どもたちは、むかしの男の子たちが家の中庭で遊んだビー玉が詰まった箱にもう気を取られている。

わたしの目が一枚の小さい絵に吸い寄せられる。裸の女性が寝台に寝ており、天使が出ていこうとしている絵だ。店主に値段を訊《たず》ねる。値段を言う前に(たいした値段ではない)、店主は、この絵は地元の無名の画家が描いた模写だとことわりを入れる。その説明に礼を伝える前に、横で一部始終を見ていた夫がお金を差し出して買ってくれた。

どうして?

「これは神話の絵だね。家に着いたら説明しよう」

この人に恋がしたい、と強烈に思う。夫への愛情が冷めたことはない。ずっと愛してきたし、これからも愛しつづけるだろう。けれど一緒に住んでいることで、その愛情も単調なものになりつつある。そんなことくらいで愛情はびくともしないが、胸を焦がすような気持ちはない。

いまはとてもやっかいな状態にある。ヤコブとの関係に未来はないとわかっているし、これまで暮らしをともに築いてきた人からわたしは離れてしまったのだ。

〈愛があれば事足りる〉なんて嘘だ。すべてが事足りることも、事足りたことも、ない。みんな本や映画を信じすぎるからいけない。夫婦が手を繋《つな》いで砂浜を歩いて夕日を見つめ、アルプスを望む素敵なホテルで毎日情熱的に愛を交わすなんて。わたしと夫もそれを全部試してはみたけど、魔法の効き目はせいぜい一、二年だ。

それから結婚生活がくる。家やインテリアを選び、未来の子どもたちのための部屋を考え、キスをして、夢を見て、しかるべき場所にしかるべき物を配置して、想像どおりに整っていくであろう空っぽの部屋でシャンパンで乾杯する。一、二年もしたら最初の子が生まれ、家はとたんに狭くなる。これ以上何かを買い足したりしようものなら、まるで客に自慢するために生活をしているのか、生涯アンティークを買ったり磨いたりして過ごすつもりなのかわからなくなるかもしれない（結局は子孫がそれらを受け継いで、いずれプランパレ市場に売り払うことになる）。

結婚して三年もすれば、それぞれ相手が何を望み、何を考えているのかつぶさにわかるようになる。夕食会を開けば、もう何度も何度も聞いた話をまたしても辛抱強く聞かなければならない。毎回驚いたふりをしたり、時には聞き直したりしながら。セックスは心ときめくものから義務へとすり替わる。それにつれて段々と単調にもなってくる。そのうちにセックスは週に一回もあればいいほうになってくる。夫が飽きることなく求めてくると、女たちはあからさまな嘘をついて自慢する。みんなそんなことは承知のうえだが、場の空気を読んで黙っているのだ。

それから浮気の時期がやってくる。女たちは、信じ難いことに愛人のつきることのない性欲についてしゃべる。こちらはあながち嘘でもないだろう。なぜなら、たいていの話はマスターベーションの魅惑の世界から生まれてきた話だからだ。どういう男であろうと、とりあえず初めて自分に言い寄ってきた男に思い切って身を任せた女の世界と寸分違《たが》わぬほどリアルな世界。女たちは高価な服で慎み深く見せようとはしているが、どうしたって一六歳の少女に比べたら淫《みだ》らな雰囲気がにじみ出る。ただ、手にしている力を承知しているという点が小娘とは違う。

そして最後に、あきらめの時代がやってくる。夫は仕事と称して家の外で過ごす時間が増えるし、妻は必要以上に子どもの世話に没頭する。現在のわたしたち夫婦がいるのはこの段階で、現状を打破できるのならば何でもしたい。

愛だけでは物足りない。わたしは夫と恋に落ちたい。

愛とは、ただの感情ではない。愛とは芸術だ。そしてあらゆる芸術と同じように、インスピレーションだけでなく、大きな努力が必要なのだ。

＊＊＊

どうして天使は女性を寝台に残して出ていこうとしているの。

「これは天使ではないよ。ギリシャ神話の愛の神、エロスだ。寝台にいるのはプシュケという女性」

わたしはワインの栓を抜いてグラスに注いだ。夫は絵を暖炉の上に置く。夫は話しはじめる。

「むかし、美しい姫がいて、だれからも愛されたが、求婚する勇気のある者はいなかった。悲嘆した国王がアポロの神託を仰ぐと、プシュケに喪服を着せ、山の上に一人で置いてゆけ、という答えを得た。そうすれば夜明け前に蛇が現れ、娘と契るだろうと。国王は言われたとおりにし、姫は恐怖と寒さで震えながら、夫が現れるのを一晩中待つうち眠りに落ちてしまった。目が覚めると、自分が王妃の冠を頂き、美しい宮殿にいることに気づいた。毎晩、夫が現れて愛を交わしたが、彼は一つの条件を課していた。プシュケは望みの物は何でも手に入れられるが、夫を信用し、決して顔を見ないことを約束させられたんだ」

気味が悪いと思ったが、話の邪魔はしないことにする。

「プシュケは長いあいだ、幸せに暮らした。快適に暮らし、愛情も喜びもその手にあった。それに毎晩自分のもとにやってくる男のことを愛してもいた。とはいえ、自分は醜悪な蛇と結婚したのではないかという恐怖に時おり襲われることもあった。ある朝早く、夫がまだ眠っているのを見計らい、プシュケはランプをつけてその姿を見てしまった。明かりで目を覚ました夫のエロスは、この世のものとは思えないほどの美貌《びぼう》を持つ男性が隣に眠っていた。明かりで目を覚ました夫のエロスは、自分が愛した女性がたった一つの約束すら守れなかったことに激怒した。夫の愛を取り戻したいプシュケがエロスの母、アフロディテにとりなしを頼むと、反対に無理難題を課せられてしまう。言うまでもなく、アフロディテはプシュケの美貌に深く嫉妬《しっと》していて、息子夫婦の邪魔立てをするためなら何でもするつもりだったからね。そして、その無理難題のうちの一つで、プシュケはある箱を開けてしまい、深い眠りに陥るんだ」

だんだんと物語の最後が気になってくる。

「妻を愛していたエロスも、もっと寛大になるべきだったと悔いていた。そこで何とか城に入り込むと、自分の矢で妻を目覚めさせた。〈好奇心のせいで死にかけたんだぞ。知ることで安心を得ようとしたんだろうが、それがわれわれの関係を壊してしまったのだ〉とたしなめた。〈だが、愛があれば何ものも永久に破壊されはしない〉。この確信に後押しされ、二人は神々の神、ゼウスを訪ね、自分たちを決して離してくれるなと頼んだ。ゼウスは喜んで夫婦を弁護する役を買って出て、あの手この手で議論したり脅したりしてとうとうアフロディテの承認を勝ち得た。このときから、論理的な人間の一面を表わしているプシュケとエロス、つまり愛はずっと一緒なんだ」

ワインのお代わりをグラスに注いで、わたしは頭を夫の肩にもたせかける。

「この話を受け入れられず、不思議で謎に満ちた人間の関係に対して常に説明を求める者は、人生最良のものを逃してしまうんだよ」

今夜のわたしは崖《がけ》の上にいるプシュケだ。寒くて怯《おび》えている。でも、もしこの夜を耐え、人生の謎と魔法に身を任せることができれば、次に目覚めるときには宮殿にいるということになる。必要なのは時間、それだけだ。

とうとうくるべき時がきた。二組の夫婦が、地元テレビ局の有力な司会者が主催するレセプションに出席するのだ。昨日ホテルのベッドの中で、身支度を整える前に煙草を一服するヤコブを待ちながらこの話をした。

わたしは先に出席の返事を出してあったので、いまさら欠席とは言えない。それはヤコブも同じことで、キャンセルするのはキャリアを考えても避けたいところだ。

夫と一緒にテレビ局に到着すると、会場は最上階だと教えられた。エレベーターに乗り込む前に携帯電話が鳴ったので、列を外れてロビーでチーフと話さねばならなかった。その間にもどんどん人が到着して、みんなわたしにほほ笑みかけ、夫には軽く頷《うなず》いていく。どうやらほとんどの招待客がわたしの顔見知りのようだ。

チーフは、あのキューバのシャーマンの記事が当たった、と言う。一か月も前に書き上げたのに、昨日ようやく掲載された第二弾の記事だ。連載の締めくくりにもう一本書けと言われるが、もうわたしとは話してくれませんよ、と答える。すると、だれかほかの人間を業界から見つけてこい、心理学者や社会学者なんかの、形式ばった意見ほどつまらんものはないからな。業界の人間なんて一人も知らないが、とりあえず電話を切るために、考えておきます、とわたしは答えておいた。ヤコブとマダム・ケーニヒが横を通り、頷きながら挨拶《あいさつ》していく。チーフが電話を切る寸前に、わたしはなんとか会話を引き延ばした。同じエレベーターに乗り合わせるなんて冗談じゃない！　羊飼いと牧師を一緒に載せるのはどうです？　それぞれ、ストレスや倦怠《けんたい》感とどうつきあっているのか対話させてみては？　チーフは、面白いアイデアだが、やはり業界からだれかを見つけるほうがいい、と言う。わかりました、やってみます。ドアが閉まり、エレベーターは上がっていった。これで安心して電話を切れる。チーフには、レセプションに最後に到着する客になりたくないので、とことわりを入れた。もう二分も過ぎてますから。わたしたち、常に時計が正確な国に住んでいますものね。

この数か月、自分の言動が妙だとはわかっているが、変わっていないところもある。パーティ嫌いは相変わらずだ。どこが楽しいのかさっぱりわからない。

そう、パーティ大好き、という人はいる。仕事のつきあいで顔を出さねばならない、今日みたいなカクテル・パーティですら、喜ぶ人はいるものだ。しかも、今日はいわゆるパーティですらない。ただ飲み物があるだけ。それなのに、そういう人たちはドレスを着込んで化粧をして、どことなく気だるさを漂わせることを忘れず友だちに言うのだ。残念ながら火曜日は先約があるの、ハンサムで知的で写真写りのよいダリウス・ロシュバンが司会の、〈パルドン・モワ〉（スイスのインタビュー番組）放映一〇周年記念パーティに出なくちゃならない、と。有名人はみんなこれに出席し、そうでない人たちはフランス語圏スイスで唯一のセレブ雑誌に掲載される写真を見るほかない。

この手のパーティに行くことはステイタスでもあるし、人目につく。ときどきうちの新聞社もこのようなイベントを開催するが、翌日には有名人の秘書から電話がきて、写真は掲載されるのか、掲載してもらえれば非常にありがたい、と頼まれるのが常だ。招待されることの次によいのは、自分が出席したことがそれなりに注目されることなのだ。二日後の新聞に、その日のために特別に誂《あつら》えた（ということは口が裂けても言わないが）衣装を身に着け、ほかのパーティやレセプションのときと同じほほ笑みを張りつけている自分の姿が、しっかりと新聞に載っているのを見届けることほどよいものはない。社交欄の担当でなくて、ほんとうによかった。ヴィクター・フランケンシュタイン的ないまのわたしの状態では、社交欄はとっくにクビになっていたとは思うが。

エレベーターのドアが開く。ホールには撮影係が二、三人いる。街を三六〇度見渡せるパーティ会場へと向かう。長いこと居座っていた雲が、今晩ばかりはダリウスの肩を持ってやろうと決めたのか、その灰色のマントの裾《すそ》をちょっと上げてくれたので、眼下の光の海がよく見える。

長居はしたくないわ、と夫にささやく。緊張を和らげるため、堰《せき》を切ったようにしゃべりだす。

「きみが出たいときに出よう」夫がわたしのおしゃべりを遮って言ってくれた。

さっきからわたしたちは、親友であるかのように次から次に親しげに話しかけてくる人たちに挨拶をするのに忙殺されている。こちらも負けじと、同じような親密さを込めて言葉を交わす。なんて名前だったかしら、と思いながら。会話が長引きそうになったときには秘策がある。相手に夫を紹介し、自分は黙っている。すると夫は自己紹介をして、相手の名前を訊ねてくれる。わたしは答えを聞き逃さず、即座にその名を高らかに口に出すのだ。「いやね、あなた。○○さんを覚えていないの？」と。

この底意地の悪さったら！

挨拶が終わると、会場の隅に行ってぶつぶつ文句を言う。なんでみんな口を揃えて、わたしのことを覚えていないの？　なんて、恥ずかしげもなく訊《き》けるのかしら。何様のつもりかしらね。仕事で毎日毎日新しい人と顔を合わせているわたしの記憶に、自分ならしっかりと焼きつけられているはずだと勘違いしているのよね。

「そうかっかするなよ。みんな楽しんでいるんだから」

夫はまったくわかっていない。みんな、楽しいふりをしているだけで、ほんとうの目的は注目を浴びること、そして人によっては商売になりそうな相手を探しているだけなのだ。自分の美しさと権力に酔いしれてレッド・カーペットを歩く人たちの運命は、安月給で働いている新聞社の編集部の手中にあるというのに。編集者はメールで写真を受け取り、この伝統的で因習的な小さい世界の中でだれが選ばれ、だれが選ばれないのかを決める。だれの写真を載せたら面白いかと考えるのは彼で、残りの小さなスペースにパーティ（もしくはカクテル・パーティ、晩さん会、レセプション）の全体写真が入る。その写真に写り込んでいる、われこそは、と心中で思っている有象無象の人たちの中から、だれだか見分けられるような人間はほんの一人か二人だ。

ダリウスが壇上に登り、この一〇年間で彼がインタビューしたすべてのすばらしい人たちの話を語りはじめた。わたしは一息ついて、夫と一緒に窓辺のスペースに移る。わたしのレーダーが作動してヤコブとマダム・ケーニヒの居場所を感知したからだ。あの二人とはできるだけ距離を置きたいし、それはヤコブも同じことだろう。

「何かあった？」

ああ、そうよね。今晩のあなたはジキル博士なの？　それともハイド氏？　ヴィクター・フランケンシュタインかしら、それともその怪物？

何でもないわ、あなた。ただ、昨日一緒に寝た男を避けているだけ。ふと、この会場にいる全員がすべてを知っているのでは、もしくはわたしたちの額に〈愛人同士〉と書いてあるのでは、という疑念がわいてくる。

わたしは笑って、夫が聞き飽きたに違いないセリフを口にする。もうパーティが楽しい年齢じゃなくなったのよ。シッターに預けて出かけるよりも、家にいてあの子たちと一緒にいたいわ。

わたしは酒好きというわけでもないし、挨拶をしにきては、何とか会話を引き出そうとする人たちのせいで頭がくらくらしてきた。さも興味深げにその人たちの話に耳を傾け、それに質問で返し、礼儀知らずに見えないよう、その間にオードブルを口に放り込んで飲み下さなければならない。

プロジェクターが登場して、番組に出演した主な人物のビデオクリップの紹介が始まった。わたしもそのうちの何人かに会ったことはあるが、ほとんどが外国人で、ジュネーブには訪問で来ていた人たちだ。周知のとおり、この街には常にどこかの重要人物が滞在しており、訪問期間中はどこかの番組に出演することがほとんど義務となっている。

「そろそろ帰ろうか。ダリウスはきみが来たのを見たから、義理は果たしただろう。一本、ビデオでも借りて帰ってから一緒に観よう」

まだよ。もう少しここにいましょう。だって、ヤコブとマダム・ケーニヒはまだいるんだもの。セレモニーが終わる前に出ていったりしたら怪しまれるかもしれない。そこにダリウスが、番組出演者の名前を呼んで登壇を促しはじめた。そうして彼の話に一言、二言、証言を添えさせるのだ。退屈で死にそう。連れのいない男どもは周囲を見回して一人でいる女性をこっそりと見定めている。その一方で、女たちは互いを見比べ、何を着ているか、化粧品はどこのものか、連れているのは夫か恋人かを探るのに余念がない。わたしは街を見下ろし、だれにも怪しまれずにそっと出ていける時がくるのをぼんやりしながら待っている。

「きみだよ！」

え？

「ほら、きみを呼んでいる！」

　ダリウスがわたしを呼んだらしいが、すっかり聞き逃していた。ええ、確かにあの番組には出た。スイスの元大統領と、人権について話したのだ。だけど、わたしは別に有名人でもなんでもない。そんなことは思ってもみなかったし、何も聞いていないので、話をする準備すらしていない。

　だが、ダリウスが手招きをしている。会場のみんながこちらを見てほほ笑んでいる。気を取り直して、マリアンヌの名は呼ばれていないし、呼ばれるはずもないことを思って密《ひそ》かに喜びながら、ダリウスのほうに向かって歩く。ヤコブも呼ばれることはない。今夜は楽しむためのパーティであり、政治的な話はふさわしくないからだ。

　急ごしらえのステージに上がる。実際は、テレビ局の最上階の会場にある二つの階段をつなぐ踊り場だ。ダリウスにキスをして、自分が出演したときの面白くもない話をする。男たちは相変わらず女を漁《あさ》っていて、女たちは互いを盗み見ている。ステージ近くにいる人たちはわたしの話に耳を傾けているふりをしている。わたしは夫だけを見つめる。公衆の面前で話をする人は、だれか支えとなってくれる人を選んだほうがいい。

　するとわたしの唐突なスピーチの最中に、絶対にあってはならないことが起きているのが目に飛び込んでくる。ヤコブとマリアンヌ・ケーニヒが夫の隣にいた。たった二分のあいだに。わたしがステージまで行き、スピーチを始めようとするあいだ、ウェイターはすでに盆を手に客の中を回りはじめ、客はもっと面白いものはないかとステージから目をそらしはじめたあいだに。

わたしはなるべく早くスピーチを終わらせる。客は拍手し、ダリウスがわたしにキスする。できるだけ急いで夫とケーニヒ夫妻のもとに行こうとするのだが、次から次と人が押し寄せてきて、わたしが話してもいないことをほめたり、いいスピーチだったとかシャーマニズムの連載は最高だとか言ってきたり、次のテーマを提案してきたり、自分の名刺を押しつけて〈非常に面白い題材〉の〈情報源〉になれますよ、とささやいてきたりするものだから、全然前に進めない。人の波を抜けるのに一〇分くらいかかる。すべての任務を完了し、ようやく運命の場所にたどり着く。さっきまでわたしがいた場所に、侵入者の二人が入り込み、夫と三人でにこにこと歓談している場所。わたしを見ると、三人とも口々によくやった、上手なスピーチだったとほめたたえ、さらりと刑の執行を言い渡す。

「きみは疲れているし、子どもが待っていると言ったんだけどね、マダム・ケーニヒがぜひ四人で夕食を一緒に、とおっしゃってるんだよ」

「ぜひそうしましょう。夕食はまだなんでしょう？」とマリアンヌ。

ヤコブはわざとらしい笑みを浮かべ、妻に同意する。その姿は運命を覚悟した羊のようだ。

ほんの一秒間に、二〇万個くらいの言い訳が頭の中を飛び交う。だけど、いったいなぜなの？　わたしには、いつでも使える、まとまった量のコカインがある。計画を実行に移すなら、まさにいまだ。

それより何より、この晩さん会がどうなるのか見てみたいという病的な好奇心がうごめく。

マダム・ケーニヒ、喜んでご一緒しますわ。

＊＊＊

マリアンヌはレザミュール・ホテルの中のレストランを選んだ。外国からの客を連れていく無難な場所だ。フォンデュも美味《おい》しいし、スタッフも各国語をしゃべれるし、場所も旧市街の中心だ。けれど、ジュネーブ在住の者には目新しさはどこにもない。

わたしたちはケーニヒ夫妻のあとに到着する。ヤコブは煙草という悪徳のもと、寒さに耐えて外にいる。マリアンヌは中にいるようだ。わたしは、ケーニヒさんが煙草を終えるのを待つから、あなたは中に入ってマリアンヌにおつきあいしてあげて、と夫に伝える。夫は反対のほうがいいんじゃないかと言ったが、わたしは押し切る。ほんの数分とはいえ、女性だけでテーブルについているのは恰好《かっこう》がつかないと思わない？

「不意をつかれたんだよ」夫が中に入るや、ヤコブが言う。

どうってことないわ、という素振りを見せようとする。あなた、後ろめたいの？　不幸な結婚生活が終焉《しゅうえん》を迎えるかもしれないと怖いの？　ついでに言うと、相手は氷の国

「そんな言い方はやめてくれよ。ただ……」

そのとき、魔女がやってくる。悪魔のほほ笑みを唇に浮かべ、わたしの頬に三回キスして挨拶を（また、わざわざ！）して、夫に煙草を消して中に入るよう命じる。裏の意図が透けて見える。あんたたちのことを疑っているのよ。何かを企《たくら》んでいたのかもしれないけれど、わたしはあんたたちが思うよりずっと賢いのよ。覚えておきなさい。

わたしたちはいつもどおりラクレットのフォンデュを頼む。夫は疲れてチーズを食べる気分になれないと言い、やはり外国の客にいつも薦めるソーセージを選ぶ。ヤコブはもうワインの儀式をしない。グラスを回し、一口味を見ると、頷いてそれでおしまい。あれは、初めての日にわたしの関心を引くための月並みな手口の一つだったのだ。料理が運ばれてくる前に、わたしたちは軽いおしゃべりをしながらワインを一本空けてしまい、すぐに二本目を頼む。わたしは夫にこれ以上飲まないようにと頼む。でないとまた車を置いて帰らなければならなくなるし、今日は前回と違い、自宅からだいぶ離れたところに来ているのだから、と注意する。

料理がきた。三本目のワインの栓が抜かれ、軽い会話が続く。連邦議会議員としてのヤコブの新しい日常、先日のわたしの二つの記事がよかったこと（「ちょっと変わったアプローチだね」）、最近は不動産価格が下がっていて銀行の秘匿性が揺らぎ、同時に何千人もの銀行家たちが出ていきはじめているというのはほんとうだろうか、など。いまや彼らの行き先はシンガポールかドバイ、わたしたちが休暇を過ごしに向かう場所だ。いつ牛が闘牛場に入ってくるかと、さっきから待っているのだがまだ入ってこない。そこでわたしは守りが一段低くなり、ワインをさらに口にし、リラックスして陽気になってきた。そのとき、闘牛場の扉がさっと開かれた。

「先日、友人たちと、嫉妬というくだらない感情について話したのよ」とマリアンヌが始める。「あなた、どう思う？」

夕食の席で話すべきでないようなことを話題にすることについては、あなたはどう思う？　この魔女は言葉を選ぶ達人だ。今日一日かけて練り上げてきたに違いない。嫉妬を〈くだらない感情〉と呼ばわり、わたしの不意を突き、足をすくうつもりだ。

「ぼくは嫉妬が渦巻く家で育ってきたんだ」と夫が言い出す。

何ですって？　そんな個人的な話をするつもり？　見ず知らずの他人に？

「だから、自分が結婚したときには同じようなことは絶対にしないと自分に誓った。最初はきつかったよ。他人の愛とか忠誠心とか、自分ではどうしようもないものすら思いどおりにしようとするのは人間の性《さが》だからね。でも、ぼくは乗り越えた。だから、毎日だれかに会い、だいぶ遅い時間に帰宅する妻のことを責めたこともないし当てつけを言ったこともない」――

そんなこと、いままで話してくれたこともなかったのに。嫉妬が渦巻く中で育ったなんて、全然知らなかった。この魔女はだれにでも自分の命令に従わせてしまうんだ。さあ、夕食よ、煙草を消して。わたしの選んだ話題について語りましょう。

だけど夫がいましがた話したことには、二つの理由がある。一つは、マリアンヌの招待を怪しんで、わたしを守ろうとした。そして、みんなの前で、わたしがどれほど大事な存在であるかをわたしに向かって言いたかったのだ。わたしは手を伸ばして彼の手に触れる。そんなこと考えたこともなかった。単純に、わたしが何をしているかなんて気にしていないのかと思っていた。

「あなたはどう、リンダ？　ご主人にやきもちを焼いたりしないの？」

わたしが？

もちろん、しないわ。彼のことを信じきっているもの。嫉妬なんて、自尊心に欠けた、病んで危うい人や、劣等感だらけで、自分たちの関係を脅かすだれかがきっといると信じている人のものだと思うの。あなたはどうなの？

マリアンヌは自分で仕掛けた罠《わな》にはまった。

「さっき言ったとおりよ。くだらない感情だと思うわ」

そうね、それは聞いたわ。でも、もしもご主人が浮気していると知ったら、あなたはどうする？

ヤコブが色を失う。グラスに残っているワインを一気に飲み干してしまわぬよう、懸命に自制している。

「もちろん夫は毎日、精神的に危なげな人たちと会っているわ。自分の結婚生活に退屈しきっていながら、今後もどうってことのない毎日をくり返していく人生が見えているような人たち。あなたの会社にも似たような人がいるんじゃないかしら？　記者見習いから始めて、そのまま退職するまで居座る人たちとか」

たくさんいるわ。わたしは一切の感情を交えずに答え、フォンデュをもう一口食べる。マリアンヌはわたしの目をまっすぐ見据える。わたしのことを話しているんでしょう。わかってる。だけど、夫にわずかでも疑念を抱かせるわけにはいかないの。マリアンヌも、プレッシャーに耐えきれず全部話してしまったに違いないヤコブも、どうでもいい。

自分でも自分の冷静さに驚く。ワインのせいかもしれないし、この修羅場を面白がっている怪物が目を覚ましたのかもしれない。たぶん、自分は何でも知っていると思い込んでいるこの女に面と向かって対することに大きな喜びを感じていることが理由だろう。

続けてちょうだい、溶けたチーズの中でパンのかけらをかきまわしながら言う。

「おわかりかと思うけれど、愛されていない女たちなんてわたしの脅威でもなんでもない。いの。お二人とは反対に、わたしは完全にはヤコブを信用していないわ。何度か裏切り行為があったのも承知しているし。肉体とは弱いものですもの」

ヤコブは神経質に笑ってワインを一口飲んだ。また一本空いたので、マリアンヌはお代わりを持ってくるようにウェイターに合図する。

「……でもね、それがノーマルな関係なんだと思うことにしたの。うちの夫が、そういう尻軽《しりがる》女たちに追いかけられないのだとしたら、つまりそれは彼に魅力がないってことですもの。嫉妬の代わりに、わたしがどう感じるかおわかりになる？　欲情するの。しょっちゅう、夫の前で服を脱ぎ捨てて、裸で近づき脚を開いて、女たちにあなたがしたのと同じことをわたしにもしてちょうだい、と言うの。ときどき、どんなふうに感じたかを教えて、とも頼むわ。そうするとセックスのあいだ、ずっと楽しめるんですもの」

「マリアンヌの幻想だよ」ヤコブは弁解するが、あまり説得力はない。「こういう作り話をするんだ。このあいだなんて、ローザンヌのスワッピング・クラブに行きたいかなどと訊いてきたよ」

ヤコブが冗談を言っているのではないのは明らかだったが、みんな笑う。マリアンヌですら。

恐ろしいことに、ヤコブはどうやら〈信用ならない雄〉扱いされることを喜んでいるようだ。夫はマリアンヌの答えをたいそう面白がり、浮気を知って感じる欲情についてもう少し聞きたい、と促す。スワッピング・クラブの住所を訊ね、キラキラした目でわたしのほうを見て、ぼくらもそろそろ何か違うものを試してみる頃合いじゃないか、などと言う。堪えがたくなってきたこの空気を変えようとしているのか、それともほんとうに試してみたいと思っているのかは読み取れない。住所は持っていないとマリアンヌは答え、電話番号をもらえればあとからメッセージを送る、と言った。

そろそろ行動する頃合いだ。一般的に嫉妬深い人ほど、人前ではそうでないふりをするらしいわね。ほのめかして、パートナーの様子から何かを知ろうとする。でも、それがうまくいくと思っているなんて、おめでたいわ。たとえば、わたしがあなたのご主人と浮気していたとしても、あなたには絶対にばれないと思うわ。だって、わたしはそんな罠に引っかかるほど馬鹿ではないもの。

声の調子がわずかに変わったわたしを夫が驚いて見る。

「きみ、それはちょっと言い過ぎじゃないか？」

いいえ、そうは思わないわ。この話を始めたのはわたしじゃないし、マダム・ケーニヒは何をほしがっているのかわからない。だけど、ここに来てからずっと彼女はいろいろ当てつけのようなことを言ってきているじゃないの。もう我慢できない。たとえば、彼女以外、だれにも興味のない話題が続いていたあいだもずっと、この方がわたしをにらんでいたことにあなたは気づいた？

マリアンヌは愕然《がくぜん》としてわたしを見る。こんな反応が返ってくるとは思ってもみなかったのだろう。いつでも自分がリードすることに慣れているのだ。

偏執的な嫉妬心を燃やす人たちを大勢見てきたけれど、その人たちは配偶者の浮気を疑っているんじゃなくて、思いどおりに自分が注目の的になっていないのが悔しいのよ。ヤコブはウェイターに勘定を頼む。よかった。だいたい、招待したのは彼らのほうなのだから、払ってもらうのは当然だ。

わたしは時計を見て驚いたふりをする。シッターにお願いしている時間を過ぎているわ！　立ち上がって夕食をごちそうさま、と言うとクロークに上着を取りにいく。話題はすでに子どもと、親としての責任に移っている。

「彼女、ほんとうにわたしが彼女のことを話していたと思っているのかしら」マリアンヌがわたしの夫に訊ねているのが聞こえてきた。

「まさか。そんな理由もないでしょう」

あまり会話もないまま、冷えた外気の中に出ると、怒りに燃えるわたしは口火を切る。当然、あの女はわたしのことを言っていたのよ。あの人、選挙の日にものすごく嫌味なことをほのめかしてきたのよ、妄想が入ってるんだわ。どこにでも顔を出して、旦那《だんな》の周りにやきもちを焼きまくってるのね。阿呆面《あほうづら》したあの男のことだって、鉄拳《てっけん》でしつけて政界の道をつつがなく歩ませようとしているんでしょうけど、本音では自分がお立ち台に立ってあれが善い、あれが悪いと言いたいんでしょうよ。

夫に、飲みすぎたね、少し落ち着きなさいと言われる。

教会の前を通る。また霧が出てきていて、街全体がホラー映画みたいだ。短刀を手にしたマリアンヌが街角に隠れている姿が浮かぶ。中世の頃、フランスとジュネーブが常に戦争状態にあった時代のように。

冷たい空気に触れても、散歩をしても、わたしの気はおさまらない。車に乗り込み、家に着くと寝室に直行してバリウム剤を二錠、口に放り込む。夫はシッターに代金を支払って、子どもたちをベッドに連れていっている。

そのまま一〇時間、ぶっ続けに眠った。翌朝起きて、いつもの仕事をこなしながら夫がどこか冷たいと感じる。ほとんどわからないくらいにだけれど。やはり昨晩は面白くなかったのだろう。わたしもどうしたらよいのかわからない。安定剤をいっぺんに二錠も飲んだのなんて初めてだ。なんとなくぼんやりと無感覚ではあるが、孤独感とか鬱《うつ》な気分がもたらしていた感覚とはまったく違う。

職場に向かうために外に出て、機械的に携帯電話をチェックすると、ヤコブからメッセージが入っていた。一瞬迷ったが、好奇心が憎しみに勝った。

今朝ずいぶん早い時間に送ってきている。

「きみがすべてを壊した。妻はこれまで何も疑っていなかったのに、いまは確信を持っている。彼女が仕掛けてもいない罠にきみは自分から引っかかったんだ」

家の買い物のため、スーパーマーケットに寄らなければ。だれにも愛されていない、いらいらした主婦みたいだ。マリアンヌは正しい。わたしは彼女のベッドで眠る馬鹿犬の暇つぶしのセックスフレンドでしかない。涙が次々にあふれ出てほかの車がちゃんと見えず、運転するのも危険なほどだった。クラクションや罵声《ばせい》が耳に入る。スピードをゆるめると、ますますクラクションと罵声が大きくなる。

マリアンヌに疑いを持たせるなんて馬鹿だった。けれど、もっともっと馬鹿だったのは、自分のすべてを失う危険を冒したことだ。夫も、家族も、仕事も。

安定剤二錠の遅発効果と、この精神状態で運転していることで、いまの自分は命をも危険にさらしていることに気づいたので側道に車を停めて、泣く。わたしの泣き声があまりに大きいので、だれかが近づいてきて、大丈夫ですか、と声をかけてくる。放っておいてと答えるとその人は離れていった。でも、ほんとうは全然大丈夫じゃない。わたしは自分の内にある泥の海にはまり込んでしまい、泳ぐことすらできないのだ。憎しみではちきれそうだ。ヤコブはもう昨晩の夕食から立ち直っただろうか、たぶん二度とわたしとは会いたくないだろう。悪いのはわたしだ。することなすこと、みんながわたしを疑っているのではないかといつでも疑心暗鬼で、とうとう限界を超えてしまった。彼に電話して謝るべきなのかもしれないが、たぶん出てくれないだろう。それとも夫に電話をして、あなたは大丈夫かと訊いたほうがいいだろうか。夫の声音を熟知しているわたしは、どんなにうまくごまかしていても、彼が怒っていたり緊張していたりしたらぴんとくる。でも、そんなことはわかりたくない。怖い。胃が縮み上がり、ハンドルを握る手が震えている。そして、この世で唯一の安全な場所、車の中で声をかぎりに叫び、泣く。大丈夫ですかと声をかけてくれた人は、いま、遠巻きにこちらを見ている。わたしが何か馬鹿げたことをしでかすのではないかと恐れているのだ。何もしない、何もしないから。ただ泣かせてほしいの。それくらいはいいでしょう？　元に戻りたいのだが、それはできない。自分自身にあまりに辛《つら》く当たりすぎたような気がする。元に戻りたいのだが、それはできない。失った足場を取り戻し、また修復したいと思っても、きちんと頭が働かない。ただただ泣いて、恥ずかしさと憎しみにのまれている。

なんて浅はかだったんだろう。マリアンヌがこちらをにらんで、知っていることを話していた、ですって？　わたしが自分自身後ろめたくて、罪深いと思っていたからじゃないの。彼女の夫に、ただの暇つぶしの相手と思ってほしくなくて、彼の目の前で彼女を侮辱してめちゃくちゃにしたかっただけなんだ。彼のことを愛してはいない。けれど、彼は少しずつわたしに歓《よろこ》びを取り戻してくれたし、孤独という井戸に首まで浸《つ》かっていたわたしを引っぱり出そうとしてくれた。あの日々はもう二度と戻ってこない。わたしはふたたび現実に戻らなければならなくなった。スーパーマーケット、いつもと同じ毎日、安全なわが家。むかしはあんなに大事に見えたのに、いまは監獄としか思えない場所。ばらばらになったわたしのかけらを拾い集めなくては。夫にはすべて告白したほうがいいのかもしれない。

彼は理解を示すだろう。善人で、賢く、いつでも家族が一番の人なのだもの。でも、もしわかってくれなかったら？　いい加減にしてくれ、これ以上は無理だ、以前は鬱だと愚痴をこぼし、今度は愛人に捨てられたといって泣く妻に用はない、と言われたら？

嗚咽《おえつ》が少しずつおさまり、思考力が戻ってきた。あと少ししたら仕事の時間だ。玄関にはクリスマスの飾りがある幸福そうな家々が建ち並ぶこの通り、わたしがこんなところにいるとも気づかず住民たちが出たり入ったりするこの通りのはじっこで一日中座りこみ、自分の世界が崩壊していくのを手をこまねいて眺めているわけにはいかない。

よく考えよう。優先事項のリストを作るのだ。これから先の数日、数か月、数年、わたしは傷を負った獣ではない、良妻賢母なのだというふりを続けられるだろうか。自分を律するのは特に得意ではないけれど、いつまでもおどおどしてはいられない。

涙を拭《ふ》いて、前を見る。そろそろ運転再開？　いや、まだもう少し。今回のことで一つだけよいことがあったとすれば、嘘まみれで生きていくことにそろそろ疲れてきたということだ。夫はどこまで疑っているだろう。女性が絶頂を感じているふりをしているとき、男はそれに気づいているのだろうか。かもしれない、でもそれを知る手立てはない。

車から出て、延長料金以上の駐車料金を払う。こうしておけば、まだ少しふらふらと歩ける。職場に電話して、子どもが下痢をしたので医者に連れていく、と見え見えの嘘をつくが、チーフはわたしの言葉を信じてくれた。スイス人は嘘をつかないものなのだ。でも、わたしはつく。毎日、嘘をついてきた。自分を愛する気持ちなど失って、どこを歩いていけばいいのかもわからない。スイス人は現実世界を生きるものだ。でも、わたしは幻想の中を生きている。スイス人は問題解決に長《た》けている。わたしは自分の問題を解決することができず、理想的な家族と完璧《かんぺき》な愛人の両方がいるという状態を作ってしまった。

＊＊＊

大好きなこの街を歩く。観光客目当ての場所を除いては、一九五〇年代でストップして近代化など念頭にもなさそうなこの街並みが好きだ。寒いけれど、ありがたいことに風はないのでなんとか耐えられる。気をそらして鎮めるために書店や肉屋、衣料品店などをぶらつく。店から出て冷たい空気に触れるたびに、この寒さが、火花となり燃えていたわたしを冷ましてくれるのを実感する。

正しい相手を愛せるように、自分を訓練できる？　もちろん。問題は、たまたま通りかかったら扉が開いていたからと、許しも得ずにさっさと入ってきた間違った相手をどう忘れるか、ということだ。

わたしは、実際のところヤコブと何をしたかったのだろう。関係が始まったときから、罪なことだとはわかっていたけれど、こんなに屈辱的な形で終わりを迎えるとは思ってもみなかった。結局、手に入れたものがほしかったのだと思う。アバンチュールと快感。それとも、もっとほしかったのだろうか。彼と暮らすとか、キャリアを築く手助けをするとか、もはや妻からは期待できそうもない支えになってあげるとか、会いはじめた頃にぼやいていたように、優しくしてあげるとか、そういうことをしてあげたかったのだろうか。他人の庭から花を摘み取るように、向こうの家からヤコブを引っ張り出し、うちのやり方ではうまく育たないと知りつつも、自分の庭に植え替えたかったのか。

また嫉妬の波が押し寄せてくるが、今回は涙はなく、ただ怒りだけを感じた。歩みを止めて、どこかのバス停のベンチに腰かけ、往来する人びとを眺める。みんな携帯電話のディスプレイに収まってしまう小さな自分の世界に夢中で、そこから目も耳も離せないようだ。

バスが来ては出ていく。乗客はバスから降りてくると、おそらくは寒さのせいで早足でどこかに歩み去る。乗り込む人たちはゆっくりで、家、会社、学校にいやいや向かうみたいだ。でも、だれも怒りや興奮をあらわにしている人はいない。みんな幸せでもなければ悲しくもないのだ。ただ、生まれ落ちた日に宇宙に課せられた任務を機械的にこなしている。

しばらくすると緊張が少し解けてきた。わたしの中のジグソーパズルのピースがいくつか見つかった。そのうちの一つは、バスのように目の前にやってきては去っていきをくり返す、憎しみの源だ。人生で一番大事なものは家族だということを、わたしは見失っていたのかもしれない。幸福を探し求める中でわたしは戦いに敗れたのだが、その敗北はわたしにとって屈辱であるだけでなく、前に続く道が見えなくなった原因でもあった。

そして夫は？　夫とは今晩、包み隠さずすべてを話さなくてはならない。それでわたしは自由になれるような気がする。その結果で苦しむことになろうとも。嘘をつくのには、疲れてしまった。夫にも、上司にも、わたし自身にも。

ただ、いまはそのことを考えたくない。ほかの何よりもわたしの思考を食いつくそうとするのは嫉妬心だ。どうしてもこのバス停から立ち去ることができない。鎖で体がつなぎとめられているかのようだ。鎖は重すぎて、引きずって歩くこともできない。

つまり、彼女は夫の不貞行為の話をベッドの中で喜んで聴いて、わたしと同じようなことを彼としていたということ？　あの初めての日、サイドテーブルから避妊具を取り出したときに、ほかにも女がいるんだと気づくべきだった。わたしを征服したあんなやり方で、わたしはその他大勢の一人なんだとわかるべきだったのに。あの呪われたホテルを出るときに、何度もそんなふうに感じて、もう二度と会うまいと自分に言い聞かせながら――それもまたわたしの嘘の一つで、電話がきたらいつでも、彼の都合のよい日、時間に自分は出かけることになると気づいていたけれど。

そう、わたしはすべて気づいていた。それなのに、セックスとアバンチュールを求めているだけだと自分を納得させていたのだ。そんなのは嘘なのに。眠れない夜、空っぽな昼間、いつもいつも否定していたけれど、いまならわかる。そう、わたしは恋をしていたんだ。おかしくなるほど、この恋に溺《おぼ》れていた。

どうしたらよいのだろう。たぶん、いや絶対に確かなことだと思うが、結婚している人でも、人はいつでもひっそりと心の中ではだれかに惹《ひ》かれているのだ。それは禁じられた思いだが、禁断の恋ほど甘美なものはない。けれども、それ以上前に進む人は少ない。実行に移すのは、新聞記事で読んだかぎりでは七人に一人だと言う。そしておそらく、わたしのように幻想に心を奪われるほどまで混乱してしまうのは一〇〇人に一人ではないだろうか。大多数にとっては、すぐに消えると初めからわかっている、ただのときめきで終わるのだ。セックスがいつもよりエロティックになって、絶頂のときに「愛している」という叫びを聞きながらどきどきする。それだけのこと。

反対に、夫に愛人がいたら、わたしはどうしていただろう。大騒ぎになっただろう。人生は不公平だとか、わたしには何の価値もないとか、もう歳をとってしまったんだとか。嫉妬に狂って泣きやまず、心の底では羨《うらや》んでいただろう。わたしにはできないことを夫がやった、と。泣きながら派手な音を立ててドアを閉め、子どもを連れて実家に帰っていただろう。そして二、三か月もすれば後悔して、家に帰る言い訳を何とか探そうとする。彼もきっと同じ思いのはずだと思いながら。四か月経つと、すべて一から始めなくてはならなくなるのかと恐ろしくなり、五か月後には「子どものために」と言って戻ろうとするけれど、その頃には手遅れになっている。彼は、わたしよりもずっと若くてエネルギーに満ちあふれて可愛らしく、人生にふたたび明るさを与えてくれる愛人と、とっくに同棲《どうせい》を始めているだろう。

電話が鳴る。上司に子どもの具合はどうだと訊かれる。わたしは、いまはバス停にいるので、電話がよく聞き取れません、でも子どもは大丈夫なので、もう少ししたら出社します、と伝えた。

恐怖に震える人は決して現実を見ようとしない。自分の幻想の中に身を隠すことを選ぶ。あと一時間もこのままでいることはできない。しっかりしなければ。仕事がわたしを待っている。おそらくそれが救いとなるだろう。

バス停から離れ、車まで戻る。地面に落ちている枯れ葉を見る。パリだったら、とっくに掃き清められているだろう。でも、ここはジュネーブだ。パリよりもずっと豊かな街、それなのに枯れ葉は道に落ちたままだ。

この枯れ葉もかつては木の一部だった。それがいまは地面に落ち、木は休息の季節のために準備をしている。木は、自分を包み、栄養を与え、呼吸をさせてくれた緑のマントに気づいているのだろうか。否。では、そこに住み、花に受粉し、自然の生命をつないでくれる虫たちのことは？　否。木は、自分のことしか考えない。ほかのもの、葉っぱや虫は、必要に応じて木から切り離される。

わたしもこの街の地面に落ちている枯れ葉の一枚だ。自分は永遠だと信じながら生きて、理由もはっきりとわからぬまま死んでいく。太陽も月も愛し、長いあいだバスが通るのも、市電がガタガタ音を立てるのも目にしていた葉っぱに、冬の存在を教えてくれる親切さはだれも持ち合わせてはいなかった。葉っぱは精一杯楽しみ、それから黄色く姿を変え、木に「さよなら」と別れを告げられた。

「またね」ではなく「さよなら」。葉っぱが戻ってくることはないと木は知っているから。それから風に頼んで、なるべく早く枝から葉っぱを吹き飛ばし、遥か彼方まで連れていってもらう。休息を取らないと成長しないことが木にはわかっているのだから。大木になれば、大事にされるということも。そうすれば、もっともっと美しい花を咲かせることができるということも。

＊＊＊

もう充分。いまのわたしにとって一番のセラピーは仕事だ。涙が涸《か》れ果てるほど泣き、考えることはすべて考えた。そこまでしても、結局何からも解放されることはなかったのだから。

何も考えず、機械的に車を停めておいた場所まで戻ると、赤と青の制服を着た係員が、わたしの車のプレートをスキャンしていた。

「この車、おたくの?」

ええ。

彼はそのまま仕事を続ける。わたしも何も言わない。スキャンされてしまったプレートナンバーはもうシステムに乗ってセンターに送られたので、警察の印が目立たぬよう押されたセロファンの窓つきの公文書用封筒がいずれうちに届くだろう。罰金一〇〇スイスフランの支払いまであと三〇日の猶予があるけれど、五〇〇スイスフランで弁護士を雇えば、罰金の支払いに不服申し立てもできる。

「ここの制限時間は三〇分ですよ。もう二〇分も過ぎています」

わたしはただ頷いて同意する。係員の驚いた顔が目に入る。ちょっと待ってください、もう二度としませんから、などとわたしが懇願しないからだ。彼がいるのを見ても、走って止めにくることもせず、当然予想される反応を何一つしなかった。

わたしの車のプレートをスキャンした機械から切符が出る。スーパーマーケットみたいだ。男は切符をプラスチック製の封筒にしまい(雨風から守るため)、車のフロントガラスのワイパーに挟んだ。わたしが車の鍵《かぎ》のボタンを押すと、ウィンカーがちかっと光ってドアのロックが解除されたことを示す。

そのとき、係員は自分の行動の馬鹿らしさに気づく。彼もわたしと同様に機械的に動いているだけなのだろう。ロック解除音でわれに返った男はチケットをわたしに手渡す。わたしたちは二人とも満足してその場を離れる。男は不平不満を言われずにすみ、わたしは罰という、受けるべきものを受けたからだ。

わたしにはわからない。夫は超人的な自制力を発動しているのか、それとも昨日のことをまったく気にしていないのか。だが、まもなくわかるだろう。

いつもどおりの時刻に帰宅した。今日も一日、これでもかというほど些細《ささい》な話題をかき集めていた。パイロットの訓練、市場でのクリスマスツリーの余剰、鉄道交差点における電子制御制度の導入。今日は肉体的にも精神的にも、何かを深くつきつめられる状態にはなかったので、この手の話題でほんとうにありがたかった。

一緒に暮らしはじめてから作った数知れぬ夕食となんら変わらない様子で支度をする。しばらくテレビを観る。子どもたちは、タブレットや、テロリストだの兵隊だのを殺戮《さつりく》するゲームに未練たらたらで寝室に上がっていく。

食器を洗浄機に入れる。夫は子どもを寝かしつけにいく。ここまで必要最小限の言葉しか交わしていない。いつもこんな感じだったのに、わたしが気に留めたことがないだけだろうか。それとも、やはり今日は相当妙な雰囲気なのだろうか。それもあと少しでわかる。

夫が二階にいるあいだ、今年初めて暖炉に火を入れる。火を見ていると気持ちが鎮まってくる。これから、おそらく彼はとっくに承知していることを告白することになる。そのときにはできるかぎりの支えがほしい。そのためにワインを一本開け、いろいろなチーズを載せたプレートも用意する。まず一口、先に飲んでおいて炎を見つめる。不安や恐怖はない。もうこんな二重生活はたくさんだ。何が起ころうとも、今晩これから起こることでわたしの生活は好転するはずだ。たとえこの結婚生活に終止符を打つことになろうとも。クリスマス前の晩秋の一日、炎を見つめながら節度ある二人の人間として話し合うのだ。

夫が降りてきて、用意が整っているのを見たが何も訊かない。ただソファのわたしの隣に腰を下ろし、一緒に炎を見つめるだけだ。夫がワインを飲んだので、わたしがつぎ足そうとすると、これ以上はいらないと手で合図する。

こんなときに、わたしはくだらないことを口にする。今晩は零度以下になるんだって。夫はただ頷くだけだ。

どうやら口火を切るのはわたしのほうらしい。

昨晩の夕食のことはほんとうに悪かったわ。

「きみのせいじゃないよ。あの人はたしかに奇妙だった。これからはああいう集まりに出るのは遠慮しよう」

声は穏やかに聞こえる。それでも、子どもの頃からだれでも知っているとおり、嵐の前には一瞬風がやみ、すべてがまったくいつもどおりに見える瞬間があるものだ。

話題をそらさず話しつづける。マリアンヌは、進歩的でリベラルな仮面の裏に嫉妬深さを隠していることがばれちゃったわね。

「そうだね。苦労して手に入れたものを台無しにしかねない、それが嫉妬心だと思うな。楽しかったこと、幸せを感じた瞬間、そのときに築いた絆《きずな》、そういったほかのすべてを見えなくしてしまうのが嫉妬だ。憎しみのせいでそれまでの夫婦の歴史が粉々になってしまうなんて」

夫はいまからわたしが言わねばならないことのために土台を作ってくれているのだ。

「だれでも、ぼやきたくなるときはあるさ。自分の人生、まったく思いどおりにはいかなかったって。だけど、じゃあその人生のためにどれだけの努力をしてきたんだ、と言われたらどう答えられるだろう」

それ、わたしへの質問？

「そうじゃない。ぼく自身に問いただしているんだ。努力なしに手に入れられるものなんてないよ。信念を持たなきゃ。そのためには、先入観という壁を打ち崩さなくては。勇気がいることだけれどね。そして、勇気を得るには恐怖に打ち克《か》たねばならない。人生とは仲良くして、人生が常にぼくらのそばにいるということを忘れてはならない。人生だって、よくなりたいんだよ。だったら、ぼくらも手を貸さなきゃね」

わたしは自分のグラスにワインを足す。夫はさらに薪《まき》をくべる。わたしは、いつ告白する勇気を出せるだろう。

ところが、夫はわたしに口を開かせるつもりはないらしい。

「夢を見るということは、見かけほど簡単なものではないよ。その正反対だ。危険があるかもしれない。夢を見ているときは強いエネルギーが発動しているから、自分自身にも真実の気持ちを隠しておけなくなる。それと同時に、夢を見ると、代償をどれにするかの選択も必要になってくる」

いまだ。遅れれば遅れるほど、わたしたち二人の傷は深くなるだろう。

グラスを持ち上げ、夫のグラスに触れてから話し出す。ずっと気になっていることがあるの。それはこの前話したよね、きみは心を開いて、鬱状態になることを恐れていると教えてくれた、と夫が答えるので、その話じゃない、とわたしも返す。

けれど夫はわたしの話をさえぎり、さっきの話の続きをはじめる。

「夢を追いかけるには代償がいる。いつもの習慣を捨てなければならないかもしれないし、困難をくぐり抜けねばならないかもしれない。失望することもあるだろう。それでも、どれほど高くつこうと、自分の人生を生きなかった人が支払うものとは比べようもない。なぜならそういう人たちは、いつか人生を振り返って自らの心の声を聞くことになるんだ。『人生を無駄にしたな』と」

わたしのハードルを高くしようとしているんでしょう。きみの話は退屈なものではないだろうね、具体的で、ほんとうの、恐ろしい話なんだろうね、って。

夫は笑う。

「きみのことでやきもちを焼かないように努力してきて、それでぼくはよかったと思っている。なぜかわかる？　きみが与えてくれる愛情にふさわしい人間になりたいんだよ。ぼくらの結婚を、絆を守るために戦うつもりはあるけれど、でも、子どもたちには何の関係もないことだよね。ぼくはきみを愛している。きみがぼくのそばにいてくれるなら、何でも耐えられる。ほんとうに、何でもだ。だけど、いつか去っていくきみを止めることもできない。だから、そんな日がほんとうにきたら、きみはいつでもぼくのもとを去って自分の幸せを探しにいけばいい。ぼくの愛情はたとえようもなく大きいから、幸せになろうとしているきみを邪魔することは絶対にしない」

わたしの目に涙があふれる。ここまで、彼が何を言いたいのかはっきりとはわからない。ただ嫉妬心について話しているのか、それとも、ほかに伝えたいメッセージがあるのか。

「一人になるのは怖くない。でも、幻想の中で生きていくことは怖い。現実から目をそらし、自分の思うとおりにしか物事を見られなくなることは」

彼はわたしの手をとる。

「きみはぼくに与えられた恵みなんだ。ぼくは世界で一番よい夫ではないかもしれない。なかなか本心を見せようとしないからね。それをきみが寂しいと感じていることも知っている。それで、自分はそれほど大事な存在ではないのかもときみが感じて、不安に思うことがあるというのも知っている。だけど、そうじゃないんだ。ぼくらはこうして暖炉の前に腰を下ろしていろいろな話をしなくてはいけないね。ただし、やきもち以外だ。なぜって、ぼくには何の興味もないからだ。ねえ、二人だけで旅行に出ないか？ どこか違う街で新年を迎えようか。それとも、行ったことがある場所でもいい」

でも、子どもたちは？

「おじいちゃんとおばあちゃんが大喜びで面倒を見るよ」

最後に夫はこう締めくくった。

「だれかを愛するつもりなら、あらゆる心構えが必要になる。愛なんて、子どもの頃に遊んだ万華鏡のようなものだ。常に動いていて、二度と同じ形にはならない。そこを理解しておかないと、楽しいことばかりを追い求めて、結局は苦しむことになるだろう。一番悪いことって何だと思う？ 彼女みたいに、自分たち夫婦のことをほかの人たちはどう思っているだろうと気にしてばかりいる人だよ。そんなことはぼくには関係ない。大事なのはきみがどう考えているかだけだ」

わたしは頭を彼の肩にもたせかける。話そうとしていたことは、すべて意味を失った。夫はすべてを承知していて、そのうえで、わたしには絶対にできないやり方で、この状況に片をつけてくれたのだ。

「簡単だよ。法にさえ触れていなければ、金融市場で儲《もう》けようが損をしようが、何をしても許されるんだ」

元大富豪は、いまだに世界で最も裕福な男であるという体裁を保とうと必死だ。だが、彼が売っているのはただの夢物語だと金融業者が気づいてから一年も経たぬうちに、その財産は泡と消えた。わたしは、懸命に話に興味津々のふりをする。ストレス解消のあの連載記事は金輪際あきらめてくれと上司にお願いしたのはわたしだったし。

わたしがすべてを壊したとヤコブからメッセージをもらってから一週間が経った。泣きながら歩きまわったあと、交通違反の罰金でわれに返ってから一週間。夫との会話から一週間。

「とにかく、アイデアをどう売るかだ。そこに成功の鍵がある。売りたいものをどう売るか」元大富豪の話は続く。

大富豪のおじさま。その気取ってもったいぶった雰囲気、この高級ホテルのスイートルーム、部屋からの壮大な眺め、ロンドンで仕立てた非の打ちどころのないスーツ、ほほ笑み、自然に見せようと念を入れて一筋だけ白く残して染めた髪、言葉の端々からにじみ出る自信、そのすべてにかかわらずわたしにはあなたよりもわかっていることがある。アイデアを売ってまわることだけがすべてではない。買ってくれる人を見つけなくては。それがビジネスであり、政治であり、愛だ。大富豪のおじさま、わたしの言いたいことはわかっているはず。あなたはチャートを見せ、有能なアシスタントを紹介し、堂々とプレゼンテーションをこなすだろう。でも、人びとが望むのは結果なのだ。

愛も、結果が出ることを望む。みんなは、そんなことはない、愛するという行為だけで充分だ、と強く言うけれど、そうだろうか？　夫がロシアで買ってきてくれた毛皮のコートに身を包み、英国公園をそぞろ歩きながら秋を愛《め》で、空を見上げて笑いながら「愛してる、それで充分」とつぶやく。それはほんとうだろうか？

当然、充分ではない。わたしは愛する、そしてその見返りになにか確たるものがほしい。手を握るとか、キスとか、熱いセックスとか、ともに見る夢とか、新しい家族を作って子どもを育てるチャンスとか、愛する人とともに年齢を重ねていくこととか。

「一歩でも上にあがるためには、つねに明確な目的を持っている必要がある」目の前の気の毒な名士は、一見自信たっぷりに見える笑みを浮かべて説明する。

どうやら、わたしはまた混乱の中に立っているようだ。目に入るもの、耳にするもの、すべてを現在の自分の恋愛状況につなげてしまう。この不愉快な人間のインタビューですら。わたしの頭の中は二四時間、このことでいっぱいなのだ。道を歩いていても、料理をしていても。そして気が晴れるどころか、ますます崖っぷちにわたしを追い込むような話に耳を傾け、貴重な時間を無駄にしているようなときにも。

「楽観的思考は伝染しますからね」

元大富豪のおしゃべりはとどまるところを知らない。うまいこと記者を取り込んだから、これで記事にしてもらえる、汚名を消し去るチャンス到来だ、とでも思っているのだろう。こういう類《たぐい》の人間のインタビューは楽だ。質問を一つすれば一時間しゃべりつづけてくれる。キューバのシャーマンのときとは違い、今回は一言も耳に残らない。どうせ録音してあるのだから、あとでこの独白を六〇〇語くらいにまとめればいい。しゃべった時間に換算すれば四分程度だろうか。

楽観的思考は伝染する、とこの男は言う。

そのとおりだとすれば、愛する人のところまで行き、精一杯の笑顔を見せていろんな計画や思いつきを話せばいいし、贈り物の渡し方を知っていれば充分だ。そんなことがあるものか。伝染するのは恐怖だ。最期の日まで寄り添ってくれる人に、このまま出会えなかったらどうしようという絶え間のない不安だ。その恐怖があるからこそ、わたしたちは何でもできる。間違った相手を受け入れ、この人こそが運命の人、神がわたしの行く手に遣わしてくださった唯一の人だと思い込む。安心を手に入れたとたんに、今度は真実の愛がほしくなり、いろいろなことが苦々しく、むずかしくなってくる。感情は箱に入れて頭の中の引き出しの奥にしまい込んで、ずっと見えないところに隠しておけばいい。

「わたしを、国の内部に一番通じている人物の一人だと言う人もいる。経済、政治、産業の関係者に知人が多いからね。うちの会社もいつまでもこのままということはない。見ていなさい、もうまもなく復活するからね」

わたしだって、その手の知り合いはたくさんいる。けれど復活の準備なんてしたくもない。そんな関係者たちとはすっぱりと終わりにしたいものだけれど。

何かを終えるとき、きれいに終われることはなかなかない。常に開いている扉が一つ残っていて、まだ未発掘の可能性、ふたたびむかしに戻れるチャンスが扉の向こうにあるような気がするのだ。わたしはそういうものには慣れていないけれど、こういう状況にいることを好む人が多いことは知っている。

わたしは何をしているんだろう。経済と愛とを比較している？　金融界と情愛の世界との橋渡しをしようとしているの？

ヤコブからの連絡が途絶えて一週間になる。暖炉の前で過ごしたあの晩、夫との仲が元通りになって一週間だ。わたしたち二人は、結婚生活をまた立て直すことができるのだろうか？

この春まではわたしは普通の人間だった。しかしある日、いま手中にあるものが突然消え失《う》せるかもしれないと気がついて、愚かにもパニックに陥ってしまった。それでやる気がすべて失せた。無感動。何かに反応することも、動くこともできない。眠れぬ夜をいくつも過ごし、生きていても何も面白くないという昼を何度もくり返し、一番恐れていたことをやってしまった。危険を顧みず、道を逆走したのだ。こうした自滅の傾向を持つ人はほかにもいるという。ただ偶然にも、それとも人生がわたしを試そうと思ったのかもしれないが、わたしには（比喩《ひゆ》的な意味でも、文字どおりの意味でも）髪の毛を引っつかんで揺すぶって、たまっていた埃《ほこり》を振り落とし、もう一度息ができるようにしてくれた人がいた。

何もかも、真っ赤な嘘だ。薬物依存症の人たちがクスリで得る幸福感も嘘。遅かれ早かれそんな効果は薄れ、前よりも絶望が深くなるだけだ。

元大富豪はお金の話を始めている。こちらからは一言も訊いていないのに話をする。自分は金に困っていないのだ、数十年保ってきた生活スタイルを崩さずにいられるくらいの余裕がある、としゃべりたくてしかたがないのだ。

これ以上ここにいるのは堪えられない。話の礼を言い、録音を止めて上着を取りに行く。

「今夜のご予定はいかがかな？　ちょっと一杯いって、いまの話を終わりまで聞かないかい？」

こういうことは初めてではない。というか、わたしにとってはお決まりのパターンだ。マダム・ケーニヒは同意してくれないだろうが、わたしは美しく知的なのだ。そしてこの美貌のおかげで、普通であれば記者には話さないようなことまで、ついポロリと言ってしまう人が何人もいた。記事にするかもしれませんよ、と警告したというのに。それでも男というのは……まったく、男なのだ！　自分の弱さを隠すためなら可能なことも不可能なこともすべてやる。一八歳の青二才ですら、それを軽くやってのけるのだ。

お誘いをありがとうございます、残念ながら先約がありますので。そう言いつつも、あなたとあなたの帝国の崩壊について次々にわき出るネガティブなニュースに、一番新しい恋人はどんな反応を見せたのですか？　と訊きたい衝動をなんとか抑える。いずれにせよ、答えは想像できるし、記事のネタになるわけでもない。

＊＊＊

ホテルを出て通りを渡り、英国公園へと向かう。ついさっき頭の中で歩いた場所だ。一二月三一日通りの角にある古めかしいアイスクリーム・パーラーに立ち寄る。この通りの名前が好きだ。いずれまた一年が終わるのだ、そうしたらまた大きな志を立てようという気持ちになれる。

ピスタチオとチョコレートのカップをオーダーした。波止場まで歩き、ジュネーブのシンボルが水しぶきを空高く上げて、わたしの目の前に水滴のカーテンを作るのを眺めながら、アイスクリームを食べる。観光客が近くまで寄ってしきりに写真を撮るが、ピンボケになるのが落ちだ。絵葉書を一枚買えばすむのに。

これまでたくさんの世界の彫像を見てきた。名前はとっくに忘れられているのに、美しい馬にまたがる姿は永遠に残る偉大な男たち。冠や刀を空に向かって高々と振り上げ、もう教科書にも載っていない戦いの勝利を象徴する女たち。寂しげで名のない子どもたちも石に刻まれている。同じく歴史からは名前が消えている彫刻家の前で、何時間も何日もポーズをとらされて、あどけなさが永遠に失われてしまった子たちだ。

ごくわずかな例外を除いて、彫像が街のシンボルとなることはなく、たいていは思いがけないものがその役を果たす。エッフェルが万博のために鉄製の塔を建てたときには、これがルーブル、凱旋門《がいせんもん》、数多《あまた》の美しい庭園をしのぐ、パリのシンボルになるとは本人も夢にも思わなかった。ニューヨークのシンボルはりんごだ。サンフランシスコのシンボルは人通りがそれほど多くもない橋だし、一方リスボンでも絵葉書に必ず現れるのはテージョ川にかかる橋だ。バルセロナでは未完のカテドラルが代表的な街のモニュメントとなっている。

ジュネーブも例外ではない。ここはレマン湖とローヌ川の合流地点で、とても強い奔流を作っている。そのエネルギーを利用して水力発電所がここに造られた（利用するということにかけては、われわれの右に出る者はない）のだが、現場の人間が帰宅しようとバルブを閉めると、水圧があまりに強くてタービンが破裂してしまった。

それで、あるエンジニアが余剰の水を流すためにここに噴水を造ることを思いついたのだ。

時代が変わるとエンジニアたちも水圧の問題を解決する手立てを見つけ、噴水は無用となったが、街の住民投票によって保存することが決まったのだった。街にはすでにたくさんの噴水があったが、こちらは湖の真ん中にある。もっと目立たせるためにはどうしたらいいだろう？

沈黙のモニュメントはこうして生まれた。出力の高いポンプが設置され、現在では一秒に五〇〇リットルの水が毎時二〇〇キロのスピードで噴き出す、非常に強力な水しぶきを上げている。みんなの話では、と言うか、わたし自身もこの目で確かめたのだが、高度一万キロを飛ぶ飛行機からも確認できると言うが、この噴水には特に名前がない。ただ〈大噴水〉と呼ばれるだけで、馬上の騎士や、英雄然とした女や、寂しげな子どもの彫像がたくさんある中で、これが街のシンボルとされている。

科学者のデニスに一度、大噴水のことを訊ねると、こんな答えをもらったことがある。

「われわれの身体はほとんど水分でできている。情報は体液を通して伝達され、その情報の一つが愛情と呼ばれるもので、あらゆる体内組織に関係してくる。愛情はしょっちゅう変わる。ジュネーブのシンボルは、人間の手による芸術が作った愛のモニュメントとして、非常に美しいと思うよ。大噴水もずっと同じであることはないからね」

携帯電話を手に取ってヤコブのオフィスに電話する。プライベートの電話にかけることもできたけれど、そうはしたくない。秘書に、わたしが会いに行くと伝えておいてくれと言う。

秘書はわたしを知っている。確認をするから待っていてほしいと言うと、一分後に戻ってきて、すでに予定が詰まっていると言う。年明けすぐではいかがですか？ だめよ、とわたしは答える。いますぐでないと。緊急なの。

〈緊急〉という言葉ですべての扉が開くわけではないが、今回のわたしは特に分が悪いということは承知していた。今回は二分かかった。来週の頭ではいかがですか、と言う。

わたしは、あと二〇分で着くから、とだけ伝えて電話を切る。

ヤコブはすぐに服を着てくれ、と言う。この事務所は公的な場所で、国家予算で借りているのだから、万が一ばれたら自分は牢獄《ろうごく》行きかもしれない、と。わたしは意匠がこらされた木製のパネルで覆われた壁と、天井の美しいフレスコ画をじっと観察している。年季の入った革製ソファで、わたしは一糸まとわぬ姿で寝そべっている。

彼はいらだちを募らせる。三つ揃いにネクタイを締めて、不安げに時計を見ている。昼食の時間は終わった。彼の専属秘書はすでに戻っていて、そっと扉をノックしたが「ミーティング中だ」という答えを聞いてからは静かにしている。それからすでに四〇分が経った。おそらくいくつかのヒアリングとミーティングがキャンセルされたことだろう。

わたしが到着すると、ヤコブは三回頬にキスして挨拶し、礼儀正しく机の前の椅子を指さした。彼が愕然としていることは、女性の勘などなくてもわかった。わたしはなぜ彼に会いにきたのだろう。もうすぐ議会が休会になり、山積みの重要な問題で彼のスケジュールがぎっしりだとわからないの？　妻が二人のあいだに何かがあったと勘づいたという彼のメッセージを読まなかった？　また会いはじめるまでには少し時間を置いていろいろと落ち着いてからのほうがいいんじゃない？

「当然、ぼくは否定したさ。妻の勘ぐりに、大きな衝撃を受けたふりをした。ぼくのプライドが傷ついた、と言って。そうやって疑われることにはうんざりだし、ぼくの行動をだれに訊いてくれてもかまわない、とも。嫉妬は劣等感の表われだと言ったのは妻だったろう？　ぼくはできることはした。すると妻はただこう言ったんだ。『馬鹿なことを言わないで。わたしは文句を言っているんじゃない。ただ、あなたが最近やけに優しくて礼儀が正しかった理由がわかったということよ。だって……』」

わたしは最後まで言わせなかった。立ち上がり衿《えり》をつかむと、彼は殴られると思ったようだ。その代わり、唇に長いキスをした。ヤコブは途方に暮れていた。わたしがここに来たのはひと騒動起こすためだと思っていたのだ。だが、わたしはそのまま彼の唇や首にキスを続け、ネクタイをゆるめた。

ヤコブはわたしを押し戻した。わたしは彼に平手を打った。

「その前に鍵をかけなくては。ぼくもきみがほしかった」

一九世紀の家具があしらわれた瀟洒《しょうしゃ》な部屋を横切り、鍵をかけて戻ってくる頃にはわたしはパンティー一枚だけしか身に着けていなかった。

わたしに服をはぎ取られながら、ヤコブはわたしの乳首を吸った。つい呻《うめ》いてしまったわたしの口をヤコブは手でふさいだが、わたしはその手をふりほどき、低い声で呻きつづけた。

このとき一度だけ、わたしは行為をやめて口を開いた。わかっていると思うけど、危ない橋を渡っているのはあなただけじゃないのよ。心配しないで。

次にわたしは膝をつき、彼自身を舐めはじめた。このときもまた、彼はわたしの髪をつかんでリズムを取った。もっと速く、もっと、もっと。けれど、わたしはこのまま果てさせるつもりなどなかった。彼を押し戻すと革製のソファにもたれて座り、両脚を広げた。彼はその中に顔をうずめてわたしを舐めはじめた。最初のオーガズムがきたとき、わたしは自分の手を嚙《か》んで声を押し殺した。絶頂の波は終わることなく押し寄せてきて、わたしはずっと手を嚙むことになった。

それから彼の名を呼んだ。わたしに入って、何でも好きなことをして、と言った。彼はわたしの中に入ると乱暴に肩を揺さぶった。もっと深くまで入れられるように、わたしの膝を肩につくくらいに押し上げリズムを速めたが、わたしはまだ、まだだめと言った。もっと、もっともっともっとほしいの。

すると彼はわたしを犬のように這《は》わせ、わたしをぶってからもう一度入ってきたのでわたしは荒々しく腰を振った。彼のくぐもった呻き声から、もうすぐだ、もう自分でコントロールできないところまできているとわかった。そこで、彼を一度引き抜いてから仰向けになり、もう一度入ってきて、今度はわたしの目を見て、いつも楽しんでいたように汚い言葉でわたしを辱めて、と頼んだ。わたしは思いつくかぎりの汚い言葉を彼に投げかける。ヤコブはわたしの名を低い声で呼び、愛していると言ってくれと頼んだ。

けれどわたしは汚い言葉を吐きつづけ、わたしを娼婦《しょうふ》、あなたの奴隷、尊敬に値しない女みたいに扱ってちょうだいと返した。

身体じゅうに鳥肌が立った。快感が波のようにくり返し押し寄せる。彼ができるだけ長引かせようとしているあいだ、わたしは何度も何度もいった。わたしたちの肉体は激しくぶつかりあい鈍い音を立てていたが、彼はもうドアの向こうのだれかに聞こえているかも気にしなくなっていた。

彼の目を見つめ、動くたびにわたしの名を呼ぶ声を聞きながら、彼も絶頂に達しそうなことがわかった。コンドームは使っていなかった。もう一度わたしは動いて彼を離し、わたしの顔、口の上で果ててちょうだい、そしてわたしを愛していると言って、と頼んだ。

ヤコブはわたしが頼んだとおりのことをしてくれた。わたしもそのとき、自分に触って同時にオーガズムを感じていた。それから彼はわたしを抱きしめると、わたしの頭を自分の肩の上にもたせかけ、わたしの口元を手でぬぐってくれた。そして何度も何度も、愛している、会いたかったとつぶやいた。

だが、いまの彼はわたしに服を着ろと命じ、わたしは身動きをしない。ヤコブはふたたび、有権者たちから尊敬を受ける行儀のよい青年に戻ったのだ。ふと、何かに違和感を持ったようだが、それが何かはわからないらしい。わたしがここに来たのは彼が愛《いと》しい恋人だからという理由ではなさそうだと気づいたようだ。

い。

「どうしたいの？」

終わりにしたいの。心が粉々に砕け散ろうとも、わたしの感情がばらばらになってしまおうとも、もうこれで終わりなの。彼の目をまっすぐに見つめて言う。これでおしまい。

この一週間は堪《こら》えきれないほどの苦痛を味わったわ。涙が涸れ果てるまで泣き、あなたの奥さんが働く大学まで運ばれて、そこの精神科病院に強制入院させられるんじゃないかと思うこともあった。仕事と母親業以外は全部失格だと思ったわ。生と死のあいだを行ったり来たりしながら、わたしたちがまだ一〇代で、初めて出会った頃、一緒に未来を夢見ていたあの頃に戻れたら、どんな道を選んだかしらと思い描いたりもした。だけどあるとき、もう絶望の限界、これ以上は進めないというところまで行きついて見上げてみたら、たった一人が手を差し伸べてくれていたの。夫よ。

夫も疑っていたはずだけど、それよりも深く愛してくれていたの。もう全部話してしまおう、この肩の重荷をすべて降ろしてしまおうと思ったけれど、その必要はなかった。わたしが人生でどんな選択をしてもそばにいてくれる、だからこの荷はそれほど重くはないと、彼が気づかせてくれたの。

彼が責めてもいないことで、わたしは自分を責めていたとわかった。自分でも思ったわ、わたしは彼のような人にはふさわしくない、彼はわたしがどういう人間か知らないんだ、って。

でもね、そんなことはなかったの。彼のおかげでわたしはまた自分を大事にしようと思えたし、また自分を好きになることができた。だって、彼みたいな人が、わたしと別れた翌日でも新しい相手に事欠かないような人が、わたしのそばにいたいと言ってくれるんだもの、それはわたしにもいいところがあるからでしょう？　わたしは価値のある人間なんだわ。

もう、自分を汚いと感じたり、裏切り者だと思ったりせずに彼の隣で眠れるとわかった。愛されていると感じたし、その愛にふさわしい人間だと思える。

そして立ち上がり、服を集めて彼専用のバスルームに入る。彼は裸のわたしを見るのはこれが最後とわかっている。

これから長い時をかけて自分を癒《いや》していかなくちゃ、部屋に戻ってそう告げた。あなたも同じ気持ちだと思う。マリアンヌが心から望んでいることは、わたしたちの関係が終わることよ。そうしたら彼女もきっとまたむかしのような愛と安らぎで、あなたを抱くことができるでしょう。

「そうかもしれないが、妻は何も話してくれないんだ。ぼくたちのことを察してからますます意固地になってる。これまでも優しいところはなかったけど、いまはロボットみたいだよ。これまで以上に仕事に没頭している。それが妻の逃避のやり方なんだ」

スカートのホックを留め、靴を履き、バッグから箱を取り出して机の上に置いた。

「これは？」

コカイン。

「まさか、きみ……」

この人は何も知らなくていい、とわたしは思った。おかしくなるほど恋しい男を勝ち得るために、わたしがどこまでいくつもりだったかなんて。いまでも恋しい。けれど炎は日ごとに弱まってきている。いつか影も形もなくなることは目に見えている。別れはいつだってつらいもので、いま、わたしは身体の神経という神経で痛みを感じている。二人きりで彼に会うのは、これで最後。パーティや会合、選挙や集団インタビューで顔を合わせることはあるだろうけれど、今日みたいになることは決してないだろう。こんなふうに愛し合うことができて、始まったときと同じように終わることができてよかった。最初も最後も、二人とも互いに溺れあった。わたしにはこれが最後とわかっていた。彼はわかっていなかったけれど、わたしからは何も言えなかった。

「どうすればいい？」

捨ててちょうだい。だいぶお金がかかってるんだけど、でも、捨てて。あなたがそうしてくれたら、わたしは中毒から立ち直るわ。

何の中毒かは言わなかった。ヤコブ・ケーニヒの中毒だ。

ぽかんとするヤコブの顔を見て、わたしは笑う。彼の頬に三回キスをして別れを告げ、外に出る。待合室で、秘書のほうを向いて手を振る。彼は視線をそらし、書類の山と格闘しているふりをして、さよなら、と口の中だけでつぶやいた。

舗道に出てから夫に電話する。大晦日《おおみそか》は家で子どもたちと過ごしましょう。旅行なら、クリスマスにしましょうよ。

「夕食の前にひと回りしようか」

うん、と頷きながらもわたしは動かない。ホテルの前の公園と、その向こうに見える、永遠に雪を頂き、午後の陽光に照らされたユングフラウを眺めている。

人間の脳とはよくできているものだ。匂いは、同じ匂いをまた嗅《か》ぐまで忘れているし、声はまた耳にするまでは記憶から消しているし、すっかり埋められたはずの感情は、同じ場所に戻れば、また目を覚ます。

わたしたちは時間を旅して、初めてインターラーケンに来た時代まで戻ってきたのだ。安ホテルに泊まり、湖から湖へと渡り歩いては新たに道を発見したつもりになっていたあの頃、夫はコースのほとんどが山道という、恐怖のマラソンに参加すると言いだした。わたしは、彼の冒険心や不可能を可能にしようという気持ち、そして肉体の限界を超えようと挑む精神を誇らしく思ったものだ。

そしてそんな恐ろしいことをやってみようと思っていたのは彼だけではなかった。世界中から大勢押しかけてきた人々でホテルはどこも満員、住民がわずか五〇〇〇人の小さな町にあるバーやレストランではみんなが友だちになった。秋のインターラーケンがどんなふうなのか想像はつかないが、この窓辺にいると寂しげで、どこか遠くにあるもののような気がする。

今回は、ずっとよいホテルに泊まっている。素敵なスイートを予約した。テーブルには支配人からの挨拶《あいさつ》のメッセージカードとシャンパンがあったが、それはとっくに空けてしまった。

彼がわたしを呼ぶ。わたしは現実に戻り、日が落ちる前に散歩しようと通りに出た。

＊＊＊

楽しいかい、と訊《き》かれたら嘘をつこう。せっかくの雰囲気を壊したくはない。ほんとうは心の傷が疼《うず》いている。ここ、外国から来たネオ・ヒッピーのカップルにお金をねだられたとき座っていたベンチだね、と夫が言う。教会の前を通ると鐘が鳴り、夫がわたしにキスをしてきたのでわたしも返す。本心を隠すためなら何でもする。

とても寒いので、歩きながら手は繋《つな》がない。手袋は気持ちが悪くてつけないのだ。感じのよいバーに立ち寄って、少しだけ飲む。鉄道の駅まで行って、彼は前回と同じ土産を買った。町のシンボルが描いてあるライター。あの頃の彼は煙草を吸い、マラソンで走った。

いまは煙草をやめているのに、日に日に息が切れるようになっていると言う。早足で歩くといつも息が上がるし。ごまかそうとはしていたが、ニョンで湖のほとりを走ったときには普段より疲れていることにわたしは気づいていた。

電話のバイブレーションが鳴っている。バッグの中の携帯電話を探り当てるのに永遠かと思うくらいの時間がかかり、やっと見つかったと思ったら切れてしまった。不在通知を見ると、鬱《うつ》で苦しんでいたけれど薬が効き、いまはふたたび幸せな人間に戻ったあの友だちの名がある。

「かけ直したいなら、かまわないよ」

なぜかけ直すの？　わたしと一緒でうれしくないの？　何の実にもならない話で長電話をするしか能がない人に邪魔されたい？

夫もわたしにいらいらしている。ホテルで空けてきたシャンパンと、さっき飲んだアクアヴィットのせいだろう。夫がいらだつと、わたしは落ちついて気楽になる。いま、わたしは情動も感情もある人間の隣で歩いているんだ、と思えるからだ。

マラソンのないインターラーケンなんて、変な感じね。ゴーストタウンみたい。

「ここはスキー場がないからね」

あるはずもない。ここは谷の合間で、両脇をとても高い山に囲まれ、そのふもとには湖もあるのだから。

彼はジンのお代わりを頼んだ。場所を変えましょう、と提案したけれど夫は飲むことで寒さを払いのけるつもりらしい。そんなこと、もうずいぶんとやっていない。

「まだ一〇年しか経っていない。それなのに、ここに初めて来たときのぼくらを思い出すと、若かったなと思うよ。野心があり、アウトドアが好きで、見ず知らずの人間とは打ち解けようともしなかった。ぼくはそんなに変わったかな？」

まだ三〇代じゃないの。ほんとうに自分を年寄りだと思っているの？

彼は答えない。グラスの酒を一気に飲み干して空を見つめている。彼はもう完璧《かんぺき》な夫ではない。そしてそれがなぜかわたしは嬉《うれ》しい。

バーを出てホテルに戻る途中、洒落《しゃれ》たレストランを見つけたが、今夜はすでにほかで予約を取ってあった。しかもまだ早い。看板にはディナーは夜七時から、と書いてある。

「もう一杯、ジンを飲もうよ」

この人、いったいだれなの？　インターラーケンは彼に過ぎ去った日々を呼び覚まし、パンドラの箱を開けたのだろうか？

わたしは答えない。嫌な予感がする。

イタリアン・レストランの予約を取り消して、ここで夕食にしましょうか、と訊《たず》ねてみる。

「どうでもいいさ」

どうでもいい？　彼に鬱だと思われていた時期に経験したあの感覚を、急に彼が感じているんだろうか？

わたしにはどうでもよくない。予約しておいたレストランに行きたい。だって、あそこでわたしたちは愛の誓いを立てたんだから。

「旅行っていうのは最悪のアイデアだったな。明日にでも帰りたいよ。最初はいいと思ったんだ。あの頃のぼくらに戻れるかな、と。だけど、そんなことできるのかな？　無理だよ。もう二人とも大人になってしまったんだから。前にはなかった責任の下で暮らしている。教育とか健康とか食べ物とか、基本的な生活を維持しなければならない。週末には何か面白いことをしなくちゃ、だってみんながやっているから。家から出たくないな、と言うと、どうした、どこか悪いのか、ってことになるだろう」

わたしはいつも出たくないけど。ほんとうのところ、何にもしたくないわ。

「ぼくもだよ。でも、子どもたちは？　あの子たちは何かをしたいだろう。コンピュータを与えて家に閉じ込めておくわけにはいかない。まだ小さいんだ。だから頑張って、自分たちの両親がぼくらを、祖父母が両親を連れだしてくれたように、子どもたちを連れだす。普通の生活だよ。ぼくたちは、精神的に落ちついた、いい家族なんだよ。夫婦のどちらかに何かがあったら、もう片方が手を差し伸べる用意がいつもできている」

そうね。思い出がいっぱいの場所に連れていく、とかね。

ジンをもう一杯。答えを口にする前に、彼はしばらく黙っていた。

「そう。でも、思い出で現在が満たされるだろうか？　無理だね。というか、思い出でぼくは窒息しかかっている。ぼくはもうむかしとは違うんだと気づかされるばかりだ。ここに到着してシャンパンを飲むまでは絶好調だったよ。ところが、初めてここに来た頃に夢見ていた人生からはずいぶんと遠い所にいるなと気づいてしまったんだよ」

　どんな夢だったの？

「たわいもない夢さ。でも、いまも夢見たりする。実現しようと思えばできたのに」

　だから、どんなこと？

「すべてを手放して船を買う。そしてきみと世界中を旅するんだ。父は、ぼくがあとを継がないと言ったら激怒しただろう。でも、そんなことは気にしなければよかった。あちこちの港に寄っては、何か適当な仕事をして次にまた動くための金を貯める。ある程度貯まったら、またすぐに出航する。会ったこともない人たちと過ごし、ガイドには載っていない場所に行く。冒険だよ。ぼくのたった一つの願いは、ぼ・う・け・ん、だったんだ」

　彼はまたジンをお代わりして、見る間に飲み干してしまう。気持ちが悪くなってきているので、わたしは飲むのをやめている。まだ何も食べていないのだ。あなたが夢を叶《かな》えてくれていたら、わたしは世界で一番幸せな女になったのに、と言いたいのだが、黙っていたほうがいいだろう。でないと、彼はよけいに落ち込んでしまう。

「そうしたら、最初の子が生まれた」

　だから何なの。子どもがいても、いまあなたが言ったことをやっている人はごまんといるでしょう。

　彼は一瞬考え込む。

「ごまんとはいかないけど、大勢いるだろうね」

彼の目つきが変わる。もうぎらぎらした感じはなく、哀愁をたたえている。

「いままでのこと、いまのこと、立ち止まってすべてを考え直すことがある。何を学び、どれだけ過ちを犯したか。そういう時がくるのではと、いつも恐れていたんだ。ごまかすことはできるさ。自分は最善の選択をしてきた、ただちょっと、自分を犠牲にすることもあったけれど、ってね。大した犠牲じゃないって」

ちょっと歩きましょうか、と申し出てみる。夫の目つきが妙になり、光を失う。

彼はテーブルをがん、と叩《たた》いた。店の女主人が驚いてこちらを見たので、わたしがもう一杯ジンを頼んだが、断られてしまう。そろそろディナーになるのでバーを閉める時間だ、と言ってレシートを持ってくる。

夫が何か言い返すのでは、と思ったが、ただ財布から札を引き抜いてカウンターに放り投げただけだった。わたしの手を引っぱって寒さの中に出る。

「ほんとうはこうだったかもしれないけれど、現実は違う、なんてことを全部考えていると、暗い穴に入り込んでいきそうで怖いんだ」

その感覚、わかるわ。あのレストランであなたに心を開いたときに、話したわね。

わたしの言葉は夫には聞こえていないようだ。

「その奥底では声が聞こえる。どれもこれも大したことではない、と。宇宙はもう何億年と存在していて、おまえの死後も存在しつづける。ぼくたちが生きているのは、巨大な謎の中では微粒子ほどに小さなところだから、小さい頃からの疑問の答えもずっとわからないままなんだ。ほかの惑星に生物はいるんだろうか？　とか、神が善であるなら、なぜほかの者たちの苦悩と痛みを許すのか？　とか、そういったこと。それで、何が最悪って、そうしているうちにも時間は過ぎるってことだ。特に理由もないのに恐怖に押しつぶされそうになることがよくあるんだ。仕事をしていたり、運転をしていたり、子どもたちを寝かしつけているときだったり。子どもを見ていると優しい気持ちにもなるが、恐ろしくもなる。この子たちはこの先どうなるんだろう？　安全で平穏な国に暮らしてはいるけど、未来はどうだろう？　って」

言いたいことはよくわかる。そういうふうに考えるのはわたしたちだけではないとも思う。

「きみが朝食や夕食を用意している姿を見ていると、考えてしまうんだ。五〇年後、もしかしたらそれよりもっと前、ぼくらのどちらかがベッドに一人で寝ながら泣いている姿が浮かんでくるんだよ。あのときは幸せだった、って。子どもたちは成長して遠くにいるだろう。生き残ったほうは、おそらく病気にかかって赤の他人の世話で生きていくしかなくなるんだ」

夫は黙り込み、ふたりで黙って道を歩く。年越しパーティを案内する看板の前を通ると、夫がそれを強く蹴《け》った。通行人が二、三人、こちらを見る。

「ごめん。こんな話をするつもりはなかった。きみに楽しんでほしくてここに連れてきたのに。ここなら日々のプレッシャーから二人とも解放されるだろうと思った。飲みすぎたみたいだ」

わたしはすっかり驚いてしまう。

あたりにビールの空き缶を転がして楽しげにおしゃべりしている若者たちの前を通る。すると、いつもは人見知りで真面目な夫が、彼らに近づいて一緒に飲もうと声をかける。若い子たちはびっくりして夫を見ている。わたしが、ごめんなさいね、二人とも酔っぱらっているから、あと一滴でも飲んだら大惨事になるわ、とあいだに入る。夫の腕を取り、先へと歩く。

こんなことをするのはどれくらいぶりだろう！　これまでずっと、保護者は夫で、わたしに手を貸し、問題を解決してくれたのも夫だった。今日は、足を滑らしたり転んだりしないように相手に気をつけているのはわたしのほうだ。夫の調子が変わって、今度は聞いたこともないような歌を歌いはじめている。たぶん、このあたりの地方の歌なんだろう。

教会の近くまで来ると、また鐘が鳴りだした。

幸先《さいさき》がいいわね、とわたしは言う。

「鐘の音に耳を傾けよ、これは神の言葉であるぞ。でも、神はぼくらの話を聴いてくれているのかね？　生まれてきて三〇年経つか経たないかで、人生なんてつまらん、って言ってるんだぜ。もし子どもたちがいなかったら、これ全部、いったい何のためだ？」

わたしは何かを言おうとするが、返事が見つからない。初めて愛を誓い合ったレストランに到着したが、ロウソクの光の下、スイスで最も美しく値も張るレストランで、惨めな気分で夕食をとる。

目が覚めると、すっかり日が高くなっていた。夢も見ず、夜中に起きることもなく、深い眠りだった。時計を見ると、九時。

夫はまだ眠っている。バスルームで歯を磨き、二人分の朝食を頼む。ルームサービスを待つあいだ、ローブを着て窓の外を眺める。

すると、あることに気づく。空にたくさんのパラグライダーが飛んでいる！　ホテルの前の公園に着地するのだ。みんな初心者らしく、ほとんどが一人ではなく、後ろのインストラクターが操縦している。

なんであんな恐ろしいことを？　退屈から逃れるために、生命を賭《か》ける以外ないところまで、人間は来てしまったのだろうか。

またパラグライダーが降りてくる。また次のも。友人たちがそれを録画して、みんなで笑いあって楽しそうだ。空から見える景色はどんなだろうと想像する。だって、周りの山はどれも、とても、とても高いんだもの。

飛んでいる人たちのことを羨《うらや》ましいとは思うけれど、空を飛ぶ勇気なんて到底持ち合わせていない。

呼び鈴が鳴る。ウェイターが、薔薇《ばら》が活《い》けられた花瓶、コーヒー（夫用）、紅茶（わたし用）、クロワッサン、温かいトースト、ライ麦パン、多彩なジャム、卵、オレンジジュース、地元の新聞、心を浮き立たせるものが載った銀のトレイを持ってくる。

夫にキスをして起こす。こんなふうに起こしてあげたのはいつ以来だかも覚えていない。彼は驚くが、すぐににっこりと笑った。二人でテーブルに座って一つひとつを味わう。昨日のことは少しだけ話す。

「ああいうのが必要だったんだと思う。だけどぼくが言ったことをあんまりまともに受け取らないでくれよ。風船が割れるとみんなびっくりするけど、割れたのはただの風船で、害はないから」

「あなたにも弱いところがあるんだってわかって嬉しいの、と言いたいけれど、わたしはただ笑ってクロワッサンを口に運ぶ。

夫もパラグライダーに気がつき、目を輝かせる。二人とも着替えをすませ、午前中の散歩にと階下に降りる。

フロントに向かうと、夫は今日出ることにしたので、荷物を下ろしておいてほしいと頼み、会計を済ませる。

本気なの？　明日の午前までいるんじゃないの？

「本気だよ。時を遡《さかのぼ》ることはできないと思い知るのは、昨日一日あれば充分だった」

天井がガラスでできた長いロビーを通り抜け、玄関へと向かう。むかしここには道路があったとパンフレットで読んだ。向かい合っていた二棟の建物をくっつけたそうだ。スキー場はなくとも、見たところここはずいぶん観光で潤っているようだ。

ところが、夫は入り口の扉を出ないで、左に曲がってコンシェルジュのほうに向かう。

「どうすれば飛べますか？」

飛べますか、ですって？　わたしにはそんなつもりは毛頭ないのよ。

コンシェルジュはパンフレットを広げた。そこに全部書いてあるのだ。

「それで、上にはどうやって行けばいいんですか？」

ご自分でいらっしゃる必要はございません、とコンシェルジュは答える。「道が非常に複雑ですので、お時間さえご予約いただければ、ホテルまでお迎えがまいります」

危なくないの？　山のあいだの、何にもない空間にぽんと飛び出すなんて。初心者なのに。だれが責任を取ってくれるの？　インストラクターとか道具とかに国の基準はあるの？

「マダム、わたくしはここで働いて一〇年になります。少なくとも一年に一回はわたくしも飛びますし、事故は見たこともありません」

彼は笑っている。その一〇年間で、同じ言葉を何万回とくり返してきたのだろう。

「行こうか」

はあ？　一人で行けばいいじゃないの。

「一人でも行けるよ、もちろん。きみはカメラを手にここで待っていてもいい。だけど、ぼくの人生にはこの経験が必要だし、ほしいんだよ。一度軌道に乗ってしまうと、限界に挑戦しようとしなくなるって話を、昨日したばかりじゃないか。昨晩はほんとうに悲しい夜だった」

わかるわ。すると夫はコンシェルジュに、空いている時間に予約を入れるよう頼む。

「いますぐがよろしいですか、それとも夕日に反射する雪山がご覧になれる午後になさいますか」

いますぐ、とわたしが答える。

「お一人さま、それともお二人で？」

いますぐなら、二人で。いまなら、自分が何をしようとしているのかを考える余裕もない。いまなら、高い所、未知の場所、死ぬかもしれないとか、生きていくこととか、極限の感覚とか、そんなすべてに対する恐怖をちらつかせて脅かしてくる悪魔を箱から出す暇もない。

「飛行時間は二〇分、三〇分、一時間のオプションがございますが」

一〇分間というのはないの？

「ございません。高さですが、一三五〇メートルと一八〇〇メートルがございます」

もうキャンセルしたくなってきた。そこまでくわしく教えてくれなくてもいいのに。

なるべく低く飛んでほしいわ、当然。

「ねえ、そんなに心配することないよ。絶対に何も起こりゃしないんだから。万が一があったとしても、どっちの高さでも危険なことに変わりはない。高さ二一メートル、七階くらいの高さから落っこちたところで結果は同じだろう」

コンシェルジュは笑う。わたしも恐怖をごまかすために笑う。確かに、ここにきて五〇〇メートルの差で何が変わるというのだ。自分の幼稚さにあきれる。

コンシェルジュは受話器を取ってだれかと話をしている。

「あいにく一三五〇メートルのほうしか空きがございません」

そう、よかった。さっき、びくびくした自分にあきれていたのに、今度はつい、ほっとしてしまう。

一〇分もすれば車が迎えにくるだろう。

わたしは、断崖《だんがい》の前で夫とその他五、六人と一緒に、自分の番がくるのを待っている。ここに登ってくるまでのあいだは、子どもたちのことを考えていた。あの子たちはふた親とも亡くすことになるかもしれない……。そこで、飛ぶのは別々だったと、はたと気づいた。

みんな保温性の高い特別な服を着せられ、ヘルメットを被《かぶ》っている。ヘルメット？　何のため？　高度一〇〇〇メートルから落っこちて、万が一岩に激突しても頭蓋骨《ずがいこつ》だけは無事に保護するため？

「ヘルメット着用は義務です」

そういうこと。だったら被るわ。ジュネーブの道路を駆け抜けるサイクリストが被るヘルメットみたいだ。あほらしいとは思うが、これ以上議論はしないことにする。

前方を見る。わたしたちと断崖のあいだには、雪で覆われた斜面がある。飛んだとたんに止めてもらってあそこに降りれば、また歩いて戻ってこられるだろう。終着点まで行かなくちゃならないってこともないだろうし。

飛行機を怖いと思ったことはない。旅はわたしの人生の一部だ。ただ飛行機の中にいれば、パラグライダーで飛んでいるときに起きるかもしれないことは起きない。飛行機とパラグライダーの唯一の違いは、金属製のまゆの中にいれば、それが楯《たて》となり守られているような気になること。それだけだ。

それだけ？　航空力学の法則についてのわたしの乏しい知識によれば、たぶんそうだ。自分で自分を納得させねばならない。もっとちゃんと議論して。

こういう論法はどうだろう。飛行機は金属製で、ものすごく重い。それに貨物、人間、設備、何トンもの燃料を積んでいる。それに比べるとパラグライダーは軽く、風に乗って下降し、木から落ちる葉っぱのように自然の法則に従う。こっちのほうがずっと理にかなっている。

「先に飛びたい？」

ええ、ぜひ。もしわたしに何かあったらあなたにはわかるでしょうから、そのときには子どもたちをお願いね。そうしたら、正気とは思えない自分の思いつきのせいでこうなったんだと、この先ずっと後悔することになるんだから。わたしは永遠の伴侶《はんりょ》として記憶に残るのよ。苦しみのときも歓《よろこ》びのときも、冒険のときも日常でも、いつも夫の隣にいた妻として。

「マダム、準備ができていますよ」

あなたがインストラクター？　若すぎない？　あなたの上司と飛びたいんだけど。こっちは初心者なんですから。

「ぼくは資格を取れる一六歳になったときから飛んでいるんですよ。もう五年は飛んでます。ここだけじゃなく、世界中のいろいろな場所でも。だからどうぞご心配なく、マダム」

上から目線の言い方にかちんとくる。年長の者が怖いと言っているのだから、敬意を払うべきではないか。どうせ、あとでわたしを話のネタにするくせに。

「注意を覚えておいてください。一度走り出したら、立ち止まらないで。あとはぼくに全部任せて」

これが注意ですって？　まるでわたしがこんなことを何度もしているみたいな話し方をして。わざわざする注意が、途中で立ち止まると危険です、ってそれだけ？　それから、地面に着いたら脚の感覚が安定するまで歩きつづけること、ですって。

わたしの夢。それは地に足がついていること。夫のところに行って、あなたは最後に飛んでちょうだいと頼む。そうしたらわたしに何が起きても全部見届けられるでしょう。

「カメラは持っていきますか？」とインストラクター。

カメラは、六〇センチくらいのアルミ製のスティックの先にとりつけることができるらしい。いいえ、結構。まず、わたしは別に他人に見せつけるためにこんなことをしているのではない。それに、パニックを乗り越えることができたとしても、景観よりも撮影に気を取られてしまう。これは一〇代のときに父から学んだことだ。二人でマッターホルンに登ったとき、しょっちゅう足を止めて写真を撮っていたわたしを父はこう叱った。「おまえはこの美しさと壮大さが、レンズの四角い枠に収まると思っているのか。記録するなら心の中にしろ。何をしているかを他人に見せることばかり考えているよりずっと有用だ」

二一歳の熟練パートナーが、大きなアルミのクリップを使ってわたしの身体にロープを結びはじめる。椅子がパラグライダーに取りつけられた。わたしは前、彼は後ろに座る。やっぱりやめる、といまなら言えるが、ここにいるのはもはやわたしではない。まな板の上の鯉とは、まさにこのことだ。

二一歳のベテランがスタッフのチーフと風について意見を交わしているあいだに、わたしたちは位置につく。

彼もまた椅子に自分をくくりつける。後頭部に彼の息がかかる。後ろを振り向き、目に入った光景にむっとする。白い雪の上に色とりどりの紐《ひも》が伸び、それぞれの端に人がくくりつけられているのだ。奥のほうでは夫が、同じようにサイクリングのヘルメットを被っている。自分ではどうしようもないまま、わたしの二、三分後に飛ぶことになったのだろう。

「さあ、準備オッケーです。走って」

わたしは動かない。

「行こう。走って」

空中で周遊なんてしたくないの。このまま降りていきましょう。五分間の飛行でも、わたしには充分すぎるほどだから。

「それは飛びながら聞かせてください。いいですか、後ろに列ができているんです。もう飛んで」

もう飛んで。

すでに自分の意思というものを失っているわたしは、命令にただ従う。空中に向かって走りはじめる。

「もっと速く」

スピードを上げ、ブーツで雪をそこらじゅうに蹴散らす。走っているのはわたしではなく、命令する声に従うロボットなのだ。口から叫び声がほとばしる。怖いからでも興奮しているからでもない、ただ本能がそうさせるのだ。キューバのシャーマンの言葉どおり、わたしは洞窟《どうくつ》に住んでいた女に戻る。クモや虫を恐れる。こういう状況下では叫ぶ。いつでもわたしたちは叫ぶ。

不意に足が地面から離れる。あらんかぎりの力を込めて椅子と自分とを結ぶロープを握り、叫ぶのをやめる。インストラクターはさらに数秒走っていたが、すでにわたしたちの足は、直線が引かれた地面の上にはない。

この生命を握っているのは、風だ。

＊＊＊

初めのうちは目を開かない。そうすれば高さも、山も、危険も気にならない。わたしは自宅にいるのだ、台所で旅行の話を、町やホテルの部屋の様子などを子どもたちにしているのだと想像する。パパがお酒を飲みすぎて、部屋に寝に帰る途中で床に倒れちゃった、などという話はできない。がんばって飛んだの、なんて話もできない。自分たちも飛びたいと言い出すに決まっているし、下手したらうちの二階から飛び降りかねない。

そのとき、なんて自分は愚かなんだと思い至った。なぜ目を閉じているの？　飛べ、とだれかに強要されたわけでもないのに。「何年もここで勤めていますが、事故は一件もありません」とコンシェルジュが言っていたじゃないか。

目を開ける。

そのとき目に飛び込んできた光景、身体を貫く感覚、どちらも言葉では決して言い表わせない。眼下には二つの湖をつなぐ谷があり、その中央には町がある。わたしは飛んでいる、空を、自由に、一切の音もなく、風に乗り、円を描きながら。わたしたちを取り囲む山の連なりは、もうさほど高くもなければ威圧感もなく、太陽に照らされてキラキラ輝く雪をまとった友だちのように見えた。

手の力がゆるみ、握りしめていたロープから手を離して鳥のように両腕を広げる。インストラクターはわたしの変化に気づいたのだろう、下降をやめ、ほかと何ら変わりない空気のような、目には見えない熱風をつかまえて上昇を始める。

目の前で、一羽の鷲《わし》が悠々と翼を広げて飛び、わたしたちと同じ大海を漂っている。どこに行くつもりだろう。それとも、ただ楽しんでいるだけで、この一生、周囲のすべての美を味わっているのだろうか。

鷲はわたしにテレパシーを送っているようにも見える。インストラクターは鷲を追いはじめる。鷲がわたしたちの案内役だ。飛びながら、どこを通れば空高く舞い上がれるかを教えてくれる。肉体がこれ以上耐えきれないというところまで走る自分を想像した、ニヨンでのあの日と同じ感覚だ。

すると鷲がわたしに向かって言った。「来るのだ。おまえは空と陸、風と雲、雪と湖なのだ」

母の胎内にいるような気分になる。絶対に安全で、保護されていて、すべてがこれから始まるような。もうすぐわたしは生まれるのだ。二本足で大地を踏み、歩く人間にふたたびなる。けれどもいまこのときのわたしがすることは、こうして胎内にいて、まったくの無抵抗で流れに身を任せること。

わたしは自由だ。

そう、わたしは自由なのだ。鷲の言うとおり、わたしは山であり湖なのだ。過去も現在も未来もない。これが、いわゆる〈永遠〉なのだといま、悟っている。

飛んでいる人はみんなこんな感覚を覚えるのかしら、という考えが一瞬頭をよぎる。けれど、それが何だというのだろう。他人なんてどうだっていい。わたしはいま、永遠を浮遊しているのだ。大自然が、愛《いと》しい娘に語りかけるように言葉をかけてくる。山は言う、おまえにはわたしの力がある、と。湖は言う、おまえにはわたしの平穏と静けさがある、と。太陽は忠告する、わたしのように輝きなさい、自分を超えて行け、耳を澄ませるんだ。

すると、内なる声が聞こえてくる。それは、くり返し考えた悩みや、孤独や、夜の不安や、変化すること、何も変わらないままでいることへの恐怖が蓋《ふた》となり、くすぶっていた声だ。上へと昇れば昇るほど、わたしはわたしから離れていく。

いまのわたしは、すべてがきっちりと箱に収まった世界とは別の世界にいる。しなければならない仕事、叶わない願い、苦悩と歓びでいっぱいの日常から遠く離れている。わたしは何も持たず、そしてすべてだ。

鷲は谷に向かう。わたしも鷲を真似て両腕を広げる。いま、だれかがわたしを見てもわたしがだれかはわからないだろう。なぜならわたしは光であり、空間であり、時間だからだ。わたしは別世界にいる。

そして鷲は言う。これが永遠なのだ、と。

永遠には、わたしたちは存在しない。われわれは、山を、雪を、湖を、太陽を創った御手《みて》の道具にすぎない。わたしは、すべてが創生され、星々が反対方向に進む時間と空間に戻ってきたのだ。わたしはこの御手に仕えたい。

　感じているものはそのままに、さまざまな考えが現れては消える。わたしの魂は肉体を離れ、自然と溶けあったのだ。鷲もわたしもこのままホテルの前の公園に降り立つなんて残念なことだ。でも、未来に何があろうとも、それがどうしたっていうんだろう？　わたしはここにいる、全と無でできた、この母胎の中にいるのだ。

　心の隅々までが宇宙で満たされる。自分自身に対して言葉で説明しようとし、いま感じていることをなんとか覚えていようとするが、すぐにそんな考えは消え去り、ふたたび無がすべてを満たす。

　わたしの心が！

　これまでは、周りを囲む巨大な世界だけを見ていた。いま、その世界はこの心の中の小さな点に見える。それが宇宙のようにいつまでも、どこまでも広がったのだ。道具。恵み。わたしの心は、制御を失わないよう、そしていま感じていることをいくらでも説明できるように懸命に試みるが、力のほうがずっと強い。

　力。永遠の感覚が、不思議な力をわたしに与える。わたしは何でもできる。世界の苦しみすら絶つことができる。わたしは飛んで、天使たちと会話をし、声と啓示を聞いている。すぐに忘れ去ってしまうだろうけれど、いま、ここでは目の前の鷲と同じくらいに現実的なものたちだ。何を感じているか、自分自身にすら決して説明できないだろうけれど、そんなことは関係ない。だって、それは未来のことだから。いまのわたしは、まだそこにはいない。いまは現実にいる。

また理性が消えていき、わたしは感謝する。光と力に満ち、これまでのことも、今日から最期の日までに起こることも、すべてを包み込むこの大きな心にこうべを垂れる。

そのとき初めて何かが聞こえてきた。犬が吠《ほ》えている。地面が近づきつつあり、また現実が戻ってくる。もうすぐ自分が暮らす惑星を踏みしめるだろうが、わたしはもう、何よりも広いこの心の中で、すべての惑星も太陽も経験してきたのだ。

ずっとこのままでいたいと思うけれど、思考が戻ってくる。右手にわたしたちのホテルが見える。湖は、木立や小さな丘に隠れてしまった。

神さま、ずっとこのままではいられないのでしょうか？

それはできない、と鷲が答える。これから降り立つ公園まで、鷲はわたしたちを導いてきたが、それもここまで。また上昇気流を見つけ、翼をはばたかせることもなく羽で風を調節しながら軽々と昇っていく。いつまでもこのままでいたら、この世界で生きていくことはできなくなるだろう、と鷲は言う。

だから何？　鷲との対話を試みたのに、すでに思考が戻ってきてしまっているわたしは議論をふっかけようとしている。永遠を通り過ぎたあとで、どうやってこの世界で生きていけと言うの？

何とかするんだ、という鷲の答えはもうほとんど聞き取れない。永遠に、わたしの人生から遠ざかっていってしまう。

インストラクターが何かをささやく。地面に足がついたとたん、走りつづけねばならなかったことを思い出す。

芝生が目の前に広がる。さっきまであれほど望んでいたこと――大地を踏みしめること――が、いまは何かの終わりとなる。

何の終わりだろう？

足が地に触れる。少しそのまま走ると、インストラクターがすぐにパラグライダーを降ろした。それから彼はわたしのところまで来てロープを外す。彼はわたしを見ている。わたしは空を見つめている。目に見えるのは、色とりどりのほかのパラグライダーがこちらにどんどん向かってきているところだ。

わたしはいつの間にか泣いていた。

「大丈夫ですか？」

たとえもう一度飛んでも、同じ感覚は持てないだろう。

「大丈夫ですか？」

頭だけで頷く。わたしがどんなところを生きてきたのか、彼にはわかっているのだろうか。

もちろん、わかっている。一年に一度くらい、わたしのような反応を見せる客と飛ぶことがあるのだそうだ。

「どうしたんですか、と訊ねても説明できないんですよ。友だちにもそうなった人がいます。一種のショック状態に入っちゃって、陸地に足をつけてようやく気を取り戻す人もいるみたいですね」

いや、それとは正反対なのだが、説明をする気が起こらない。

優しい言葉をかけてくれてありがとう、と礼を言う。あの空の上で経験したことがこのまま終わらずにいてくれたらいいのに、と言いたいけれど、もうすべてが終わってしまったのだから、だれかに何かを説明する義務もないのだと思い至る。そこから離れて、公園のベンチに腰かけて夫を待つことにする。

どうしても泣きやむことができない。夫が降り立ち、晴れやかな笑みを浮かべてすごくいい経験になったと言いながらわたしのほうにやってくる。わたしは泣きつづける。夫はわたしを抱きしめて、もう終わったよ、やりたくもないことを無理やりさせてしまったね、と言っている。

そうじゃないの、とわたしは答える。ちょっとこのままでいさせてちょうだい。もう少ししたら大丈夫だから。

スタッフが保温ジャケットと特別仕様のブーツを回収しにきて、代わりにわたしたちの上着を返してくれた。機械的に応対するが、何かを一つするたびに、違う世界が、いわゆる〈現実〉が、わたしがいたいとはまったく思えない場所が戻ってくる。

それでも、わたしに選択の余地はない。できることといえば、せいぜい夫にしばらくほうっておいてと頼むくらいだ。寒いからホテルの中に入ろうかと言われても、ここにいたい、と答える。

そのまま三〇分間、泣きつづける。魂を洗い流す、恵みの涙だ。それからようやく、もうこの世界に戻る頃だと見切りをつけた。

立ち上がってホテルに向かい、車に乗り込み、夫の運転でジュネーブに戻る。ラジオをつけておく。そうすれば会話をせずにすむから。酷《ひど》い頭痛が始まるが、原因はわかっている。今日の出来事で滞っていた血液が流れはじめているのだ。解放の瞬間は常に痛みを伴うが、いつだってそんなものだ。

昨晩言ったことを夫が説明する必要はない。わたしは今日感じたことを説明する必要もない。

この世界は完璧だ。

あと一時間で今年も終わる。役所はジュネーブの例年の年越し予算を大幅に削減したので、花火の数が減るようだ。わたしにはちょうどいい。毎年毎年花火を見てきたので、子どものときのように感動しなくなってしまった。

この三六五日を懐かしいと思うことはないだろう。嵐が吹き荒れ、雷が落ち、海はもう少しでわたしの船を転覆させるところだったが、なんとか大海を渡り、安全な陸地にたどり着くことができた。

安全な陸地？　二人と人との関係はそんなものを求めてはいけない。二人のあいだの関係を殺すのはまさに、挑戦する気持ちがなくなり、新しい発見は何もないと感じることなのだから。つねに相手には驚きを与えつづけなくてはならない。

すべては大披露宴から始まる。友だちがやってきて、来賓が、家とは砂の上でなく岩盤の上に建てるべきである、などという結婚式で何百回と話してきただろうおなじみのスピーチをする。ゲストたちが米粒をわたしたちに投げつける。ブーケをトスして、独身女性たちは心の中で羨む。既婚者はおとぎ話で読んだとおりにはならない道をわたしたちが歩み出したとわかっている。

それから現実が少しずつ根を下ろしはじめるが、わたしたちはそれを受け止めようとはしない。どちらも、相手は祭壇の上で見つめ合い指輪を交換したときのまま、寸分違《たが》わずあのままでいてほしいと願う。まるで自分たちの時間は止めることができるのだと言わんばかりに。

それは無理な話だ。そんなことをしてはいけない。知識と経験は人を変えたりしない。時間も人を変えたりはしない。われわれを変える唯一のもの、それは愛だ。空に浮かびながら、わたしは、生命と宇宙に対する愛が何よりも強いことを知ったのだ。

一九世紀に無名の若い牧師が書いた説教を思い出す。それはコリント人にあてた聖パウロの手紙を分析したもので、愛が成長していくに従い、いろいろな顔を見せることについて触れている。彼によれば、今日われわれが目にする精神的なことについての文章の多くは、人間のごく一部にしか向けられていないという。そうした文章は平穏をもたらすが、人生については語っていないと。

信仰について議論をしつつも、愛を忘れている。

正義について語るが、啓示には触れていない。ちょうどわたしがインターラーケンの断崖から飛んだときに受け、自分で掘った魂の暗い穴からわたしを引っぱり出してくれた啓示のようなものだ。

この世のほかのいかなる愛にも勝るのは、真実の愛のみであるということを、わたしが常にわかっていますように。すべてを与えれば、失うものは何もない。そうすれば、恐れも嫉妬《しっと》も倦怠《けんたい》も単調さも消え、残るのは深淵《しんえん》から射す光のみとなる。光を受けたわたしたちは怯《おび》えることもなく、互いを近しく感じる。光は常に変化するため、美しく、常に驚きに満ちている。願い求めていたものではないかもしれないが、ともに生きていくのにぴったりの光だ。

思い切り愛する、ということは、思い切り生きる、ということだ。永遠の命と愛は、常にともにある。

なぜわたしたちは永遠に生きたいのだろう。自分の隣にいてくれる人と、あと一日、もう一日、一緒にいたいからだ。愛を捧《ささ》げるに値する人とともにいたい、その人に、自分にふさわしいと思う愛を与えてほしいからだ。

なぜなら、生きることとは愛することだからだ。

動物への、たとえば犬への愛ですら、人が生きるよすがになる。愛という絆《きずな》を失えば、人が生きるための理由も消えてしまうのだ。

まずは愛を求めよ。その他のものはすべて、それからだ。

結婚してからこの一〇年、女として味わう歓びはすべて味わい、不当なほどの苦しみも経験した。それでも過去を振り返ると、記憶に残っているのは真実の愛と思《おぼ》しきものの貧しい模倣、たいていはその短い瞬間がわずかにあるだけだ。子どもたちが生まれてきたとき。夫と手を繋いでアルプスやレマン湖の大噴水を眺めたとき。けれど、そういうほんのわずかな一瞬があるからこそ、わたしという存在があってもよいと感じる。わたしは自分自身で毎日を暗く悲しいものにしようとしたけれど、ああした一瞬一瞬が前に進む力をくれ、日々を輝かせる。

窓辺に行き、街を眺める。予報に反して雪は降らなかった。それなのに、今日はこれまでになく感傷的な年越しになると思う。だって、わたしは死にそうになっていたのに愛によって復活したんだもの。人類そのものが絶滅するときがきても、愛は永遠に残るだろう。

愛。歓びの涙があふれる。愛することを強要されることはできないし、ましてや他人に愛を強要することも不可能だ。できることといえば愛を見つめ、愛に情熱を燃やし、愛を模倣することだけだ。

愛するためにほかの手段はないし、そこには一つの謎もない。われわれは他人を愛し、自分を愛し、敵をも愛する。そうすれば人生の中で不足するものは何もなくなるだろう。テレビをつければ世の中で何が起きているかがわかる。悲劇の一つひとつに少しでも愛があれば、われわれは救済への道を歩んでいることになる。なぜなら、愛は愛を生むからだ。

愛することができるものは真実を愛し、歓び、恐れない。なぜなら、いつか必ず真実がすべてを贖《あがな》うからだ。先入観も不寛容も忘れて、清廉な心と謙虚な気持ちで真実を求めれば、その結果見つかるものに満足するだろう。

この〈愛〉の特質を言い表わすのに〈率直〉は不十分かもしれないが、ほかの言葉が見つからない。隣人を貶《おとし》めるような率直さのことを言っているのではない。真実の愛とは、他人に自分の弱みをさらけ出すことではなく、手助けが必要なときにそう素直に言えること。話に聞くよりも、自分の目で見てみればそう悪くもない、と喜べることだ。

愛しさを込めてヤコブとマリアンヌを思う。意図はなかったにせよ、この二人がわたしを夫と家族のもとに返してくれた。一年の最後を迎えるこの夜、二人が幸せであることを祈る。いままでのことで彼ら二人の気持ちがいっそう近くなっていることを。

わたしは自分の情事を正当化しているのだろうか？　いや。わたしは、真実を探し、それを見つけたのだ。わたしのような体験をした人たちがみんないまのわたしと同じようでありますように。

よりよく愛せること。

この世でのわたしたちの目標とは、愛することを学ぶことなのだ。人生はわたしたちを学ばせるため、ありとあらゆるチャンスを差し出してくる。すべての男、女が、真実の愛に身をゆだねる好機を、日々の暮らしの中で与えられているのだ。人生は長い休暇ではない。常に学びの日々なのだ。

そして最も大事な学びが、愛することだ。

もっと、もっと愛すること。そうすれば言葉も、預言も、国も、頑健なスイス連邦も、ジュネーブも、わたしが住む通りも、街灯も、いまわたしがいるこの家も、部屋の家具も消えるだろう。わたしの肉体も、消えるだろう。

それでも、宇宙の魂に永遠に刻まれるものが、一つだけある。わたしの愛だ。たとえ過ちがあっても、他人を傷つける決断をしても、愛など存在しないとわたし自身が考えてしまったときがあっても、だ。

窓辺を離れ、子どもたちと夫を呼ぶ。言い伝えどおりに暖炉前のソファに乗るのよ、そして一二時になったら右足で降りること、と告げる。

「ねえ、雪が降ってきたよ」

また窓辺に駆け寄り、街灯の光を見つめる。ほんとうだ、雪だわ！　なぜ、さっきは気づかなかったのかしら。

「お外に出てもいい？」子どもがねだる。

まだだめよ。まずはソファに上って、ぶどうを一二粒食べて、来年を通してよいことがありますように、と願いを込めて種をとっておくの。ご先祖さまが教えてくださったとおりのことを全部やるのよ。

それから外に出て人生をお祝いしましょう。来年は、よい年になるはずよ。

ジュネーブ　二〇一三年一一月三〇日

訳者あとがき

本作『不倫』は、ブラジルのセスタンチ社から二〇一四年に出版された『Adultério』の翻訳である。

本書の主人公、リンダはスイスの都市ジュネーブに住む三〇代の女性。容姿端麗、既婚、子どもが二人おり、有力新聞社で将来を嘱望されているジャーナリストである。そのうえ夫は国内でも有数の資産家の跡取り息子で、結婚して一〇年が過ぎたいまでも、熱烈に妻を愛しており、子どもの教育にも熱心だ。まさに理想の結婚相手である。こうも恵まれた状況下にいる人物が主人公では、読む側は、感情移入どころか、反感すら覚えかねない。

ところが、そんな順風満帆の人生を送っているリンダが、とあるインタビューで聞いた言葉をきっかけに、人生に疑問を持つところからこの物語は始まる。しかも、その疑問が自分でも何なのかよくわからない。具体的な原因もつかめないままに、リンダの毎日はどんどん色あせ、空虚なものになっていく。

人知れずもがき苦しむリンダの前に、一〇代の頃の恋人、ヤコブが現れる。政治家として出世街道を歩んでいるかに見える彼もまた、実は深い孤独を内に抱えていた。リンダは彼とならば分かち合えるものがあると、ヤコブとの危険な関係にのめりこんでいく……。

「世界でも有数の安全な国」に住み、「人生は順風満帆、自分は良き妻、良き母だと思って」おり、「やるべきことは巧くやり、なるべく入れ込みすぎないように気をつける」という主人公は、正直なことをいえば、当初は傲慢さが鼻につく。ところが、ここからがコエーリョの真骨頂。やがて『ジキルとハイド』のようにリンダのもうひとつの顔が現れてくると、とたんに血肉が通い、(本人は憔悴しきっているものの)いきいきとした魅力的な女性に見えてくる。そして、やはりコエーリョ作品ならではの神秘的な出会いや言葉もあり、スピリチュアルな気づきにあふれている。

コエーリョの作品に対しては絶大な賛辞がある一方、批判も決して少なくないことは事実である。本作に対しても、からい点をつけた書評はあったようだ。だが、一方で、熱烈な読者の支持を得ていることも見逃せない。

絵に描いたような背景が主人公に与えられたのはなぜか。

実は、本書には多くの登場人物が出てくるというのに、固有名詞は三人しか明かされない。主人公とその愛人、そして愛人の妻だけだ。リンダの夫も、子どもたちすらも、一度も名前が出てこない。「この本を表面的に読んではいけない」と多くの読者がコメントしている通り、作者の隠れた意図をくみ取りつつ本書を読み、その深さに気づいていただきたい。

本書は、本国で出版されたのと同年に数ヵ国で翻訳版が出た。当初、『Adultério（不倫）』という題名は、あまりにも直截的で身も蓋もないのではないか、こんな題名の本を読者は手に取るだろうか、と出版社も、コエーリョの妻すらも危惧したそうだが、コエーリョは譲らなかった。翻訳版も、代替案として「情事」や「不貞」といった題名を提示してきた国がいくつかあったそうだが、最終的にほとんどの国で原題を尊重することで落ち着いた。

そして、売れないのではないかという心配は杞憂に終わった。本書は世界の多くの国で話題となり、米国のニューヨーク・タイムズやロサンゼルス・タイムズでベストセラー・リストの上位にランクインしたこともある。また、『Adultério』という単純なタイトルには、ハッシュタグをつけやすいという利点もある、とコエーリョは明かしていて、戦略的な一面も見せている。ちなみに、ハッシュタグとは、ソーシャルメディアの中で、「#」記号で始まるキーワードまたはフレーズのことを指す。ハッシュタグをつけて情報を発信すると、そのキーワード、フレーズに興味を持つ人がたどりつきやすくなるのだ。

この一例からもわかるように、コエーリョはソーシャルメディアを使いこなして、自らの言葉を発信して拡散し、新たな読者を呼び込むことに成功している。事実、本書の執筆のきっかけは、インターネット上でのファンとの交流だったと、複数のインタビューで明かしている。

現代的な問題を掘り下げたいと考えていたコエーリョが、多くの人が抱える悩みとして「鬱」を想定し、読者に悩みについて問いかけてみたところ、圧倒的多数が「配偶者の不倫に悩んでいる」という答えを返してきたという。これで、次のテーマは「鬱」ではなく「不倫」だと、すぐに決まった。満たされた生活を送りながらも満足できないのが現代人であるが、コエーリョは、それはよいことだと言う。「満足してしまったら、進化はない。不満があるからこそ、人は前へと進むのだ」と。

本書のもうひとつの魅力は、スイスの描写だ。

大きな事件は起こらず、しょっちゅう国際会議が開かれる安全な街。自然を大切にし、約束をきちんと守る住民、美味しいチーズとワイン。いかにもスイスらしい生真面目さ、端正な美しさを、どこか斜に構えて描いている。

「外国にいると懐かしくなるのは、この街のとてつもないダサさだ。ガラスと鋼の高層ビルもなければ、高速道路もないし、木の根っこがアスファルトを突き破って伸びているものだから、しょっちゅうだれかが転んでいるし。公園の花壇には雑草がはびこり、それを〈これこそが自然〉と言ってのける神経。要するに、すべてが近代化され整って

いるがゆえに独自の魅力を失ってしまったほかの大都市とは違う、それがジュネーブだ」（本書一六ページより）

こんな文章は、「よそ者」の視点からではおいそれと書けるものではない。皮肉のように見せて、その実、街への深い愛着が感じられる。これは、現在、コエーリョがジュネーブに住んでいるからだ。

一九四七年にブラジルに生まれたパウロ・コエーリョは、イエズス会の学校に通わされ、その反動もあって無神論者となった時期を経て、カトリックとは違う霊的な探求に興味を持つようになったという。ヒッピーを経験し、作詞家として大きな成功をおさめたものの、当時の政権に反旗を翻したという嫌疑をかけられて逮捕され、過酷な拷問を受けたこともある。

激動の青春時代を経て、RAM教団に出会い、人生のターニングポイントとなる巡礼の旅に出た記録を『魔術師の日記（邦題・星の巡礼）』と題して出版し、作家生活を始めた。

当初は、この本が売れるだろうなどとは夢にも思わず（「一九八六年に中世の道を徒歩でたどるなんて、だれが興味を持つと思う？」）、とにかく自分の体験を記しておきたかった、と言う。次作『アルケミスト』の出版（一九八八年・邦訳は一九九四年）から四半世紀以上が経ち、パウロ・コエーリョはいまや世界的ベストセラー作家となった。

前述のとおり、ジュネーブに居を構えながら、リオデジャネイロ、パリ、ドバイなどにも家を持ち、自家用飛行機でそれらの家を行き来する。主人公のリンダをもはるかに上回る裕福さではあるが、本人の生活はいたってシンプルなようだ。サイン会も行わず、社交の場にもめったに顔を出さない。かつて所有していた膨大な数の蔵書は整理し、読書はすべてタブレットなどでするので、スイスの家にはなんと一冊も本がないのだという。起き抜けに自然の中を散歩し、庭でアーチェリーを楽しんでから、書斎に入ってパソコンに向かい、世界中のファンと交流する毎日なのだそうだ。

ところで、本書には、主人公のリンダが自らに疑問をもつ引き金を引いた重要人物として作家が登場する。名前もなく、ほんの一瞬しか姿を見せないのに強い印象を残すこの男こそ、パウロ・コエーリョ本人に違いない。そこからリンダは一気に深く暗い穴に転落するのだが、なんとか這い上がろうともがきあがく。這い上がる道筋を過つこともあれば、自分だけでなく、愛する人をも傷つけることもある。時に他人の手を借りながら、歯を食いしばって、上へ上へとなりふり構わず上っていく姿は醜くもあり、美しくもある。

これまでに犯した最も大きな過ちは何か、と訊ねられたコエーリョはこう答えている。
「たくさんありすぎて、どれが最悪かなど言えはしない。私は過ちを犯したし、犯しているし、今後も犯すだろう。でも、悪いのは過ちを犯すことではなく、それによって硬直してしまうことだ」

コエーリョの作家デビューは一九八七年、『星の巡礼』（角川書店）で著者本人によるサンチャゴ・デ・コンポステーラへの巡礼の旅物語を記録したものだった。次作『アルケミスト』（角川書店）は、スペインの羊飼いの少年サンチャゴが夢に導かれて砂漠を旅する物語。そして、三作目の『ブリーダ』（角川書店）は、アイルランドの女子大生が英知を求めて二人の魔術師から手ほどきを受けるという話で、この『ブリーダ』がまずマスコミの注目を集め、前作二冊の世界的な大ヒットへとつながった。

この初期の三作は、すべてスピリチュアル性が非常に高い作品であり、魔術や秘儀、錬金術などについても直截的に言及している。その後に続く作品も、『ヴァルキリーズ』（角川書店）などの自伝的なものであれ、『ピエドラ川のほとりで私は泣いた』『ベロニカは死ぬことにした』（いずれも角川書店）その他多くのフィクションであれ、コエーリョは読者を精神世界へといざなうことを意識して作品を著していたことは明確である。実際に、『星の巡礼』の世界的ヒットのあと、サンチャゴ・デ・コンポステーラへの巡礼者の数は爆発的に増えた。巡礼が一種の流行となったとコエーリョ自身が語っている。

本作でも、主人公のリンダは、まずはコエーリョ自身と思しき作家の一言で目覚め、その後は神秘的なキューバのシャーマンに導かれ、さらには、大いなる力を感じる出会いもある。

本作『不倫』を出版したあと、コエーリョは歴史上に実在した人物を主人公にした『ザ・スパイ』（角川文庫）を発表した。第一次世界大戦のさなかに二重スパイの罪によって銃殺刑に処されたマタ・ハリの物語である。ヒッピー文化が全盛だった時代に青春を過ごしたコエーリョや友人たちにとって、マタ・ハリはアイコン的存在だったのだそうだ。友人との会話でマタ・ハリが本当は無実だったのでは、という説を知り、興味を引かれて調べているうちに彼女についての本を書きたいと思うに至ったのだという。

実在の人物を描いたためか、この作品においてはスピリチュアルな要素がだいぶ影を潜めている。それでも、女性の赤裸々な内面を描くことを得意とするコエーリョならではのマタ・ハリが造形されていて、魅力的な物語となっている。

青春時代のアイコン的存在を描いたことに触発されたのか、コエーリョの最新作（二〇一八年現在）は、「作家志望のブラジルの青年、パウロ」が主人公の物語だ。『星の巡礼』とはまた違う自伝的要素が強い物語のようである。

生きる意味を求めて、主人公のパウロが南米をヒッチハイクで旅し、ヨーロッパへと渡り、中央アジアへと旅をする物語。途中で運命の女性との出会いもあり、これもまたいままでとは一味違うコエーリョの魅力、もしくは原点を知ることができるのではなかろうか。

本文中の聖書にまつわる文章と言葉を訳出するにあたり、日本聖書協会の聖書を参考にしたが、原書に沿って略した箇所、訳者によって訳しなおした箇所がある。また、あとがきに引用したインタビューは、二〇一四年五月一〇日付の「エントレテニメント」紙のウェブ版記事からの訳出である。

最後となるが、本書を訳するご縁をくださった宮崎壽子さんはじめオフィス宮崎のみなさん、KADOKAWAの藤田有希子さん、天野智子さんにこの場をお借りして心より御礼を申し上げげたい。

二〇一八年九月

木下眞穂

本書は、二〇一六年四月に小社から刊行された
単行本を文庫化したものです。

不倫《ふりん》

パウロ・コエーリョ　木下眞穂《きのしたまほ》＝訳

平成30年 10月25日　初版発行
令和6年 4月30日　再版発行

発行者●山下直久

発行●株式会社KADOKAWA
〒102-8177　東京都千代田区富士見2-13-3
電話　0570-002-301(ナビダイヤル)

角川文庫 21248

印刷所●株式会社KADOKAWA
製本所●株式会社KADOKAWA

表紙画●和田三造

ISBN 978-4-04-107383-4　C0197

角川文庫発刊に際して

角川源義

第二次世界大戦の敗北は、軍事力の敗北であった以上に、私たちの若い文化力の敗退であった。私たちの文化が戦争に対して如何に無力であり、単なるあだ花に過ぎなかったかを、私たちは身を以て体験し痛感した。西洋近代文化の摂取にとって、明治以後八十年の歳月は決して短かすぎたとは言えない。にもかかわらず、近代文化の伝統を確立し、自由な批判と柔軟な良識に富む文化層として自らを形成することに私たちは失敗して来た。そしてこれは、各層への文化の普及滲透を任務とする出版人の責任でもあった。

一九四五年以来、私たちは再び振出しに戻り、第一歩から踏み出すことを余儀なくされた。これは大きな不幸ではあるが、反面、これまでの混沌・未熟・歪曲の中にあった我が国の文化に秩序と確たる基礎を齎らすためには絶好の機会でもある。角川書店は、このような祖国の文化的危機にあたり、微力をも顧みず再建の礎石たるべき抱負と決意とをもって出発したが、ここに創立以来の念願を果すべく角川文庫を発刊する。これまで刊行されたあらゆる全集叢書文庫類の長所と短所とを検討し、古今東西の不朽の典籍を、良心的編集のもとに、廉価に、そして書架にふさわしい美本として、多くのひとびとに提供しようとする。しかし私たちは徒らに百科全書的な知識のジレッタントを作ることを目的とせず、あくまで祖国の文化に秩序と再建への道を示し、この文庫を角川書店の栄ある事業として、今後永久に継続発展せしめ、学芸と教養との殿堂として大成せんことを期したい。多くの読書子の愛情ある忠言と支持とによって、この希望と抱負とを完遂せしめられんことを願う。

一九四九年五月三日